Reddende engelen

Danielle Steel

Reddende engelen

Moedig, vastberaden, loyaal en
beste vriendinnen

Vertaald door Annoesjka Oostindiër

LUITINGH-SIJTHOFF

Oorspronkelijke titel *Flying Angels*
Vertaling Annoesjka Oostindiër
Omslagontwerp Bij Barbara
Omslagbeeld Rekha Garton/Arcangel, Debra Lill, Pics that fly/
Alamy, Avpics/Alamy
Foto auteur Brigitte Lacombe
Opmaak binnenwerk Crius Group, Hulshout

ISBN 978 90 210 4548 1
ISBN 978 90 210 4549 8 (e-book)
ISBN 978 90 210 4551 1 (luisterboek)
NUR 343

www.daniellesteel.com
www.lsuitgeverij.nl
www.boekenwereld.com

Uitgeverij Luitingh-Sijthoff vindt het belangrijk om op milieuvriendelijke en verantwoorde wijze met natuurlijke bronnen om te gaan. Bij de productie van dit boek is daarom gebruikgemaakt van papier waarvan het zeker is dat dit niet tot bosvernietiging heeft geleid.

Voor mijn lieve kinderen:
Beatrix, Trevor, Todd, Nick,
Samantha, Victoria, Vanessa,
Maxx en Zara.

Mogen de uitdagingen en tegenslagen
in jullie leven
zegeningen blijken te zijn
die de band met jullie dierbaren
versterken.

Met alles wat ik jullie toewens:
moed, kracht, wijsheid, geluk, blijdschap.
Plus een leven vol liefde,
met goede mensen die van jullie houden
en jullie beschermen en troosten.

Met heel mijn hart en al mijn liefde,
Mama / d.s.

Liefde maakt ons moedig.

1

Het was prachtig weer op deze voor de Parkers grote dag in juni 1938. Audrey had haar moeders blauwgrijze zijden mantelpakje de avond ervoor al klaargelegd. Dat droeg Ellen altijd naar bijzondere gelegenheden, als ze zich tenminste goed genoeg voelde om ergens naartoe te gaan. Maar zo'n belangrijke dag als vandaag had ze ondanks haar ziekte voor geen goud willen missen, want William Edward Parker, haar zoon en Audreys broer, studeerde vandaag in Annapolis af aan de prestigieuze Naval Academy. Hij trad daarmee in de voetsporen van zijn vader en grootvader. Helaas konden zij het heuglijke moment niet meer meemaken. Wills vader, kapitein-ter-zee Francis Parker, was drie jaar eerder overleden aan een hersentumor. Zijn grootvader, driesterren viceadmiraal Jeremiah Parker, was al heel lang dood. Will herinnerde zich zijn opa vooral als een lange man in een uniform met decoraties.

De Parkers waren een vooraanstaande legerfamilie en zaten sinds jaar en dag bij de marine. Dat Parker-mannen naar de Naval Academy gingen, was dan ook een ongeschreven familiewet, maar in tegenstelling tot zijn vader en grootvader wilde Will liever vliegen dan varen. Na het eerste deel van zijn officiersopleiding zou hij later die zomer voor de vervolgtraining afreizen naar een marineluchtmachtbasis in Florida. Hij hoopte zich te kunnen specialiseren in het landen en starten op vliegdekschepen. Een carrière bij de marine zat in het DNA van zijn voorvaderen; hij had als klein jochie al geweten wat er van hem werd verwacht en daar ook nooit vraagtekens bij gezet.

Voor de achttienjarige Audrey had de ziekte van haar ouders grote gevolgen. Haar vader was de laatste twee jaar van zijn leven ernstig ziek geweest en ze had hem tot aan zijn dood helpen verzorgen. Haar moeder kreeg daarna al snel last van allerlei lichamelijke klachten, waaronder evenwichtsproblemen, spierzwakte en trillende handen. Iedereen nam in eerste instantie aan dat het met spanning en rouw te maken had. Totdat de artsen met de diagnose kwamen dat ze de ziekte van Parkinson had. Het betekende dat Ellen uiteindelijk zo ernstig zou verzwakken dat ze bedlegerig zou worden. Hopelijk liet die dag nog lang op zich wachten.

Tot twee jaar daarvoor had Audrey geholpen bij de zorg voor haar vader tijdens de verschillende stadia van zijn ziekte tot aan zijn dood. Ze was dan ook een opvallend serieus en volwassen meisje; ze kwam veel ouder over dan ze was. Doordat ze hun steun en toeverlaat was, had ze zelf eigenlijk geen sociaal leven. Tijd voor vriendinnen was er niet echt, en voor afspraakjes met jongens al helemaal niet. Op de avond van de *prom* was haar moeder alleen thuis en maakte ze zich zo'n zorgen dat ze eerder naar huis was gegaan. De jongen met wie ze er was, had er op dat moment niet moeilijk over gedaan, maar hij had haar ook nooit meer mee uit gevraagd. Haar klasgenoten gingen als zorgeloze tieners door het leven, terwijl Audrey veel meer verantwoordelijkheid droeg dan voor meisjes van haar leeftijd normaal was. Naar ballet ging ze niet meer en boeken waren haar enige echte afleiding. Als ze las vergat ze dat ze eenzaam was, dan kon ze even ontsnappen aan alle dagelijkse beslommeringen.

Audrey was een goede leerling en over een week zou ze haar middelbareschooldiploma krijgen. In september begon ze aan een verpleegstersopleiding. Haar moeder was zowel verbaasd als ontroerd dat ze de verpleging in wilde, en ze was ervan overtuigd dat haar dochter met haar zachtaardige, zorgzame karakter op een dag een voortreffelijke zuster zou zijn. Niet dat Audrey daar zelf altijd al van had gedroomd, maar ze wist dat haar moeders toestand langzaam maar zeker zou verslechteren. Ze maakte zich best wel zorgen. Ze had zichzelf aangeleerd hoe ze haar moeder kon helpen met dingen die ze niet meer kon, maar wilde nu graag echte vakkennis opdoen. Hopelijk kon ze haar moeders leven op die manier verlengen.

Ze was een mooi meisje, met een slank figuur, lang donker haar en fijne gelaatstrekken. Haar hemelsblauwe ogen stonden bijna altijd ernstig, vooral wanneer ze haar moeder in de gaten hield omdat ze bang was dat die zou vallen en zich zou bezeren. Dat was al een paar keer gebeurd en iedereen wist dat het daar niet bij zou blijven. Dat hoorde helaas nu eenmaal bij de ziekte. Audrey en Will waren opgegroeid in Annapolis, een mooi stadje aan Chesapeake

Bay, waar ze in het weekend vaak met hun vader hadden gezeild. Tegenwoordig gingen ze er soms met z'n tweetjes op uit in hun bootje. Audrey vertrouwde Will blindelings, en bovendien konden ze allebei goed zeilen. Haar grote broer was sowieso haar held, ze was als klein meisje al idolaat van hem geweest. Daarnaast zorgde hij tegenwoordig voor de broodnodige afleiding. Af en toe aten ze samen een hapje buiten de deur en hij nam weleens tijdschriften en andere cadeautjes voor haar mee. Hij plaagde haar en maakte haar aan het lachen; dan voelde de last van haar moeders ziekte meteen een beetje lichter.

Audrey had op school wel een paar vriendinnen gehad, maar bracht weinig tijd met hen door omdat ze 's middags altijd snel naar huis ging om haar moeder te helpen. Haar vriendschappen verwaterden en dat vond ze jammer, maar er bleef gewoonweg geen tijd over voor andere zaken. Ze was verdrietig dat haar broer nu hij was afgestudeerd definitief vertrok. Weliswaar woonde hij op de campus, maar Ellen en zij zagen hem vaak in het weekend, dan kwam hij bijna altijd even langs en bleef vaak eten. Maar dat veranderde nu dus allemaal omdat hij straks naar Pensacola verhuisde. Eigenlijk was Will tegenwoordig haar enige vriend en ze zag op tegen zijn vertrek.

Maar terwijl ze haar moeder hielp met de voorbereidingen voor de diploma-uitreiking probeerde ze daar vooral niet aan te denken. Ellen zag er prachtig uit zoals ze in haar blauwgrijze pakje op de bank zat te wachten terwijl haar dochter zich gauw verkleedde. Audrey had zelf niet door hoe mooi ze er in haar roodkatoenen pakje uitzag toen ze haar moeder hielp met opstaan en haar naar de auto begeleidde. Ellen liep wankel, met haperende pasjes, en Audrey hield haar arm stevig vast. Ze had nog niet zo lang haar rijbewijs en reed voorzichtig naar de Yard, zoals de campus van de Naval Academy door iedereen werd genoemd. Hoewel ze achter het stuur ook de verantwoordelijkheid zelve was, voelde ze zich tegelijkertijd heerlijk vrij en volwassen.

In de zaal liepen beide vrouwen met een glimlach naar hun plaatsen. Will kwam even later binnen marcheren, te midden van zijn medestudenten en begeleid door de kapel. Hij zag er met zijn één meter tachtig en zijn brede schouders in het witte ceremoniële tenue net zo knap uit als zijn vader was geweest. De eerste toespraak werd door niemand minder dan president Roosevelt gehouden. Er volgden nog een paar andere toespraken, waarna de diploma's werden uitgereikt en de adelborsten en masse hun afstudeerbaret juichend in de lucht gooiden en elkaar op de schouders sloegen. Na afloop van de ceremonie zong iedereen mee met het traditionele 'Navy Blue and Gold'-lied van de marine. Het was een emotionele gebeurtenis en Audrey zag haar moeders natte wangen toen Will zich na afloop met een stralend gezicht bij hen voegde. Hij had zijn vrienden beloofd dat hij later naar hen toe kwam, maar ze gingen eerst met z'n drietjes lunchen in Reynolds Tavern, waar ze ontdekten dat ze niet de enigen waren die op dat idee waren gekomen.

Voor Ellen leek het alsof haar tweeëntwintigjarige zoon bij wijze van spreken gisteren pas was gaan studeren, maar hij begon nu toch echt aan zijn vliegopleiding. Haar man was in Williams eerste studiejaar overleden, en de drie jaar daarna waren in een waas voorbijgegaan. Will was een gezonde Amerikaanse jongen en het toonbeeld van een Annapolis-cadet: lang, met een kaarsrecht postuur en keurig geknipt, blond, steil haar. En verder was hij sportief, slim, vriendelijk en doorgaans vrolijk. In de ogen van Ellen en Audrey was hij de ideale zoon en grote broer. Wills vader zou ongetwijfeld apetrots op hem zijn geweest, al helemaal omdat hij cum laude was afgestudeerd.

Audrey merkte tijdens de rit naar huis dat haar broer popelde om terug te gaan naar zijn vrienden. Er stond vast en zeker van alles op het programma, en ze wist dat hij het meisje ging zien met wie hij sinds een tijdje iets had. Ze was mooi en kwam uit de buurt, maar voor Will was het niet serieus. Hij maakte graag plezier, maar zijn grootse plannen draaiden eerder om vliegtuigen dan meisjes. Will was iemand die aan elke vinger wel tien meisjes kon krijgen, maar zich nooit helemaal gaf. Zijn vader had hem weleens gezegd dat de zaken voor het meisje gingen, maar voor Will was een carrière bij de marine hoe dan ook het enige wat telde. Zich settelen en een gezin stichten was wel het laatste waar hij aan dacht. Een paar van zijn jaargenoten waren inmiddels verloofd en hij was in het najaar voor enkele bruiloften uitgenodigd. Daar voelde hij zich echt te jong voor, het leek hem op hun leeftijd eerder een last dan een lust. Nee, trouwen stond voorlopig niet op zijn verlanglijstje; leren vliegen en luitenant worden daarentegen wel. De komende paar maanden waren pas de eerste stap in wat hopelijk zou uitgroeien tot een lange, succesvolle militaire carrière, net als die van zijn vader en grootvader. En dan stonden de kranten ook al een tijdje vol over de oplopende spanningen in Europa. Het zou best kunnen dat het weer op oorlog uitdraaide, al was iedereen ervan overtuigd dat de Verenigde Staten zich er ditmaal verre van zouden houden. De les van 'nooit meer oorlog' hadden ze door de vorige keer wel geleerd.

Will besloot om vier uur terug te gaan naar zijn vrienden. Hij meldde dat hij waarschijnlijk laat thuis kwam en dat ze zich geen zorgen hoefden te maken. Er waren heel wat feestjes waar hij naartoe wilde en hij had lang naar deze dag uitgekeken. Audrey wist vrij zeker dat hij later dronken en wel zijn best zou doen om hen niet wakker te maken. Het was al met al een fijne dag geweest en ze glimlachte toen hij een kus op haar wang drukte en naar de voordeur liep. Voor een moment benijdde ze hem om zijn vrijheid. Het was voor mannen allemaal zo anders. Hij kon doen en laten wat hij wilde, en niet alleen vandaag. Voor vrouwen was het niet weggelegd om zo onafhankelijk door het leven te gaan. Als alleenstaande jonge vrouw had Audrey veel minder vrijheid dan hij, en dat had niet uitsluitend met haar moeders ziekte te maken.

De twee vrouwen des huizes aten die avond een eenvoudig hapje aan de keukentafel. Alle emoties en inspanning hadden Ellen zichtbaar uitgeput en ze was opgelucht toen Audrey haar om acht uur de trap op hielp. Ze viel bijna meteen in slaap, waarna Audrey door het stille huis naar haar eigen kamer liep. In de verte blafte een hond, ergens toeterde een auto. Ze dacht aan haar broer, die vanavond met zijn vrienden allerlei feestjes afging. Afstuderen aan Annapolis was een enorme prestatie en een echt overgangsritueel. Audrey wist dat er in haar leven niets vergelijkbaars zou zijn: haar diploma-uitreiking op de middelbare school over een week niet, en haar afstuderen als verpleegster over drie jaar evenmin. Dat laatste zou waarschijnlijk eerder een wat saai damesgebeuren worden, terwijl de Naval Academy in Annapolis niet zomaar een plek was. Wills collega's en superieuren zouden altijd ontzag hebben voor zijn opleiding. Haar huidige en waarschijnlijk ook haar toekomstige wapenfeiten verbleekten daarbij. Ze had gemerkt hoeveel Wills afstuderen voor haar moeder betekende, die met een glimlach op haar gezicht in slaap was gevallen. Will had het toch maar mooi geflikt en de droom van haar man in vervulling laten gaan, hoewel Francis had gehoopt dat Will op een dag kapitein zou worden op een schip en zijn liefde voor vliegtuigen zou vergeten. Maar vliegen was Wills passie en hij was vast van plan zijn eigen droom te verwezenlijken.

Net als zijn zus naar zijn diploma-uitreiking was gekomen, ging Will naar die van Audrey op de middelbare school. Hij kwam in uniform en was een lange, knappe, trotse verschijning, en ditmaal ontfermde híj zich liefdevol over hun moeder, zodat zijn zusje zich kon overgeven aan het hele ritueel. Ellen voelde zich die dag niet zo lekker, een feestelijke lunch zat er dus helaas niet in. Omdat ze op weg naar de aula twee keer bijna was gevallen, besloten ze meteen na de ceremonie naar huis te gaan, zodat Ellen kon rusten. Audrey zei dat ze het niet erg vond, maar Will vond het sneu dat háár grote dag nu niet extra feestelijk was. Ze had na afloop nauwelijks de tijd genomen om haar vriendinnen gedag te zeggen en was onmiddellijk naar hen toe gekomen. Terwijl haar klasgenoten feest gingen vieren en zeiden dat ze begrepen dat ze weg moest, besefte ze zelf al langer dat ze er niet echt bij hoorde omdat ze door haar moeder min of meer aan huis gekluisterd was.

Will trof zijn zusje later in de keuken aan. Ze had net een dienblad met eten naar Ellens kamer gebracht en zag er onschuldig, jong en zelfs bijna zorgeloos uit in haar frêle witte jurk, met een kroon van madeliefjes in haar haar. Hij vond het bewonderenswaardig dat ze zich al die jaren vrijwillig had opgeofferd voor hun ouders, maar ze gaf altijd een positieve draai aan dingen en leek ook nu niet verdrietig.

'Gaat het?' vroeg hij op zachte toon. Ze knikte hem met een glimlach toe. Het viel hem opeens op hoe mooi ze was, en hij wenste stilletjes dat haar leven ooit spannender zou worden dan het nu was. 'Zo jammer dat we niet konden gaan lunchen om het te vieren.'

'Ach, dat is niet erg, hoor.' Audrey had een onverstoorbare, rustige blik in haar ogen. 'Mama voelt zich al een paar dagen niet goed. Ik denk dat de nieuwe pillen niet werken.' De artsen probeerden weliswaar van alles, maar de medicatie leek nooit veel effect te hebben.

'Ik maak me een beetje zorgen om jou. Als ik straks weg ben...' zei Will voorzichtig. Hij gunde zijn zusje zó een eigen leven, maar Ellen was te ziek.

'Heus, het komt wel goed,' stelde ze hem gerust. Zodra ze aan haar opleiding begon, kwam er twee keer per dag een verpleegster langs. Hun vader had jarenlang spaargeld voor hen opzijgezet en ze hadden bovendien zijn pensioen, dus financieel waren er geen zorgen. 'Natuurlijk ga ik je missen, maar je kunt hier moeilijk de rest van je leven blijven.' Ze beseften allebei dat dat inderdaad zo was. De tijd dat ze als gezin in dezelfde stad woonden lag achter hen.

Will besefte terdege dat de zorg voor Ellen uiteindelijk te zwaar zou worden voor Audrey, maar zover was het nog niet en hij hoopte voor hen allemaal dat het nog lang zou duren. Het was vreselijk om te zien dat Ellen achteruitging en dat ze gaandeweg steeds minder kon. Dat zijn zusje een verpleegstersopleiding wilde gaan doen om beter voor haar moeder te kunnen zorgen was lovenswaardig en kenmerkend voor haar. Audrey stond altijd voor iedereen klaar maar beklaagde zich nooit. Voor haar was het spreekwoordelijke glas altijd halfvol. Ze ging elke uitdaging liefdevol en enthousiast aan. Will had daar bewondering voor en was haar ook dankbaar. Hij was nu volwassen en zou binnenkort een vliegtuig leren besturen. Zijn zusje gunde hem die toekomst, maar had het er net als zijn moeder moeilijk mee.

Twee weken later vertrok Will naar Florida. Hij had het druk en weinig tijd om te bellen, maar hij klonk extatisch en bijna euforisch wanneer ze van hem hoorden. Hij vond alles wat hij deed en leerde geweldig. Zijn vliegdroom was uitgekomen.

Nadat Will vertrokken was, drong Ellen er bij haar dochter op aan dat ze tijdens de zomermaanden zou afspreken met vriendinnen van school, om bij te praten en ervoor te zorgen dat ze het contact met hen niet helemaal verloor. Alleen waren ze bijna allemaal ergens op vakantie of naar een familiezomerhuisje afgereisd. De meesten kwamen pas begin september rond Labor Day terug. Een paar vriendinnen waren zelfs al getrouwd. Audrey was van plan een paar van hen te bellen om later in het najaar iets af te spreken en vermaakte zich in de tussentijd prima met haar boeken en de nodige klusjes voor haar moeder. Soms lukte het Audrey haar moeder mee te krijgen naar het zwembad van de countryclub waar ze lid van waren. Ze kreeg haar zelfs een paar keer het water in, wat Ellen duidelijk goed deed. Audrey gaf haar moeder verder nog lange, zachte massages, en ze gingen een paar keer winkelen voor spullen die ze nodig had voor de opleiding.

Tegen het einde van de zomer begon Audrey zich steeds meer te verheugen op haar studieavontuur. Al zou het natuurlijk lang niet zo opwindend zijn als dat van Will, die nu heuse gevechtsvliegtuigen leerde besturen. Hij vloog inmiddels in de N3N Canary, het 'gele gevaar' zoals hij het vliegtuig noemde: een tweedekker die de marine zelf had gebouwd. In september stapte hij over naar meer geavanceerde toestellen; volgens hem was de marine erop gebrand om niets minder dan uitmuntende piloten op te leiden.

Audrey was benieuwd wat háár te wachten stond, want het was meer dan een opleiding om beter voor haar moeder te leren zorgen. Het betekende ook dat ze later ergens als verpleegster kon gaan werken. Bovendien keek ze ernaar uit om andere mensen te ontmoeten, en dan geen bakvissen, maar serieuze jonge vrouwen met carrièredoelen. Op de kennismakingsdag was ze meteen al onder de indruk van hoe volwassen de anderen overkwamen. De eerste maanden zouden ze klassikaal allemaal theorievakken krijgen, net als Will voor zijn vliegopleiding, maar bij hem ging het over aerodynamica en hij moest allerlei ingewikkelde berekeningen onder de knie krijgen. Na een paar maanden zou ze zelfs al met echte patiënten mogen werken, zij het onder streng toezicht.

Op de allereerste lesdag keek ze naar de zes andere jonge vrouwen in de klas. Iedereen zag er aardig uit, maar ook ouder en mondainer. Wat voelde ze zich opeens jong en onervaren. Kijkend naar het meisje naast haar kreeg ze het zelfs een beetje benauwd. Ze was niet alleen mooi, maar had een heel evenwichtige, volwassen uitstraling. Ze droeg een grijze wollen rok, een witte blouse en eenvoudige, zwarte hakken, en leek eerder op een secretaresse dan op een verpleegster in spe. Haar blonde haar zat in een strak knotje, ze had grote blauwe ogen en haar gezicht werd omkranst door zachte krulletjes. Audrey zelf droeg een marineblauw pakje dat ze op haar zestiende van haar moeder had geleend omdat ze iets nodig had voor een schooluitje naar Baltimore, waar ze naar een voorstelling van *Het Zwanenmeer* gingen. Daarna had ze het van haar moeder mogen houden. Ze droeg ook het parelkettinkje dat ze op haar achttiende verjaardag van Ellen had gekregen als symbool voor de overgang van meisje naar vrouw.

Audrey wierp nog een steelse blik opzij naar haar buurvrouw, die glimlachend terugkeek. Ze spraken elkaar pas tijdens de eerste pauze, toen de ander haar met een vriendelijke blik aansprak. 'Hoi, ik ben Lizzie Hatton, uit Boston. Waar kom jij vandaan?'

'Gewoon uit Annapolis. Ik ben hier geboren en getogen,' luidde Audreys verlegen antwoord. Later bleek dat sommige klasgenoten net als Audrey uit de omgeving kwamen, en anderen net als Lizzie van verder weg.

'Ah, bij mij is zo'n beetje de hele familie arts of verpleegster en omdat ik niet werd toegelaten in Boston, besloot ik hiernaartoe te gaan.' Lizzie leek zich een beetje te schamen toen ze vertelde dat ze in haar eindexamenjaar geen hoge cijfers had gehaald omdat ze vooral bezig was geweest met allerlei leuke dingen.

'O, de mijne zitten allemaal bij de marine. Mijn vader was kapitein, mijn grootvader viceadmiraal en mijn broer wil gaan vliegen voor de marine.'

'Goh, dat klinkt interessant! En wat doet je moeder?' Lizzie was geïntrigeerd dat Audrey zo kordaat en sterk overkwam, terwijl zij zich veel onzekerder voelde.

'Niets. Ze is ziek. Maar ook voor die tijd werkte ze niet.'

'De mijne was verpleegster. Mijn vader is dus arts, net als mijn opa en mijn oom. Mijn oudere broer is bijna klaar met zijn studie geneeskunde aan Yale en mijn jongere broer is net in Boston begonnen aan zijn studie. En ik had dat ook heel graag gewild. Alleen staken mijn ouders daar een stokje voor. Volgens mijn vader mag een vrouw best verpleegster worden, maar geen arts. Ik zei dat dat een ouderwetse manier van denken is, want eigenlijk willen ze dus gewoon dat ik trouw en kinderen krijg. En blijkbaar is deze opleiding een prima bezigheid zolang ik nog geen geschikte echtgenoot heb gevonden,' voegde ze er zichtbaar geïrriteerd aan toe.

'Heeft je moeder dat ook gedaan?' vroeg Audrey.

'Min of meer, alleen zal ze dat nooit hardop zeggen. Na hun trouwen hielp ze mijn vader in zijn praktijk. Totdat ze zwanger werd en vlak voor de geboorte van mijn broer Greg stopte met werken. Tegenwoordig werkt ze tweemaal per week als vrijwilliger voor het Rode Kruis in het ziekenhuis.'

'Maar waarom mocht jij dan geen geneeskunde doen?' Audrey snapte het eerlijk gezegd niet zo goed. Ze vond Lizzie een interessant meisje, en het was leuk om weer eens met iemand van haar eigen leeftijd te praten.

'Omdat het te lang duurt voordat je bent afgestudeerd en mannen willen blijkbaar niet trouwen met een vrouw met een carrière of werk. Dat laatste is waarschijnlijk nog waar ook. Dus misschien worden we wel ouwe vrijsters als we straks eenmaal in de verpleging werken,' voegde ze er lachend aan toe.

Audrey werd helemaal blij van Lizzies sprankelende, uitgesproken manier van doen. 'Maar je vader is toch ook met je moeder getrouwd terwijl zij verpleegster was?'

'Ik denk niet dat ze dat als iets voor de lange termijn zag, maar meer gewoon totdat ze trouwde.'

'Ik doe dit omdat ik beter voor mijn moeder wil leren zorgen. Ze heeft parkinson,' vertrouwde ze haar nieuwe vriendin toe.

'Och jee, dat is behoorlijk ernstig. Dus je gaat na je afstuderen niet werken?' Eigenlijk vond ze dat best sneu klinken.

Audrey zelf vond dat eigenlijk ook nu ze het zo hardop zei, maar het was moeilijk aan anderen uit te leggen dat ze haar leven aan haar moeder had gewijd. Net zoals het feit dat ze dankzij de erfenis van haar vader niet direct hoefde te werken voor het geld, zeker omdat haar moeder en zij allebei zuinig waren. 'Dat beslis ik denk ik pas als ik mijn diploma heb. Het zal afhangen van hoe mijn moeder er tegen die tijd aan toe is.' Dat Ellen de komende tijd alleen maar verder zou aftakelen, was helaas een feit.

Tijdens de lunch in de kantine ontmoette ze haar andere klasgenoten. Lizzie was negentien, een jaar ouder dan Audrey, en er waren verschillende meisjes die nog weer een paar jaar ouder waren. Zijzelf bleek de jongste van de groep te zijn. Iedereen vond het duidelijk leuk om nieuwe mensen en potentieel nieuwe vriendinnen te ontmoeten. Audrey stelde vast dat geneeskunde bij veel klasgenoten in de familie zat; een paar anderen hadden net als Lizzie een vader die arts of een moeder die verpleegster was. Behalve aan Lizzie vertelde ze verder aan niemand dat haar moeder ziek was.

Audrey haastte zich na afloop van de eerste lesdag naar huis, al was mevrouw Beavis, de thuiszorgverpleegster, als het goed was twee keer langs geweest om te kijken of Ellen niets mankeerde en haar te helpen met het middageten. Haar moeder was duidelijk blij haar te zien en vroeg van alles over haar dag. Alleen had ze nog niet zoveel wereldschokkends te vertellen. Ze hadden een boek over ziekenhuisprotocollen gekregen en ze moest voor morgen uit haar hoofd leren welke medische instrumenten er bij een blindedarmoperatie werden gebruikt.

'Misschien wil ik wel operatieassistente worden,' had Lizzie bij het zien van die eerste huiswerkopdracht gezegd.

'O, nee! Ik zou veel te bang zijn om een fout te maken,' had Audrey gepiept. 'Eerder iets met kinderen. Als ik tenminste niet voor mijn moeder moet zorgen,' had ze er zachtjes aan toegevoegd, omdat dat zou betekenen dat Ellen er niet meer was.

Gelukkig had Ellen die dag een betere dag en ze kookte die avond voor hen tweetjes. Het was bijna weer even als vroeger, behalve dat ze er pips uitzag. Audrey vertelde intussen wat meer over Lizzie, die in Annapolis in een soort zusterhuis woonde en uit een artsenfamilie in Boston kwam. Ellen genoot van de verhalen omdat ze op het sporadische bezoek van vriendinnen na weinig afleiding had. Ze voelde zich de ene dag beter dan de andere. Soms konden ze in het weekend samen boodschappen doen, en als het meezat lunchten ze dan zelfs buiten de deur. Maar op andere dagen kon ze nauwelijks uit bed komen. Lopen ging hoe dan ook moeizaam, zelfs wankele stapjes kostten haar veel inspanning.

Audrey en Will waren de afgelopen tweeënhalf jaar telkens weer geschrokken wanneer ze beseften wat Ellen allemaal niet meer kon, maar Audrey was vastbesloten dat ze zo lang mogelijk voor haar wilde blijven zorgen. Omdat ze aanvankelijk hadden gedacht dat het psychisch was, als een reactie op de dood van hun vader, kwam de diagnose parkinson extra hard aan. Helemaal omdat er niets aan kon worden gedaan. De ziekte was niet te genezen en Ellen zou alleen maar zwakker worden. Pillen boden weinig soelaas, alle behandelingen waren experimenteel. Franse artsen hadden intensieve therapie uitgeprobeerd, maar zonder noemenswaardig effect. Chirurgische ingrepen bleken evenmin een oplossing. Ellen moest ermee leren leven en ze hield zich kranig.

Dat haar broer direct na school bij de marine zou gaan

was altijd het plan geweest; daar veranderde de ziekte van hun moeder niets aan. Voor Audrey, die had gehoopt te kunnen studeren, was het een heel ander verhaal. Met het oog op haar moeder leek de verpleegstersopleiding een verstandiger keuze.

Voor Lizzie Hatton was de verpleging een schamele troostprijs vergeleken bij de geneeskundestudie van haar broers, maar ze was blij dat ze Audrey had ontmoet. Er zaten inmiddels twee lesweken op toen Audrey haar bij hen thuis uitnodigde. Ellen vond haar meteen aardig. De twee meiden ruimden na het eten de keuken op en trokken zich daarna op Audreys slaapkamer terug. Ze kwebbelden en giechelden, net als andere meiden van hun leeftijd. Audrey genoot van haar nieuwe vriendschap, en voor Lizzie was zo'n avondje in een warm thuis met twee lieve vrouwen ook heerlijk. Ze kwam zelf uit een hechte familie en had soms best heimwee, vooral naar haar twee oudere broers, die haar als ze thuis waren genadeloos plaagden.

Lizzie zag op Audreys bureau een foto van Will staan. 'O, wat een spetter! Is dat je vriendje en zit hij in het leger?'

Audrey schoot in de lach. 'Nee, ik heb nog nooit een vriendje gehad. Dat is Will, mijn broer.'

'En waar woont hij dan?'

'Hij zit bij de marine en is bezig met een vliegopleiding. Hij moet voor zijn gevechtstraining binnenkort naar Nevada of New Mexico, en daarna naar nog weer een andere plek. Uiteindelijk gaat hij in Hawaï op een vliegdekschip leren landen.'

'Heeft hij een vriendin?'

'Nee, hij is verliefd op vliegtuigen. Dat is zo'n beetje het enige waar hij aan denkt. Mijn vader was net zo, maar dan met schepen. Maar voor Will zijn het dus vliegtuigen. Ik mis hem best wel,' voegde ze er met een weemoedige glimlach aan toe. Zou Will Lizzie aantrekkelijk vinden als hij haar een keer ontmoette? Met haar zachte blonde krullen en hemelsblauwe ogen was ze een plaatje om te zien. Ze was langer dan Audrey, had een perfect figuur en was door haar broers sportief aangelegd. Will viel op zijn beurt altijd erg in de smaak bij meisjes. Hij had op de middelbare school en op de academie meerdere knappe vriendinnetjes gehad, maar het hield nooit stand. Vliegen was het allerbelangrijkste in zijn leven en een relatie paste daar niet bij. Bovendien zou hij Lizzie waarschijnlijk toch te jong vinden.

Tijdens hun eerste studiejaar leerden Lizzie en Audrey veel over hun toekomstige beroep. Ze namen hun studie allebei serieus, haalden goede cijfers en blokten vaak samen voor een examen. Al na een paar maanden mochten ze onder supervisie met echte patiënten werken. Ze droegen hun witte uniformen inmiddels vol trots en mochten na drie maanden ook het geijkte gesteven kapje opzetten.

Lizzie nodigde Audrey tijdens de voorjaarsvakantie uit om een weekendje naar Boston te komen. Audrey aarzelde omdat ze haar moeder niet alleen wilde laten, maar mevrouw Beavis vond het geen enkel probleem om twee dagen voor Ellen te zorgen. Haar toestand was sinds een tijdje redelijk stabiel, hoewel ze door een flinke verkoudheid langer dan een maand ziek was geweest, waardoor ze weer minder kracht had en lopen slechter ging. Dat de klachten verergerden door andere kwalen hoorde helaas bij het ziektebeeld.

Aan het eind van Audreys eerste studiejaar voelde Ellen zich gelukkig goed genoeg voor een vakantieweekje aan zee, waar ze mentaal erg van opknapte. Will kon verlof opnemen en zelfs een paar dagen langskomen. Het was heerlijk om weer even allemaal samen te zijn.

Lizzie bracht de zomervakantie door in het zomerhuis van haar familie in Maine, en ze kwam eind augustus bijzonder goed gemutst in Annapolis terug. Ze bleek een leuke vakantieliefde te hebben gehad met de oudere broer van een vriend van vroeger. Hij werkte die zomer in Boston en kwam elk weekend naar zijn ouders in Maine. Het was niet meer dan een bevlieging, want ze waren het er allebei over eens dat een langeafstandsrelatie te ingewikkeld was. Hij had nog een jaar op Dartmouth te gaan en was van plan om na zijn afstuderen voor een bank te gaan werken. Het was een aardige jongen en ze hadden het leuk gehad samen, ondanks de wetenschap dat hun relatie geen toekomst had.

En zo begonnen beide meisjes in het najaar allebei uitgerust aan hun tweede studiejaar met meteen een stage in het ziekenhuis. Audrey liep een maand mee bij verloskunde en deed ervaring op op de tbc-afdeling. Lizzie begon bij orthopedie en ging daarna naar de kinderafdeling, waar de kraamafdeling ook onder viel. Omdat ze nu in aanraking kwamen met diverse specialismen, konden ze na hun studie alle kanten op, zoals werken in een ziekenhuis of huisartspraktijk of als privéverpleegster. Dat laatste was Audrey in feite nu al voor haar moeder en ze had inmiddels meerdere handige trucs en technieken geleerd. Ellen was haar dochter daar dankbaar voor en erg onder de indruk van alle kennis die ze had opgedaan.

Lizzie had weer haar intrek genomen in het zusterhuis en wist niet helemaal zeker of ze na haar opleiding naar Boston terug wilde. Ze zei weleens dat ze meer van de wereld wilde zien en stiekem best een baan in New York zou willen. Daarnaast had ze het soms over Californië, maar dat voelde toch een beetje als een andere planeet. Bovendien moest ze voordat ze dat soort grote beslissingen nam natuurlijk eerst nog de opleiding afmaken. Audrey bewonderde haar vriendin om haar avontuurlijke instelling. Lizzie vond dat haar ouders haar moeilijk konden dwingen eeuwig in Boston te blijven, vooral omdat ze van hen ook al geen geneeskunde had mogen studeren. Zo'n voorspelbaar leven zag ze echt niet zitten, om ergens verpleegster te worden en op zoek te moeten naar een echtgenoot. En als ze die eenmaal had gevonden, zouden er zo snel mogelijk kinderen moeten komen. Nee, Lizzie wilde meer uit het leven halen.

In Audreys ogen had haar vriendin allerlei mogelijkheden, terwijl haar eigen toekomst eigenlijk al vastlag, namelijk thuis blijven en voor haar moeder zorgen. Geen van beide meisjes was van nature opstandig en ze wisten dat ze zich hoorden te schikken naar hun rol en de familietradities. Soms hadden ze het er 's avonds laat over, wanneer Lizzie bij de Parkers bleef logeren. Lizzie zag het leven dat haar ouders voor haar hadden uitgestippeld niet zitten en wilde zelf haar pad uitstippelen en haar eigen beslissingen nemen.

De oorlog in Europa brak aan het begin van hun tweede

studiejaar uit. Ze volgden het nieuws, maar maakten zich er verder niet al te druk over omdat Amerika er niet bij betrokken zou raken. De president had duidelijk gemaakt dat hun land niet nog een keer aan een Europese oorlog zou deelnemen. Toch was alles wat er in Europa gebeurde bijzonder verontrustend. Will kwam met Thanksgiving thuis en zei dat hij het jammer vond dat Roosevelt vastbesloten was de VS erbuiten te houden. Niemand wilde oorlog, maar hij zat bij de marine, had gevechtstraining gehad en had graag meegevochten.

Lizzie was met toestemming van haar ouders ingegaan op Audreys uitnodiging om Thanksgiving bij de Parkers te vieren en was meteen onder de indruk van de lange drieëntwintigjarige Will. Hij was knap en stijlvol en zag er in zijn uniform als een spannende filmster uit. Zij was twintig en heel mooi, maar hij behandelde haar niet anders dan zijn zusje en plaagde ze allebei alsof ze nog kinderen waren. Ellen en Audrey waren dolblij dat ze Will weer eens zagen. Hij was kort daarvoor overgeplaatst naar een marinevliegkamp in San Diego. Hij vond het in Californië geweldig, maar zweeg over zijn liefdesleven en ontweek de vragen van zijn zusje. Maar ze konden wel raden dat hij kon uitgaan met wie hij wilde, gesteld dat hij daar tijd voor had en vooral máákte. Vliegen was duidelijk nog steeds zijn grote liefde en nam hem volledig in beslag. Hij vloog inmiddels in een North American SNJ, een eenmotorig gevechtsvliegtuig met twee stoelen: een voor de piloot en een voor de instructeur. Will vond het fantastisch om daarmee de lucht in te gaan. Hij ging zondagavond helaas alweer terug naar de basis, maar het was een fijn en ontspannen familieweekend geweest. Lizzie vond het heerlijk dat ze daar even deel van had uitgemaakt. De Parkers leken beter met elkaar te kunnen opschieten dan zij met haar ouders, al kon ze het goed vinden met haar broers.

Audrey en Will voerden voor zijn vertrek nog een kalm maar ernstig gesprek over Ellen. Het was Will dat weekend opgevallen dat ze zelfs niet meer zonder hulp kon opstaan. Haar armen leken zwakker en lopen was klaarblijkelijk nog moeilijker geworden. Audrey ging tegenwoordig altijd mee naar de wc en de badkamer omdat vallen een steeds groter risico was.

'Hoe gaat het volgens jou echt met mama?' vroeg hij. Ellens spieren mochten dan zwakker zijn geworden, haar geest was nog net zo helder en scherp als vroeger. Will was bezorgd en verdrietig omdat ze zo aftakelde en nog maar weinig zelfstandig kon. Hij wist ook wat dat voor zijn zusje betekende. Niet dat Audrey zich erover beklaagde. Bovendien had ze veel aan de vaardigheden die ze in haar opleiding opdeed. Ze hoopten allebei dat hun moeder nog heel wat jaren voor zich had, maar het zag ernaar uit dat Audreys hele leven binnen afzienbare tijd om de zorg voor haar moeder zou draaien.

'Ik denk dat je dat zelf wel zo ongeveer kunt inschatten. Ze zal binnenkort niet meer zonder rolstoel kunnen. Lopen gaat eigenlijk niet meer, ze valt vaak.' Ellen was die ochtend zelfs uit haar rolstoel gevallen, gelukkig in de relatief veilige slaapkamer. De trap werd een steeds groter obstakel en Audrey hield er rekening mee dat Ellen binnenkort naar de enige slaapkamer op de begane grond moest verhuizen, oftewel Wills oude kamer. 'Ze probeert zo veel mogelijk zelf te doen, maar de spierkracht in haar handen is het afgelopen jaar flink achteruitgegaan,' formuleerde Audrey voorzichtig, want ze wist dat het voor Will moeilijk was hun moeder zo te zien.

'Ze boft maar met jou,' zei hij met verstikte stem. De artsen hadden onlangs gezegd dat Ellens ademhalingsspieren waren aangetast en dat zelfs een simpele verkoudheid fataal kon uitpakken als ze longontsteking kreeg. En die kans was reëel.

'We moeten haar gewoon maar zo veel en zo lang mogelijk blijven helpen. Over anderhalf jaar ben ik klaar met mijn opleiding en ben ik weer de hele tijd thuis.' Audrey genoot intussen van de opleiding en van alles wat ze leerde, en niet alleen omdat ze die vaardigheden thuis kon toepassen. Het voelde als haar roeping, net als vliegen voor Will, alsof ze voorbestemd was voor dit vak. Ze bloeide op zodra ze haar uniform aantrok en kapje opzette. Net als Will wanneer hij in een vliegtuig stapte en het luchtruim koos. Lizzie had dat niet, zij wilde nog steeds liever arts worden, maar toch vond ze de opleiding boeiender en leuker dan ze had verwacht. En ze waren allebei heel blij dat ze elkaar hadden ontmoet.

'Maar je zegt het wel echt als je denkt dat ik naar huis moet komen, hè? Als... als ze er erg slecht aan toe is...' zei Will.

Audrey wist dat hij bang was dat Ellen zou doodgaan zonder dat hij afscheid had kunnen nemen. 'Ja, natuurlijk zeg ik dat.' Ze omhelsden elkaar, allebei in het droevige besef dat ze over niet al te lange tijd misschien alleen nog elkaar hadden.

Ellen huilde toen Will die avond weer vertrok. Lizzie was eerder die avond al vertrokken, totaal in de ban van Will. Ze vond het vreselijk dat hij haar duidelijk niet als een leeftijdgenoot zag en helaas voelde ze zich in zijn bijzijn ook veel jonger, terwijl ze juist als een femme fatale had willen overkomen. Hij leidde een veel volwassener leven dan zij in de slaperige stad waar hij nota bene was opgegroeid. Voor hem waren er nieuwe werelden opengegaan en de meeste jonge mannen zouden alleen maar kunnen dromen van zijn leven: vrijheid, vliegen in fantastische gevechtsvliegtuigen, weten dat je leeftijdgenoten zowel jaloers op je zijn als je bewonderen, en de meisjes voor het uitkiezen hebben. Zoals het in die tijd gebruikelijk was, was zijn leven totaal anders dan het plichtsgetrouwe, toegewijde bestaan van Audrey, die alles voor hun zieke moeder opofferde.

2

Bij hun afstuderen konden Lizzie en Audrey bijna niet geloven hoe snel de afgelopen drie jaar voorbij waren gevlogen. Audrey was inmiddels eenentwintig, Lizzie een jaartje ouder, en nu waren ze dan toch echt volleerde en gediplomeerde verpleegsters, inclusief het geijkte lichtblauwe uniform en gesteven witte kapje. Bij de diploma-uitreiking kregen ze hun insigne en officiële papieren. En al waren ze nu dan officieel verpleegster, hun leven was verder niet zo heel erg veranderd.

Lizzie had een paar afspraakjes met verschillende jongemannen gehad, maar nooit vaker dan een of twee keer met dezelfde. Veel van haar vroegere klasgenoten van de middelbare school waren inmiddels getrouwd, sommige hadden zelfs al een baby. Lizzie was daar nog helemaal niet aan toe. Na de afgelopen drie intensieve jaren wilde ze zich pas settelen als ze eerst een beetje van het leven had kunnen genieten. En dan ook echt genieten en fijne dingen meemaken. Maar zoals gewoonlijk had haar vader al toekomstplannen voor haar gemaakt, want hij bleek een baan te hebben geregeld in het Massachusetts General Hospital in Boston, de plek waar hij patiënten naar doorverwees en zelf weleens opereerde. Omdat Lizzie nog niet wist waarin ze zich wilde specialiseren, had hij besloten dat de verkoeverkamer voor vrouwen een goede ervaringsplek was. Ze wist dat hij verwachtte dat ze dankbaar zou zijn, maar ze was boos en gooide haar grieven er vlak voor de afstudeerceremonie uit tegen Audrey.

'Dat doen ze dus altijd, hè. Echt altijd! Allebei! Zij beslissen wat het beste voor me is en verwachten dat de kous daarmee af is. Ze nemen niet eens de moeite om me te vragen wat ik ervan vind. Maar ik ben geen kind meer! Ik ben verpleegster geworden omdat zij dat wilden. En heus, ik ben blij dat ik dat heb gedaan, want ik heb jou ontmoet en het is een goed beroep en zo doe ik tenminste nog iets medisch. Liever dit dan voor de klas staan of secretaresse worden op een kantoor. Maar ik wilde solliciteren in New York en nu heeft mijn vader zonder het te vragen gewoon een baan voor me geregeld in Boston. Dat zou hij bij mijn broers nooit hebben geflikt.'

'Misschien wel...' opperde Audrey voorzichtig. Ze had medelijden met haar vriendin en snapte dat Lizzie zelf wilde kunnen bepalen wat ze met haar opleiding deed. 'Want, ja, Greg werkt als arts en Henry studeert geneeskunde, maar misschien wilden ze dat wel helemaal niet? Het zou kunnen dat je ouders dat ook voor hen hebben bepaald. Net als het bij Will altijd al vaststond dat hij bij de marine zou gaan, dat werd vanwege mijn vader en opa gewoonweg van hem verwacht. Maar Will zou het vreselijk hebben gevonden als hij niet had kunnen vliegen bij de marine, want volgens mij kunnen schepen hem gestolen worden.'

'Ja, maar mijn ouders hebben echt mijn hele leven voor me uitgestippeld,' fulmineerde Lizzie. 'En moet jij opletten! Als ik over een jaar nog niet verloofd ben, flippen ze. Nu ik eenmaal gediplomeerd verpleegster ben willen ze natuurlijk dat ik trouw en kinderen krijg. Dat deed mijn moeder immers ook. Houdt het dan nooit op? Heb ik dan geen enkele stem in mijn eigen leven?' Ze had tranen in haar ogen en besefte tegelijkertijd dat Audreys voorland onnoemlijk zwaar was. Zij moest helemaal in haar eentje zorgen voor een moeder die wegkwijnde, terwijl haar enige broer zesduizend kilometer verderop de stoere gevechtspiloot uithing. Lizzie vond het vreselijk oneerlijk. 'Het is 1941, geen 1910 meer, hè. Waarom verandert er nou nooit iets voor vrouwen. Ik weet dat ze zeggen dat dat zo is, maar daar ben ik het echt niet mee eens. Ik had gewoon geneeskunde moeten gaan studeren. Pech dat mijn vader dan compleet door het lint was gegaan.' Alleen had ze die studie zelf nooit kunnen betalen en haar ouders hadden haar verpleegstersopleiding wel betaald.

'Misschien lukt dat ooit nog wel,' probeerde Audrey haar te kalmeren.

'Ik kan natuurlijk ook gewoon alsnog zelf een baan zoeken. Of naar Baltimore verhuizen. Dan zou ik tenminste dicht bij jou zijn. Ik ga je zo vreselijk missen.' Ze waren drie jaar lang onafscheidelijk geweest en ze omhelsden elkaar nu terwijl de tranen over Lizzies wangen liepen.

Ze stonden allebei stil bij hun toekomst, een toekomst waar ze geen van beiden voor hadden gekozen. Audrey kon haar moeder niet in de steek laten en had dus helemaal geen keuze. En Lizzie kon niet tegen haar dominante vader op. Haar moeder schikte zich altijd naar de wensen van haar echtgenoot, en haar broers durfden evenmin tegen hem in te gaan. Iedereen in het gezin luisterde naar hem, en zo zou Lizzie over twee weken dus gewoon beginnen aan de baan die hij voor haar in Boston had geregeld. Haar ouders verwachtten bovendien dat ze weer thuis kwam wonen, zoals het een keurige jonge vrouw betaamde. Ze was veel liever op zichzelf gaan wonen, bijvoorbeeld met een paar andere verpleegsters, maar ze wist dat ook dát nooit zou mogen.

Audrey bleef uiteraard bij haar moeder en had nergens gesolliciteerd. Voor haar lag de nabije toekomst pas echt vast: thuisblijven en voor haar zieke moeder zorgen. Ellen was haar daar erg dankbaar voor en verraste haar dochter dan ook met een erg bijzonder afstudeercadeau. Op de avond voor de diploma-uitreiking zei ze uit het niets op ferme toon: 'Audrey, ik wil jou én een vriendin graag op een vakantie trakteren en ik zou het fijn vinden als jullie naar Hawaï zouden gaan. Eerlijk gezegd heb ik het al met Will besproken. Hij heeft het daar erg naar zijn zin en zegt dat hij verlof kan opnemen om jullie het eiland te laten zien. Ik neem aan dat je Lizzie wilt meenemen, maar dat is verder aan jou. Je zou me een groot plezier doen als je eventjes vakantie gaat vieren op een heel mooie plek. En niet ooit eens in de verre toekomst, maar binnen afzienbare tijd. Bedenk maar hoe je het wilt aanpakken. Mevrouw Beavis kan prima een week tot tien dagen bij me blijven. Ik heb het haar al gevraagd en ze houdt er rekening mee. Dus ga alsjeblieft lekker genieten samen. Je hebt het zó verdiend, meisje. Ik ben zo trots dat je je diploma hebt gehaald. En ik weet dat je het vooral voor mij hebt gedaan. Maar nu ben jij eens aan de beurt. Kijk maar wanneer je precies wilt gaan. Je kunt vanuit New York naar Californië vliegen, en vanaf daar met Pan Am door naar Oahu. En geen "ja maar" graag, want ik heb het geld voor de reis al opzijgezet.'

Audrey keek haar verbaasd aan en holde toen naar de telefoon om Lizzie te bellen en struikelde bijna over haar woorden: 'En ik wil dat jij meegaat! Want het is mijn afstudeercadeau en mijn moeder betaalt ook de reis van de vriendin met wie ik wil gaan. En dat ben jij natuurlijk. Dus vraag alsjeblieft op je werk wanneer je een week vrij kunt nemen. Will zei dat hij verlof aanvraagt en ons het eiland kan laten zien.'

'O mijn hemel, wat ongelooflijk! Dat klinkt als een droomreis!'

Audrey vermoedde dat dat bij Lizzie voor een niet onbelangrijk deel ook te maken had met Will.

Hij had haar tot nu toe altijd als een soort zusje behandeld, maar Lizzie hoopte inderdaad stiekem dat hij haar nu ze was afgestudeerd misschien als een volwassen vrouw zou zien. Maar los van Will was het een geweldig vooruitzicht om naar zo'n exotische, tropische plek als Hawaï te gaan. Het was een ontzettend gul cadeau, temeer omdat Audrey een vriendin mocht meenemen.

Beide jonge vrouwen vielen die avond met allerlei droombeelden in slaap. De afstudeerceremonie de volgende dag was een emotionele gebeurtenis. Will kon helaas niet komen vanwege een speciale gevechtstraining van twee weken waar hij niet onderuit kon. Ellen wilde haar dochter per se zien afstuderen en wist er met pure wilskracht en de nodige hulp van mevrouw Beavis bij te zijn. Toch moest ze ter plekke met een strakke veiligheidsriem in de rolstoel worden vastgezet om te voorkomen dat ze eruit viel. Audrey vermoedde dat het weleens de laatste keer kon zijn dat haar moeder ergens naartoe ging, maar net zoals ze Wills afstuderen drie jaar eerder voor geen goud had willen missen, was ze nu niet van plan verstek te laten gaan bij de diploma-uitreiking van haar dochter. Niets – zelfs haar ziekte niet – zou haar dit moment ontnemen. Ze was apetrots op Audrey, die de hoogste examencijfers had behaald, met Lizzie als goede tweede. Ellen was inmiddels ook erg op haar gesteld; Lizzie was een lieve meid en een geweldige vriendin voor Audrey. Weliswaar was ze meteen ook Audreys enige vriendin, maar ze waren wel echt twee handen op één buik.

Lizzies ouders en broers kwamen ook naar de diploma-uitreiking. Haar vader keek streng en trots. Haar moeder herinnerde zich haar eigen afstuderen en kreeg tranen in haar ogen toen Lizzie haar verpleegstersinsigne en diploma in ontvangst nam. Lizzie liep direct na het officiële gebeuren opgetogen naar haar ouders toe om hen over de vakantie te vertellen.

'Ah,' zei haar moeder kalmpjes, 'daar moeten we het later dan nog maar even over hebben.'

Haar woorden waren een koude douche en Lizzie staarde haar moeder ontzet aan. Dit moesten ze haar echt niet nog een keer aandoen, haar de wet voorschrijven alsof ze een klein kind was. Ze was nu een volwassen vrouw! 'Nee, mam. Daar gaan we het niet "over hebben". Ik ga. Ik weet nog niet precies wanneer, want dat moet ik met mijn werk bespreken, maar ik ben uitgenodigd en ik ga mee.' Ze zei het op bikkelharde toon, een kant die haar ouders niet van haar kenden.

'Het is heel ver weg en jullie zijn twee jonge vrouwen en daar helemaal alleen...' begon haar moeder met een zenuwachtig trekje om haar mond.

'Nou, het lijkt mij fantastisch. Audreys broer krijgt verlof en gaat ons rondleiden. Ik ga echt.' Lizzie draaide zich om en zag dat Henry naar haar knipoogde en 'goed zo, zusje' fluisterde. Ze knikte naar hem, want de drie kinderen onderhandelen weleens met hun moeder, maar hun vaders wil was tot nu toe wet geweest. Inmiddels wist ze dat Henry liever architect had willen worden in plaats van arts. Greg had wel zelf arts willen worden, maar was gezwicht om kindergeneeskunde in te ruilen voor orthopedie. Met orthopedische chirurgie kon je immers meer verdienen. Benjamin Hatton was niet iemand wiens mening je zomaar naast je neer kon leggen, maar Lizzie was niet van plan zich deze vakantie met Audrey door iemand te laten afnemen. Niet door haar moeder en ook niet door haar vader. Ze had zich nog nooit op zoiets spannends verheugd, om nog maar te zwijgen van de kans om een week lang door te brengen in het gezelschap van een fantastische jongen op wie ze al meer dan twee jaar verkikkerd was. Wat er ook gebeurde, ze liet zich hier niet van weerhouden.

De twee jonge vrouwen stelden hun ouders aan elkaar voor. De Hattons waren zichtbaar geraakt toen ze zagen hoe ziek Ellen was en hoe trots ze op haar dochter was. Het gaf hun een vollediger beeld van Audrey. Ellen vond het op haar beurt fijn hen te ontmoeten en was blij voor Lizzie dat ze haar diploma had.

Die avond ging Lizzie na drie jaar in Annapolis te hebben gewoond met haar familie mee terug naar Boston. Het afscheid ging met veel tranen gepaard. Audrey voelde zich erg alleen toen Lizzie weg was. Ze had nog nooit een hartsvriendin gehad en was haar moeder nu extra dankbaar voor de fantastische reis. Ze verheugde zich er bovendien op om Will weer iets langer te zien. Hij was al maanden niet thuis geweest omdat Hawaï ver weg was en de vliegopleiding zo intensief.

Lizzies baan in het Massachusetts General Hospital was zo saai als ze had gevreesd. Op de afdeling lagen vooral vrouwen wier baarmoeder was verwijderd of die andere ingrepen hadden ondergaan die medisch gezien niet bepaald interessant waren. Ze voelde zich een soort veredeld dienstmeisje en hoewel ze uitblonk in diagnoses stellen, had ze daar nu weinig aan. Na een week meldde ze haar leidinggevende dat ze voor een al eerder afgesproken familieverplichting op korte termijn een week naar Hawaï moest. Uiteindelijk mocht ze na enig overleg in november onbetaald verlof opnemen. Ze zou ter compensatie en als een gebaar van goede wil dan wel met Thanksgiving moeten werken, zodat iemand anders die feestdag vrij kon nemen. Lizzie vond dat geen enkel probleem en liet Audrey meteen weten dat alles wat haar betreft geregeld was.

Ellen was erg blij dat het doorging. Ze wilde Audrey

iets extra bijzonders geven, want ze wist heel goed hoeveel haar dochter allemaal moest opgeven om fulltime voor haar te zorgen. Het was geen gemakkelijk leven voor een jonge vrouw, maar Audrey deed het graag, al verheugde ze zich tegelijkertijd enorm op de vakantieweek met zowel haar broer als haar beste vriendin.

Ze boekten een United-vlucht van New York naar San Francisco, en vandaar door naar Honolulu met Pan Am. Die tweede vlucht met de grootste vliegboot ter wereld was buitensporig luxe, maar Ellen had erop gestaan. Audrey en zij waren altijd zuinig geweest en ze wilde eens flink uitpakken om haar dochter een onvergetelijke vakantie te geven. Omdat New York het meest logische vertrekpunt voor hun grote reisavontuur was, spraken ze daar op donderdagavond 6 november af. Op vrijdag 7 november vlogen ze naar San Francisco, en op zondag 16 november zouden ze daarvandaan weer terugvliegen. Dan kwamen ze op maandag in New York aan, zodat Lizzie de dag erna weer in het ziekenhuis aan het werk kon en Audrey nog dezelfde avond naar huis.

Will verheugde zich op hun komst en had het Royal Hawaiian Hotel in Honolulu voor hen uitgekozen. Hij kon gelukkig inderdaad een hele week vrij nemen om ze rond te leiden. Omdat Audrey en Lizzie naar een weelderig tropisch eiland met heerlijk warm weer gingen, konden ze wel een paar nieuwe kleren gebruiken. Ze arriveerden dan ook allebei in New York met een compleet nieuwe zomergarderobe in hun koffer: korte broeken, badpakken, sandalen, zomerjurkjes, plus een paar mooie, luchtige japonnen voor de dinertjes.

In New York logeerden ze in het Hudson Hotel, een vrouwenhotel dat door hun ouders was goedgekeurd. Ze waren die donderdagavond helemaal blij en opgewonden over de reis. Ze belden Ellen om te zeggen dat ze veilig waren aangekomen en zouden de volgende ochtend op LaGuardia Airport de United-vlucht naar San Francisco nemen. Na dat eerste deel van de reis zouden ze in het Fairmont Hotel overnachten, waarna ze de dag erop het vliegtuig naar Honolulu zouden nemen.

Ze vonden de stewards op de United-vlucht op filmsterren lijken, maar er was ook een erg knappe stewardess, die tijdens een gesprekje vertelde dat ze verpleegster was.

'Dát hadden we moeten doen, Aud,' fluisterde Lizzie nadat de stewardess in haar strakke pakje met bijpassend hoedje was doorgelopen.

'Wát moeten doen?'

'Stewardess worden! Ik hoorde laatst al dat je dan verpleegster moet zijn. Ze heeft overduidelijk veel leuker werk dan ik in het ziekenhuis, en dat uniform is werkelijk beeldig.'

Audrey schoot in de lach. 'Dan moet ik eerst een hele make-over krijgen, want zij ziet eruit alsof ze rechtstreeks van een modellenbureau komt. Vorig jaar zag niemand van onze klas er zo uit, hè.'

'Nou, dat hoedje en dat uniform zouden jou anders geweldig staan. Ik snap niet waarom ik er nooit aan heb gedacht. Het lijkt me een enige baan.'

'Het is waarschijnlijk moeilijker dan het eruitziet.' Audrey was van het praktische maar moest bekennen dat het inderdaad glamourachtig aandeed. Maar ze wist dat ze haar moeder nooit alleen zou kunnen laten. Dit was de eerste keer in zes jaar tijd dat ze Ellen langer dan een dag of twee niet zag, en het had zorgvuldige planning vereist om te regelen dat haar moeder altijd hulp had of op z'n minst kon inroepen. Mevrouw Beavis had tijdens Audreys reis dan ook geen moment vrij.

Audrey keek in het begin uit het raampje naar het landschap ver onder hen en genoot van het vliegen, hoewel er ook best wat turbulentie was. In tegenstelling tot een paar andere passagiers waren Lizzie en zij allebei niet bang. De service was onberispelijk en het eten verrukkelijk. Audrey en Lizzie kletsten nog wat langer met de stewardess en vertelden haar dat zij ook verpleegsters waren. Beth, want zo heette ze, was enthousiast over haar werk en zei dat ze haar opleiding niet nodig had gehad in het jaar dat ze nu voor United werkte, al viel dat natuurlijk nooit uit te sluiten. Ze had alleen enkele eenvoudige medische probleempjes moeten oplossen, zoals een baby met oorpijn en een passagier die misselijk was. Toen ze Beth vertelden dat ze naar Honolulu gingen, zei ze dat ze één keer in Hawaï was geweest en dat het echt een tropisch paradijs was; ze zouden het ongetwijfeld net zo fantastisch hebben als zij destijds.

'Mijn broer is er gestationeerd, hij is piloot bij de marine,' zei Audrey. 'En hij vindt het er inderdaad geweldig. Ik heb het idee dat hij er nooit meer weg wil.' Ze babbelden nog een poosje, waarna Audrey en Lizzie weer naar hun stoelen gingen. Audrey las de rest van de vlucht, Lizzie deed een dutje. Eenmaal geland in San Francisco namen ze een taxi naar Nob Hill. Ze aten in het hotel en gingen vroeg naar bed om goed uitgerust te zijn voor de lange reis de volgende dag.

De volgende ochtend stapten ze op Treasure Island aan boord van de beroemde Pan Am-vlucht. De Boeing 314 Clipper-vliegboot was bijzonder indrukwekkend. Er konden vierenzeventig passagiers in, maar ze waren nu maar met z'n vijfentwintigen. Iedereen reisde eerste klas en bleek op vakantie te gaan. Er heerste meteen al een feestelijke stemming, maar het was dan ook zalig om de winterkou vaarwel te kunnen zeggen en richting de warme zon en witte zandstranden te vliegen. Iedereen keek een beetje ongeduldig uit naar de landing, hoewel de vlucht gedenkwaardig was. De vier stewards zorgden ervoor dat het hen aan niets ontbrak. De Clipper had een bovendek, een cabine die was onderverdeeld in vijf compartimenten met zitplaatsen, een grote lounge die kon worden omgebouwd tot eetruimte en zelfs een bruidssuite.

De zeer luxe reis duurde in totaal zestien uur en ze landden de volgende ochtend soepeltjes op het water. Bij de terminal stonden twee mooie Polynesische meisjes te wachten die elke passagier een *lei* van bloemen overhandigden. De lucht was poederblauw en het was aangenaam warm. Audrey vond de vakantie nu al geweldig en toen ze opkeek, zag ze haar broer in zijn witte zomeruniform naar hen toe komen. Hij omhelsde haar en tilde haar zelfs even van de grond. Hij knikte Lizzie vriendelijk toe, maar Audrey zag meteen dat de blik waarmee hij haar aankeek anders was dan de vorige keer. Lizzie zag er dan ook ronduit betoverend uit, met haar lange blonde haar dat in zachte golven over haar schouders viel en in een lichtblauwe jurk in de kleur van haar ogen die haar rondingen mooi volgde zonder ordinair te zijn. En dus liep Will even later met een trotse gezichtsuitdrukking tussen de jonge vrouwen in naar de uitgang.

Ze hadden niet verwacht dat hij met de auto was en ze naar hun hotel kon brengen. Zodra ze hadden ingecheckt en hun koffers in de kamer hadden gezet, nam hij ze mee naar het terras voor een vroege lunch. Ze bestelden drankjes met een parapluutje erin en kletsten honderduit. Audrey en Lizzie hadden tijdens de vlucht allebei goed geslapen en waren niet moe. Will vond het duidelijk leuk dat ze er waren. Hij was attent naar zijn zusje, maar zijn blik bleef naar Lizzie afdwalen. Zij genoot op haar beurt van zijn aandacht en had meteen gemerkt dat hij haar duidelijk niet langer als een kind zag. Net als zijn zusje was ze ouder dan de vorige keer dat ze elkaar hadden gezien, en ze keek nu al uit naar al het moois dat er de komende week te ontdekken viel. Hij beloofde ze de volgende dag een rondleiding te geven in Honolulu en Ford Island, de basis waar hij was gestationeerd. Hij zou zaterdag, de dag voor hun vertrek, in formatie vliegen bij een vliegshow, dus ze kregen zelfs de kans om hem in actie te zien.

Will moest na de lunch even terug naar de basis, maar hij beloofde op tijd terug te zijn voor het diner en de *luau* in het hotel. Audrey en Lizzie besloten zich meteen om te kleden voor het strand. Audrey kon die middag haar geluk niet op, haar moeders gulle cadeau was werkelijk fantastisch. En Lizzie leek sinds de lunch met Will te zweven. Het paradijselijke eiland had zijn reputatie tot nu toe meer dan waargemaakt en Will had voor een bijzonder hartelijk welkom gezorgd. Ze genoten van het strand en kletsten over wat ze de rest van die week allemaal gingen doen. 'Het wordt echt een fantastische week,' zei Audrey, voordat ze haar ogen sloot vanwege de felle zon. Lizzie lag met een verrukte glimlach naast haar aan Will te denken. Ze voelde zich zelfs een beetje duizelig. De toekomst zag er plotseling heel rooskleurig uit terwijl ze daar, verzonken in hun zoete dromen, op Waikiki Beach lagen. Het leven was perfect.

3

Het Royal Hawaiian Hotel lag direct aan zee en ze aten die ochtend op hun eigen balkon, een zogeheten *lanai*. Daarna maakten ze eerst een lange strandwandeling voordat ze omstreeks halfelf alweer in de zon lagen om aan hun bruine kleurtje te werken. Afgewisseld met zo nu en dan een lekkere duik in de branding was het al snel weer tijd voor een douche en de lunch. Lizzie vroeg tijdens het omkleden of ze die avond een van Audreys jurken mocht lenen. Lizzie was langer en hij was haar eigenlijk ietsje te kort, maar ze vond hem mooier dan een van haar eigen exemplaren en ze wilde straks fris, jong en mooi voor de dag komen.

Will bleek zich die avond niet van hen te kunnen losrukken en stelde na het eten een laatste drankje op het terras voor. Het werd laat, maar de twee jonge vrouwen stonden de volgende ochtend vroeg op om nog even te gaan zwemmen voordat Will ze kwam ophalen voor de lunch in het prachtige Moana Hotel. Erna volgde een rondrit langs een paar beroemde uitkijkpunten, met als eindbestemming de marinebasis op Ford Island. De haven lag vol marineschepen en het wemelde er van de matrozen en officieren in witte uniformen. Wills insigne gaf aan dat hij officier-vlieger was, wat hem overduidelijk een soort sterrenstatus gaf. Bovendien was hij ook nog eens de squadroncommandant van zijn eenheid.

'We hebben minder piloten dan de luchtmacht,' pochte hij tegen Audrey. 'Maar wij zijn mooi wel beter,' voegde hij er lachend aan toe, maar ze wist dat hij dat echt vond. Inmiddels zat hij bijna drieënhalf jaar bij de marine en was net begonnen aan de speciale vliegdekschiptraining. Hij was vijfentwintig en zo ontzettend knap dat Lizzies adem telkens als ze naar hem keek even stokte. Al gedroeg hij zich als een keurige gentleman, ze wist door iets in de manier waarop hij naar haar keek dat hij haar ook erg leuk vond. En niet alleen omdat ze de hartsvriendin van zijn zusje was.

Toen Will ze aan het eind van de middag weer bij het hotel afzette, besloot hij mee te gaan naar het zwembad, waar hij vooral met Lizzie stoeide. Op een gegeven moment dook ze voor hem weg en toen ze onder water haar ogen opendeed, keek ze recht in de zijne. Ze grijnsden allebei blij. Zodra ze buiten adem weer boven water kwamen, sloeg hij voorzichtig zijn armen om haar heen. 'Je bent veranderd,' zei hij zachtjes.

'Nee, hoor, helemaal niet. Ik ben gewoon ietsje ouder geworden.'

Hij knikte zwijgend en klom op de kant. Daarna excuseerde hij zich al snel omdat hij iets op de vliegbasis moest doen, maar hij zou op tijd terugkomen voor het diner.

Audrey had gezien wat er tussen hen was voorgevallen. Zag haar broer Lizzie echt zitten? Will had nog nooit een serieus vriendinnetje gehad, tenminste niet dat zij wist, maar ze had de indruk dat hij Lizzie bijzonder leuk vond en ze wist dat haar vriendin stilletjes al jaren verliefd op hem was. Ze zou niets liever willen dan dat die twee iets met elkaar kregen, maar misschien was dat voor een weekje vakantie iets te veel gevraagd. Hoe dan ook was het fijn dat ze allemaal zo genoten van deze vakantieweek.

Lizzie deed die avond lang over haar toilet, en de van Audrey geleende strapless witte jurk stond haar werkelijk prachtig. Ze had haar haar opgestoken, een parelkettinkje om en aan haar voeten prijkten een paar sexy zilverkleurige hooggehakte sandalen. Audrey droeg een turquoise jurk van zijde die haar inmiddels al mooi gebruinde huid accentueerde. Lizzie had een lichtere teint en moest oppassen dat ze niet verbrandde, maar Audrey had zich voorgenomen dat ze zo bruin mogelijk thuis wilde komen.

Will nam hen die avond mee naar een van zijn favoriete restaurantjes. Na afloop reden ze naar Diamond Head, met alweer een fantastisch uitzicht, temeer omdat het volle maan was. Audrey kon zich niet aan de indruk onttrekken dat haar broer Lizzie zou hebben gekust als zij er niet was geweest, dus ze liep een eindje vooruit om hen een beetje privacy te gunnen. Ze dacht te zien dat ze elkaars hand vasthielden, maar als dat al zo was, dan lieten ze meteen los zodra Audrey weer hun kant op kwam. Terug in het hotel bestelden ze nog een drankje op het terras, waarna Audrey al gauw zei dat ze moe was en vast naar bed ging. Lizzie en Will gingen nog een strandwandeling maken.

Audrey keek haar vriendin met een grijns aan toen ze een halfuurtje later op de hotelkamerdeur klopte. 'En? Gedraagt mijn broer zich een beetje of kan ik die vraag beter niet stellen?' vroeg ze plagend.

Lizzie had een dromerige, blije blik in haar ogen. 'O, Aud. Hij is echt zó leuk.'

'Ja, ik weet het, hij is mijn broer, hè. Maar ik hoop dat hij ook beseft hoe geweldig jíj bent en dat laat blijken.'

'Nou, hij heeft niks onbehoorlijks gedaan of gezegd, hoor,' stelde Lizzie haar gerust.

'Ik mag hopen van niet! We zijn er pas net,' zei Audrey lachend.

Elke dag bloeiden de gevoelens van Lizzie en Will als een ontluikende bloem iets verder op. Hij nam ze mee naar alle plekken waarvan hij gokte dat die in de smaak zouden vallen: spectaculaire watervallen, waanzinnige stranden en een bos met zalig ruikende tropische bloemen. Ook gingen ze naar zijn favoriete plekjes, waaronder Lau Yee Chai, met het prachtige Chinese interieur, en de Benson Smith Drugstore met zijn ouderwetse frisdrankfontein, waar de lokale bevolking zelf graag uithing. En dan was er nog een reuzegezellig dansavondje waarop een van Wills collega's Audreys danspartner was.

Will wilde zijn zusje graag een fijne vakantie bezorgen; dat was zijn manier om haar te bedanken voor alles wat ze voor hun moeder deed. Daarnaast wilde hij dat Lizzie een onvergetelijke week zou hebben. Hij snapte niet waarom hij het nu pas doorhad, maar het was alsof hij de vrouw van zijn dromen had gevonden. Zoiets als dit had hij nog nooit voor iemand gevoeld. Al na een paar dagen wist hij zeker dat hij, zodra hij zich wilde settelen, de rest van zijn leven met haar wilde delen. Daar was het voor hen allebei nu te vroeg voor, maar wat hem betreft kwam er in elk geval nog lang geen einde aan de vakantieweek. Misschien zou hij met Kerstmis alsnog naar huis kunnen om Lizzie dan ook te zien. Hij besloot daar voorlopig nog even niets over te zeggen, maar toen hij haar tijdens de strandwandeling in het maanlicht had gekust, was ze in zijn armen gesmolten. Zoiets overweldigends had hij afgezien van vliegen nog nooit ervaren.

Lizzie had evenmin geweten wat haar overkwam en had het pas de volgende dag aan Audrey verteld.

'Ik zou het zo ongelooflijk fijn vinden als het tussen jullie iets werd,' antwoordde Audrey met een stralende blik. 'Alleen moet hij nog veel vlieguren maken en volgens mij is hij nog niet toe aan zich settelen. Maar die dag komt natuurlijk wel een keer.'

'Ja, ik weet het. Ik ben daar zelf ook nog niet aan toe, hoor,' luidde Lizzies bedachtzame antwoord. 'Ik wil zo graag eerst iets nuttigs doen met mijn leven, in elk geval meer dan bedpannen uitspoelen op de verkoeverkamer. Kon ik maar iets doen waar de wereld een beetje beter van wordt.'

'Ja, dat zou ik ook best willen,' verzuchtte Audrey, want voor haar bleef dat voorlopig niet meer dan een droom.

'Maar dat doe je al, Aud! Wat jij voor je moeder doet, is van onschatbare waarde. Daar zul je nooit spijt van krijgen.'

'Ja, dat is natuurlijk wel zo. Wie weet kan ik op een dag ook nog anderen helpen met alles wat we geleerd hebben.

Maar goed, voorlopig wil ik vooral dat mijn broer zo smoorverliefd wordt dat hij je nooit meer laat gaan en wij voor altijd zussen zijn! Misschien is hij zelfs al wel verliefd op je,' zei ze hoopvol.

Lizzie grinnikte. 'Nou, hij zegt in elk geval van wel... Echt, Audrey, het is zo geweldig dat ik hier met jou mee naartoe mocht. Heel erg bedankt daarvoor.'

'Hé, zonder jou was ik hier nooit naartoe gegaan. Ik hou van mijn broer, maar in mijn eentje zou het denk ik best saai zijn geweest. Hij zou mij in mijn eentje ook nooit naar al die prachtplekken hebben meegenomen!' Ze schoten allebei in de lach

Ze werden rond de middag op de basis verwacht voor het formatievliegen. Vlak voor de poort stonden al drommen mensen op het strand. Will had gezegd waar ze zich moesten melden en dat twee van zijn vrienden zich daar over hen zouden ontfermen. Ze waren keurig op tijd, maakten kennis met zijn collega's en keken daarna hun ogen uit bij de vliegdemonstratie. In Wills formatie vlogen de piloten in Grumman F4F Wildcats op slechts drie meter afstand van elkaar. Eén kleine verkeerde beweging of afwijking en ze zouden allemaal neerstorten. Lizzie keek ademloos omhoog. Audrey was supertrots op haar broer, die nog geen uur later, na de spectaculaire vliegshow, alweer naast ze stond.

'Jeetje, dat was nogal wat, zeg,' zei Lizzie.

'Ach, gewoon een stukje entertainment voor de lokale bevolking.' Hij kuste haar met een bedeesde glimlach op de wang.

'Nou, ik stond anders doodsangsten uit,' bekende ze.

'Die truc waarbij het leek alsof jullie gingen neerstorten en toen op het laatste moment weer optrokken... Mijn maag zat in mijn keel.'

'De mijne ook, hoor,' zei hij op plagende toon. 'Vroeger in elk geval wel. Maar we hebben in mijn formatie nog nooit een ongeluk gehad. Vliegen is het spannendste wat er is. Of dat was het tenminste voordat jij in mijn leven kwam.'

Lizzie knikte instemmend. Het was allemaal zo snel gegaan. Morgen moesten Audrey en zij alweer naar huis. Will had haar verteld dat hij met de feestdagen wilde proberen vrij te krijgen en naar Boston wilde komen. 'Ik tel de uren tot we elkaar weer zien, Lizzie.' Hij kuste haar die avond hartstochtelijk. Toen ze in de hotelkamer terugkwam bij Audrey stond alles al klaar voor de terugreis.

De twee vriendinnen hadden allebei de week van hun leven gehad, een herinnering die ze voor altijd zouden koesteren. Ellen had haar dochter een onvoorstelbaar mooi afstudeercadeau gegeven. De week samen met haar broer betekende veel voor Audrey, zeker nu ze hem de afgelopen paar jaar alleen maar af en toe kort had gezien.

Will bracht ze de volgende ochtend naar de luchthaven en hielp ze met hun koffers en het inchecken. Daarna wachtten ze te midden van de tropische bloemen voor de terminal totdat de vlucht werd omgeroepen. Will hing een lei van gardenia's om Lizzies hals en een van felgekleurde fuchsia's om die van Audrey. Hij kuste Lizzie openlijk ten overstaan van zijn zus en de andere passagiers. Audrey liet ze alleen om een lei met rode en gele bloemen voor Ellen te kopen. Hun vlucht werd kort daarna omgeroepen. Lizzie liep samen met Audrey naar het vliegtuig en keek om de paar stappen even om. Vlak voor ze instapten draaiden ze zich allebei nog een laatste keer om naar de lange, knappe jonge piloot die met zijn lange armen terugzwaaide. En toen waren ze weg. Will bleef met een hol gevoel staan kijken tot het grote vliegtuig met de vrouw met wie hij op een dag wilde trouwen opsteeg en uit het zicht verdween. Op weg terug naar de basis werd hij bevangen door eenzaamheid; hij verlangde nu al naar hun weerzien.

Lizzie huilde. Audrey probeerde haar te troosten en hield haar hand stevig vast tijdens het opstijgen. Het was voor hen alle drie de allermooiste vakantieweek ooit geweest. Op de hele terugreis naar New York leek de geur van bloemen met hen mee te reizen. Daar aangekomen vloog Lizzie door naar Boston en nam Audrey een taxi naar Pennsylvania Station en daarna de trein naar huis, waar ze pas midden in de nacht arriveerde. Mevrouw Beavis was toevallig net bij haar moeder omdat die even daarvoor wakker was geschrokken. Ellen zag er bleek en moe uit, maar kreeg bij de aanblik van haar zongebruinde dochter meteen een tevreden, rustige blik in haar ogen. Audrey zag er jong en mooi uit en ze had Wills lei nog om haar hals.

'Welkom thuis. Hoe was het?'

Audrey zoende haar moeder op de wang. 'O, mam, ik heb nog nooit zoiets geweldigs meegemaakt. Ik kan je onmogelijk uitleggen hoe fantastisch het was. We hebben Will eergisteren zelfs zien vliegen! Je hebt geen idee wat je Lizzie en mij hebt gegeven, echt het mooiste cadeau ooit.' Dat Will en Lizzie verliefd waren vertelde ze niet, dat kon morgen wel. Ze voelde zich na de lange reis een beetje van de wereld; Hawaï leek nu een soort zalige droom. In haar eigen kamer haalde ze de lei voor haar moeder uit het plastic doosje. De bloemen waren niet verwelkt en roken nog heerlijk. Haar moeder dommelde met een glimlach op haar gezicht weer in slaap nadat Audrey de lei op haar nachtkastje had gelegd.

Lizzie had de lei voordat ze was gaan slapen ook op haar nachtkastje gelegd. De zoete geur vulde haar kamer en herinnerde haar bij het wakker worden meteen aan Will. Een paar uur later had ze het echter alweer druk terwijl ze verdwaasd patiënten hielp die na hun operatie iets moesten eten. Telkens als ze aan Will dacht, kreeg ze vanzelf een glimlach op haar gezicht. Opeens zag ze een heel ander soort toekomst voor zich. Misschien hadden haar ouders dan toch gelijk gehad. Trouwen en kinderen krijgen leek opeens niet meer zo'n suf idee, ook al had ze daar een geneeskundestudie voor moeten opgeven. Want als ze was gaan studeren, zou ze Audrey en haar broer nooit hebben ontmoet en nooit naar Hawaï zijn gegaan.

Dat ze die dag meteen een lange dienst had en pas om negen uur klaar was, kon haar niets schelen. Al had ze vierentwintig uur lang moeten werken... Het voelde alsof ze alles aankon door de liefde die ze in Hawaï had ontdekt. Haar ouders liet ze voorlopig nog in het ongewisse, want die zouden het misschien onder een vergrootglas leggen. Of hem zelfs afkeuren, wat helemaal erg zou zijn. Wie weet kon een piloot bij de marine in hun ogen niet door de beugel. Maar ze wist zelf hoeveel ze van Will hield en hoe heerlijk dat voelde, en dat wilde ze zo lang mogelijk koesteren.

Die eerste week terug belden Audrey en Lizzie elkaar zo vaak mogelijk. Audrey had haar moeder inmiddels over Will en Lizzie verteld. Ellen was zeer gesteld op Lizzie en allesbehalve verbaasd. Wel hoopte ze dat het niet te lastig zou blijken omdat ze de komende jaren niet veel samen konden zijn. Hopelijk konden ze elkaar op afstand tot steun zijn. Ze vond het jammer dat Audrey tijdens de vakantie niet verliefd was geworden, maar Audrey zelf leek dat helemaal niet erg te vinden en was vooral blij voor haar broer en haar beste vriendin.

Lizzie moest met Thanksgiving werken. Audrey en haar moeder zetten dat jaar wel kalkoen op tafel maar deden verder niets bijzonders. De feestdag kon natuurlijk ook moeilijk tippen aan de geweldige vakantie die nog zo vers in Audreys geheugen lag.

Wills eerste brief viel na twee weken bij Lizzie op de mat. Ze scheurde hem open en verslond de zowel grappige als lieve dingen die hij meteen al op de dag van hun vertrek had geschreven. Hij vertelde onder meer dat hij nog nooit zo smoorverliefd was geweest. Ze schreef hem meteen diezelfde avond terug dat ze precies hetzelfde voor hem voelde. Ze vertelde wat over haar bezigheden in Boston en maakte de brief daarna nog twee keer open om een paar PS'jes toe te voegen. Uiteindelijk plakte ze hem definitief dicht en deed hem de volgende ochtend op weg naar haar werk op de post.

Het was 1 december, dus Kerstmis was niet zo heel ver weg meer. Zou Will werkelijk verlof kunnen krijgen? Omdat zijn verloven altijd zo kort duurden, was hij eerst niet eens van plan geweest om voor de feestdagen naar huis te komen. Maar nu was alles anders. Hij had in zijn brief zijn voornemen herhaald dat hij zo snel mogelijk naar Boston wilde komen, al was het maar voor een paar dagen. Hopelijk kon hij met een militaire vlucht mee. Die waren notoir oncomfortabel, maar al moest hij zich – zo schreef hij – 'vastbinden aan de romp, ik wil je zo graag zien!' Bovendien wilde hij haar ouders graag ontmoeten, zodat ze zouden weten dat het hem ernst was en hij een fatsoenlijke jongen was die een solide toekomst met haar wilde opbouwen.

Die week draaide ze drie dubbele diensten, maar dat deed ze bijna fluitend, terwijl ze min of meer permanent aan hem dacht. De beelden in haar hoofd van hun tijd in Hawaï waren net zo intens als ze in werkelijkheid waren geweest. Zelfs zijn lippen kon ze nog op de hare voelen. Ze had het weekend vrij en was zaterdag druk met allerlei huishoudelijke klusjes zoals haar uniformen stijven. 's Middags deed ze een dutje, las een paar tijdschriften en belde Audrey, die op dat moment helaas niet kon praten omdat ze samen met mevrouw Beavis Ellens haar moest wassen. Ze beloofde later terug te bellen, maar dat lukte niet omdat haar moeder erge kramp in haar benen had. Die had ze tot diep in de nacht gemasseerd en daarna was het te laat, want dan zou ze Lizzies ouders waarschijnlijk hebben wakker gebeld.

Uiteindelijk belde Audrey pas zondagochtend terug, maar toen was Lizzie met haar ouders naar de kerk. Dat deed ze nu ze weer thuis woonde af en toe omdat ze haar moeder daar een plezier mee deed. Audrey was de hele ochtend druk bezig met de financiële administratie. Ellens handschrift was amper nog leesbaar en zelfs een pen vasthouden en een cheque uitschrijven gingen niet meer. Haar geest was helder en scherp, maar alles wat motorische vaardigheden vereiste – zoals alledaagse dingen als lopen, schrijven, bestek vasthouden, een telefoonnummer draaien of uit een glas water drinken – ging moeizaam.

Ze was om twaalf uur klaar met alle rekeningen en liep naar de keuken om de lunch te maken. Toen ze na ongeveer een uurtje haar moeder haar bord wilde brengen, ging de telefoon. Ze nam op en was blij Lizzies stem te horen. 'O, we lopen elkaar al twee dagen telkens mis, hè. Sorry dat ik je gisteravond niet meer heb teruggebeld.' Ze wilde net gaan zeggen dat ze straks graag even wilde kletsen toen Lizzie haar onderbrak met een stem waarin pure doodsangst doorklonk.

'De Japanners hebben Pearl Harbor in Hawaï gebombardeerd.' Daar waren ze met Will geweest, daar lagen alle marineschepen. 'Het is live op de radio en de aanval is nog niet voorbij. O mijn god. O mijn god! Laat Will daar vandaag alsjeblieft niet zijn, Aud.'

Het was in Hawaï even na acht uur 's ochtends en ze wisten geen van beiden wat zijn plannen voor die dag waren. Audrey herinnerde zich dat hij in het weekend soms aan zijn vliegtuig sleutelde en dat hij altijd vroeg uit de veren was, als kind al en nu hij in het leger zat helemaal. 'Ik moet mama haar lunch gaan brengen en ik wil het haar liever pas vertellen als we iets meer weten. Ik bel je daarna meteen terug, oké? En Lizzie... laten we maar hard bidden...'

Lizzie was verlamd van angst en omdat ze niks wist te

zeggen, hing ze dus gewoon maar op en liep terug naar de kamer waar haar ouders bij de radio zaten. De nieuwsberichten klonken verschrikkelijk. Er werden branden en explosies gemeld en één schip bleek zelfs vier keer te zijn gebombardeerd. Lizzie ging lijkbleek en met gebalde vuisten zitten.

Audrey voerde haar moeder met trillende handen, maar Ellen merkte niets en babbelde vrolijk over koetjes en kalfjes. Audrey glimlachte, knikte en probeerde te doen alsof er niets aan de hand was, terwijl alles voor haar gevoel op instorten stond. Ellen leek een eeuwigheid te doen over het eten, maar uiteindelijk kon Audrey weer naar de keuken. Ze deed gauw de deur dicht en zette de radio aan, maar niet zo hard dat haar moeder het vanuit haar slaapkamer kon horen.

Het nieuws was ronduit angstaanjagend. Blijkbaar vlogen de Japanse bommenwerpers af en aan en was de USS *Arizona* al aan het zinken. Volgens de verslaggever waren de brandstoftanks van het schip vol, wat een deel van de explosies verklaarde. Het ergste nieuws was dat de vliegvelden ook waren gebombardeerd. Het was een wrede aanval met verstrekkende gevolgen, maar Audrey kon op dat moment alleen maar aan haar broer denken en bidden dat hij op de een of andere manier niet in de buurt was en gespaard bleef. Ze zat een uur lang aan de radio gekluisterd. De aanval zelf duurde uiteindelijk nog geen twee uur, maar de berichten waren niet helemaal duidelijk of er nou negentien of twintig schepen tot zinken waren gebracht. Zeker was dat er duizenden doden en gewonden waren. Op een gegeven moment werd er gemeld dat er ook enkele honderden legervliegtuigen waren verwoest. De USS *Arizona* was inderdaad gezonken; iedereen aan boord die niet op tijd had kunnen wegkomen was dood.

Audrey belde Lizzie even na drieën. Haar vriendin nam huilend op. 'We moeten nu gewoon wachten op nieuws, Liz.' Audreys stem trilde, maar ze probeerde standvastig te klinken. 'Waarschijnlijk kan hij voorlopig hoe dan ook geen contact met ons opnemen. Het zal wel een chaos zijn. En de marine neemt natuurlijk contact met ons op als hij gewond is. Of erger, maar we moeten echt blijven geloven dat hij niets mankeert.'

'Maar stel dat dat niet zo is?' snikte Lizzie.

'Hij mankeert echt niks, want we houden allemaal te veel van hem om hem te verliezen.' Maar dat gold net zo goed voor de duizenden andere ouders, kinderen en mannen en vrouwen met geliefden in Hawaï, die eveneens op nieuws wachtten. Audrey voelde zich schuldig dat ze het voor haar moeder verzweeg. Vroeg of laat zou Ellen het hoe dan ook horen, want ze luisterde af en toe naar de radio en las de krant. Bovendien had ze het recht om te weten dat haar zoon mogelijk in gevaar was.

Audrey liep naar haar moeders kamer en vertelde haar heel kalm alleen dat de Amerikaanse marinebasis in Hawaï was aangevallen. Ellen keek haar verbijsterd aan en vroeg of ze de radio kon halen, zodat ze samen naar het nieuws konden luisteren. De berichten waren nog net zo angstaanjagend als daarvoor, ook omdat iedereen in het land zich inmiddels afvroeg of de Japanners nu misschien het Amerikaanse vasteland zouden bombarderen.

Ze bleven die nacht tot heel laat op. De volgende dag

verzocht president Roosevelt het Congres om Japan de oorlog te verklaren. Ze hadden net naar zijn toespraak geluisterd toen de deurbel ging. Audrey deed met bonzend hart open. Ze verwachtten geen bezoek en mevrouw Beavis was er al. Bij de aanblik van de twee marineofficieren op de stoep dacht ze even dat ze zou flauwvallen.

'Is mevrouw Parker thuis, mevrouw Ellen Parker?' vroeg een van hen beleefd.

Audrey was opgegroeid met marineofficieren in haar directe omgeving en ze zag meteen dat een van hen een kapitein-ter-zee was, dezelfde rang als haar vader had gehad. De andere man was een officier van de marineluchtvaartdienst. Waarschijnlijk wisten ze wie haar vader was en dat haar grootvader viceadmiraal was geweest, want anders had de marine niet zulke hoge officieren gestuurd. Omdat ze doodsbang was voor wat ze kwamen vertellen, durfde ze niets te vragen. Ze wilde het ook niet weten. Ze wilde dat Will nog leefde, desnoods gewond. Hij was pas vijfentwintig jaar oud. Hij kon niet... Nee, hij móćht echt niet dood zijn.

'Mijn moeder is ziek,' zei Audrey met verstikte stem, al wist ze dat ze Ellen hier niet tegen kon beschermen. Dat zou haar moeder trouwens ook niet willen, en ze had het recht hierbij te zijn. 'Ze is bedlegerig. Ik zal haar even halen.'

De mannen gingen op het puntje van de bank zitten. Audrey bedacht dat hoe langer ze hen ervan kon weerhouden om te zeggen waarom ze hier waren, hoe langer Will nog zou leven. Ze liep naar haar moeders slaapkamer en zei dat er twee officieren waren die haar wilden spreken.

Ook Ellen wist meteen wat dat betekende. Of kón betekenen. Dan was Will gewond. Of dood. Ellen keek Audrey met paniek in haar ogen aan terwijl haar handen nog erger begonnen te beven. Ze verzocht Audrey en mevrouw Beavis haar in de rolstoel te helpen en naar de woonkamer te brengen. Ze droeg blauwe fluwelen pantoffels en een donkerblauwe badjas met roze bloemen, iets waarvan Audrey wist dat ze dat nooit meer zou vergeten.

Ze rolde haar moeder de woonkamer in en draaide haar naar de officieren toe, die waren opgestaan om haar te begroeten. Haar moeder stelde Audrey aan hen voor, wat ze zelf had verzuimd te doen. De mannen brachten het kort, formeel en zo meelevend mogelijk. De man van de marineluchtvaartdienst kwam met het gevreesde nieuws dat Will in de tweede aanvalsgolf was gesneuveld. Hij was aan zijn vliegtuig aan het werk geweest en had met een luchtafweerkanon nog geprobeerd een van de Japanse vliegtuigen neer te halen. Zij waren hem echter voor geweest. Dat wisten ze via het ooggetuigenverslag van een andere piloot die het allemaal had zien gebeuren.

'Hij is eervol in de strijd gesneuveld, mevrouw Parker. Hij zal een medaille krijgen voor zijn verdiensten voor het vaderland,' zei de kapitein. 'Hij was een van onze beste vliegers, ik heb hem vorig jaar toevallig ontmoet. Echt een buitengewone jongeman. Ik wil u namens de marine en de president onze oprechte deelneming betuigen. En natuurlijk vliegen we zijn lichaam terug zodra we weer vliegtuigen in Hawaï hebben, maar momenteel staat er geen enkel werkend toestel meer aan de grond. We zijn gisteren 2400 mensen verloren en er zijn ruim 1000 gewonden te betreuren. Schepen en vliegtuigen zijn beschadigd of totaal verwoest, en meerdere schepen zijn gezonken. Het kan dus even duren voor we hem naar huis kunnen brengen, maar ik beloof u dat dat zodra het mogelijk is gebeurt.'

Beide mannen wilden haar de hand schudden, maar toen ze zagen dat dat niet kon, schudden ze die van Audrey. Ze vertrokken direct weer. Naar hoeveel andere gezinnen zouden ze die dag nog gaan? Hoeveel harten zouden ze breken als de boodschappers van het slechtst mogelijke nieuws dat je iemand kunt vertellen?

Audrey sloeg haar armen om haar moeder heen en huilde met haar mee. Ze kon het nog steeds niet bevatten. Haar broer was weg. Ze had hem op de dag af drie weken geleden nog gezien. Ze was haar moeder nu extra dankbaar voor die reis naar Hawaï. En terwijl ze dat bedacht, besefte ze dat ze Lizzie moest bellen en haar vriendin niet eens zou kunnen troosten. Maar Lizzie moest het wel gauw horen, want straks stond zijn naam in de krant op een lijst van gesneuvelden.

Samen met mevrouw Beavis bracht ze haar moeder terug naar bed. Ellen weigerde een kopje thee en lag met gesloten ogen stilletjes te huilen, trillend over haar hele lichaam. Audrey streelde zachtjes over haar arm terwijl haar moeder maar bleef snikken. Na een poosje wist mevrouw Beavis Ellen zover te krijgen haar pillen in te nemen, waarna ze in slaap viel. Pas toen liep Audrey met lood in haar schoenen naar de keuken en draaide Lizzies telefoonnummer.

Ze nam meteen op, alsof ze had aangevoeld dat Audrey ging bellen. Ze hoefde die dag niet te werken en haar vader had zijn patiënten afgezegd. Het hele land hield zijn adem in, in afwachting van de ontwikkelingen. Iedereen wist wat er in Pearl Harbor was gebeurd en dat hun land nu in oorlog was met Japan, maar verder was alles onduidelijk. De vorige oorlog lag al vierentwintig jaar achter hen. Audrey en Lizzie waren toen nog niet geboren, dit was dus allemaal nieuw voor hen. En al hadden de Verenigde Staten destijds maar kort meegevochten in Europa, het land had enorme verliezen geleden.

Lizzie zweeg, wachtend op Audrey.

'De marine is net weg,' zei ze met doffe stem. 'Hij is gesneuveld terwijl hij het vliegveld probeerde te verdedigen. Hij is gedood door de Japanners. Ze brengen zijn lichaam zodra dat kan naar huis.' Ze hoorde zelf hoe hol haar stem klonk.

In Boston liet Lizzie zich op een stoel zakken en begon zachtjes te huilen. Haar ouders zaten in dezelfde kamer en snapten dat er iets vreselijks was gebeurd.

'Het is afgrijselijk, Lizzie,' zei Audrey huilend. 'Hij hield van je. Dat weet ik zeker. Je bent het enige meisje van wie hij ooit heeft gehouden. Hij zou met je zijn getrouwd. Dat heeft hij me zelf verteld. Ik hou ook van je. Maar het is allemaal echt te afschuwelijk voor woorden.' En toen barstte ze in snikken uit en hing op.

Lizzies vader liep naar zijn dochter toe en legde een hand op haar schouder. Haar moeder staarde haar ontzet aan omdat Lizzie ter plekke in tranen leek op te lossen. 'Was het iemand die je goed kende?' vroeg hij.

Ze knikte. 'Audrey Parkers broer. Will,' voegde ze eraan toe, omdat ze zijn naam in hun bijzijn hardop wilde zeggen. Ze keek haar vader aan terwijl de scherven van haar gebroken hart over haar wangen stroomden. 'Ik hield van hem, papa. Hij was een geweldige jongen.'

'Dat geloof ik meteen,' zei hij vol medeleven. 'Wat moet dat zwaar zijn voor zijn moeder. Ze is toch weduwe?'

Lizzie knikte. Hij had Ellen bij de afstudeerceremonie ontmoet en wist dus hoe ziek ze was. 'Ja, Audrey zorgt voor haar.'

'Ach, wat akelig. Laat je het ons alsjeblieft weten als we iets voor ze kunnen doen? Wat dan ook.' Hij reageerde verder niet op haar liefdesverklaring omdat hij niet precies wist wat ze daarmee bedoelde en ze was nu zo overstuur dat dit hem niet het juiste moment leek om door te vragen.

Lizzie wist meteen wat haar te doen stond, namelijk zo snel mogelijk naar Annapolis gaan. Dat was de plek waar ze nu wilde zijn, bij de familie waarvan hij had gehouden en die van hem hield. Dat was waar ze nu hoorde te zijn, dus ze pakte de benodigde spullen in en stapte op Pennsylvania Station in de eerste de beste trein richting Baltimore.

Ze kwam pas om elf uur in Annapolis aan. Toen Audrey de voordeur opendeed, vielen ze elkaar meteen in de armen, rouwend om de jongen van wie ze allebei zoveel hielden. Will, de jongeman die zijn hele leven van vliegtuigen en vliegen had gehouden. Hun land was nu in oorlog, en uitgerekend hij was een van de eerste oorlogsslachtoffers.

Audrey was bang dat haar moeder het verlies niet zou aankunnen, dat ze dit geen van allen aankonden. Will was zo'n goede broer en zoon geweest. En als die tijd hun gegund was geweest, ook een goede echtgenoot voor Lizzie. Maar hij was er niet meer. Ze kon zich net zomin als Lizzie een wereld zonder hem voorstellen. Hun levens zouden nooit meer hetzelfde zijn en waren ingrijpender veranderd dan ze op dat moment konden bevroeden.

4

Lizzie bleef de hele week bij Audrey en Ellen logeren. Ze kon niet anders, ze wilde nu bij hen zijn. Ze zaten urenlang met z'n drietjes in Wills oude kamer, huilend naar oude foto's te kijken. Het was niet te bevatten dat hij nooit meer terug zou komen. Lizzie wist nog precies hoe zijn omhelzing voelde. En zijn lippen... Het lag allemaal zo vers in haar geheugen. En nu, een kleine drie weken later, was hij dood. Het was heel kort en heftig geweest, maar ze kon zich geen leven meer zonder hem voorstellen, om nog maar te zwijgen van een toekomst waarin ze blij kon zijn. Niets deed er meer toe. Haar vader belde na een tijdje om te zeggen dat ze weer aan het werk moest, maar voor haar part ontsloegen ze haar; ze vond die baan toch al vreselijk. Hij zou regelen dat ze onbetaald verlof kreeg, zei dat hij het heel erg vond voor de Parkers, maar dat ze dat weekend toch echt moest terugkomen naar Boston om de draad van haar leven weer op te pakken. Maar hij had dan ook geen idee hoeveel ze van Will had gehouden en wat er tussen hen was voorgevallen.

Op zondag ging Lizzie toch maar naar huis, een week na de aanval op Pearl Harbor. Er was nog steeds geen nieuws over wanneer Wills lichaam kon worden teruggevlogen. Het hele land had het over de oorlogsverklaring en de gevolgen daarvan. Onder meer dat jonge mannen zouden worden opgeroepen. De dienstplicht was een jaar eerder heringevoerd en dat betekende dat Amerikaanse militairen in Europa en aan het front in Azië zouden gaan meevechten. Duizenden mannen hadden zich uit vaderlandsliefde de afgelopen week al vrijwillig aangemeld. Lizzie vermoedde dat haar eigen broers ook in het leger zouden gaan. Greg kon als arts bij de medische dienst, maar Henry was nog maar net begonnen aan zijn studie en ze vroeg zich af waar hij naartoe zou worden gestuurd, en als wat. Degenen die zich hadden aangemeld, begonnen binnenkort aan een basistraining. Het hele land was in rep en roer, in afwachting van de verdere ontwikkelingen.

Toen Lizzie uiteindelijk weer naar het ziekenhuis ging, hing er een sombere sfeer. In bijna alle gesprekken viel het woord 'leger'. Sommige artsen overwogen zich aan te melden, andere wachtten liever tot ze werden opgeroepen. Lizzie was vooral verbaasd te horen dat sommige verpleegsters hetzelfde overwogen. Ze had er nooit bij stilgestaan dat er behalve artsen ook ander medisch personeel nodig was. Verder deed ze haar werk op de automatische piloot en ontweek ze haar ouders 's avonds zo veel mogelijk. Het was alsof een deel van haar samen met Will op dat vliegveld in Hawaï was gestorven.

Ellen en Audrey vierden dat jaar geen Kerstmis. Lizzie had dienst en vond dat prima, ze had dat jaar toch niets te vieren. Onder degenen die zich bij het leger hadden aangemeld en binnenkort aan hun training begonnen, heerste een jubelstemming. Lizzie wist hoe het zou eindigen en hield zich afzijdig. Ze zorgde voor haar patiënten, maar de rest kon haar allemaal niks meer schelen.

Wills lichaam werd eind december teruggevlogen. In het hele land moesten stoffelijke overschotten aan families worden overgedragen, en dan waren er ook nog de lichamen van degenen die met schip en al in de haven van Pearl Harbor waren verdwenen. De duikers deden wat ze konden, maar er waren nog talloze vermisten.

Lizzie ging terug naar Annapolis voor de bescheiden dienst die Audrey voor haar broer had geregeld. Wills klasgenoten van de academie waren uitgezwermd over de hele wereld, zijn vrienden van school woonden ook niet meer in de omgeving en daarbij kon Ellen geen grote begrafenis aan. Ze kwamen met een paar mensen bijeen in de kerk waar Audrey en Will vroeger naartoe gingen en waar Ellen door haar ziekte al lang niet meer was geweest. Will werd bijgezet in het familiegraf, waar ook zijn vader en grootouders lagen. Het moment waarop Wills kist in de grond zakte was grimmig deprimerend. Twee vliegers van de marine overhandigden Ellen de vlag die over de kist was gedrapeerd. Ze nam hem met hevig trillende handen aan en drukte hem tegen haar borst.

Nadien aten ze thuis nog iets met z'n drietjes, waarna Audrey haar moeder naar bed bracht. Ellen was door Wills dood zichtbaar achteruitgegaan, alsof ze de strijd had opgegeven. Audrey deed haar best om haar toestand stabiel te houden, maar ze leek nergens meer om te geven, wat Lizzie en Audrey helaas maar al te goed snapten.

De twee vriendinnen gingen met een glas wijn aan de keukentafel zitten. Lizzie zag er moe uit en was afgevallen. Ze had een holle blik in haar ogen, ze sprankelde niet meer. Audrey zag er niet veel beter uit, al had zij in elk geval nog de zorg voor haar moeder als reden om op te staan. Het was een ontstellend groot verlies voor de twee jonge vrouwen.

Lizzie besloot op dat moment haar schokkende nieuws te vertellen. 'Ik ga me aanmelden voor het leger,' zei ze zachtjes.

Audrey dacht eerst dat ze het verkeerd verstaan had. 'Wacht even, je gaat wát doen?'

'Ik ga me bij het leger aanmelden als verpleegster.' Het klonk alsof ze iets heel normaals zei, iets als: 'Ik ga morgen denk ik nog even naar de winkel voor een pak melk.'

'Hè, wat? Hoe bedoel je? Vrouwen worden helemaal niet opgeroepen.' Audrey was volkomen van haar stuk.

'Nou, misschien op den duur wel, al verwacht ik van niet. Maar ik heb in Boston toch niks zinnigs te doen en in het leger kan ik mezelf tenminste nuttig maken. Ik doe niemand een plezier met bedpannen legen en bij mijn ouders blijven wonen. Waarom zou ik alles wat we bij onze opleiding hebben geleerd niet beter benutten? Kijk wat er in Hawaï is gebeurd. Die chaos, de grote aantallen gewonden... Ik denk dat ze straks al het medisch personeel dat ze kunnen krijgen hard nodig hebben. En hé, ik ben niet getrouwd, ik heb geen kinderen. Ik heb geen enkele reden om in Boston te blijven. Ik ga liever naar een plek waar ze me nodig hebben en ik echt iets kan betekenen voor anderen. De patiënten voor wie ik zorg gaan me heus niet missen. Bovendien zijn er zat oudere verpleegsters die mijn taken in het ziekenhuis kunnen overnemen. Dus ik kan me net zo goed aanmelden en afwachten waar zij denken dat ik me nuttig kan maken. Echt, Aud, ik heb er goed over nagedacht. Het lijkt me de enige logische stap.' En dat terwijl niets in haar leven nog logisch aanvoelde.

Omdat ze zo kalm en nuchter klonk, begreep Audrey dat haar besluit vaststond, maar het leek haar helemaal geen logische stap. Ze had de indruk dat het haar beste vriendin niets kon schelen dat het gevaarlijk werk was en dat baarde haar zorgen. 'Weten je ouders het al?'

'Nee, die zullen ongetwijfeld laaiend reageren. Maar dat maakt me eerlijk gezegd niet zoveel uit. Ze kregen hun zin met mijn studiekeuze, maar ditmaal druk ik mijn zin door. Ik weet dat ik gelijk heb dat het leger straks heel veel verpleegsters nodig gaat hebben en dat velen een man en kinderen hebben en dus niet kunnen gaan. Nou, ik kan wel gaan, dus waarom zou ik dat dan niet doen? Mijn broers gaan ook. Ik snap serieus niet waarom ik me dan niet zou aanmelden.' Bovendien deed ze het als een soort eerbetoon aan Will.

'Maar ben je dan niet bang?'

Lizzie schudde haar hoofd. Ze zag er echt anders uit sinds Wills dood. Leeg en koud, alsof alle blijdschap en hoop in één klap waren weggevaagd. 'Nee, en ik denk ook niet dat ze verpleegsters naar de frontlijn sturen. Zodra ik weer in Boston ben, vertel ik het mijn ouders en ga ik naar het rekruteringsbureau.'

'En dan?'

'Geen idee, dan wacht ik af waar ze me naartoe sturen. Waarschijnlijk komen de meeste gewonden terug naar Amerika. Dus misschien wordt het gewoon een legerbasis hier in het land. Maar wat het ook wordt, ik wil het echt doen.'

'Ik ben onder de indruk, het is ontzettend moedig.' Audrey klonk heel rustig, maar intussen bedacht ze dat ze haar beste vriendin niet ook nog wilde verliezen. En meegaan was vanwege haar moeder natuurlijk geen optie.

'Ja, maar het voelt gewoon goed. Ons land is in oorlog en ik denk dat vooral jonge mensen moeten gaan vechten. En niet alleen mannen.' Lizzie geloofde hoe dan ook dat mannen en vrouwen gelijkwaardig waren, maar dat was in de maatschappij nog geen breed gedragen opvatting.

Ze praatten er nog een tijdje over, maar Audrey wist dat ze haar vriendin niet op andere gedachten kon brengen. Net zoals ze wist dat Lizzie het niet zozeer uit vaderlandsliefde deed. Het leek haar eerder een praktisch besluit. Lizzie vond haar baan nutteloos en wilde iets betekenen voor de mannen die de komende tijd gingen vechten. Bovendien had ze veel meer in haar mars dan ze in haar huidige baan kwijt kon.

Audrey omhelsde haar stevig toen Lizzie vertrok, met het akelige gevoel dat ze elkaar nu misschien een hele tijd niet meer zouden zien. 'Je laat het me weten, hè, wat je doet?'

Lizzie kreeg voor het eerst in dagen een glimlach op haar gezicht. 'Ik knijp er heus niet stiekem tussenuit, hoor. Ik kom echt nog wel even afscheid nemen voor ze me ergens naartoe sturen.'

Lizzie trof haar ouders thuis in de keuken aan. Ze voegde zich met een ernstige blik bij hen aan tafel. 'Ik moet jullie iets vertellen.'

Ze zag er ouder en volwassener uit dan vroeger. Er was de afgelopen maand iets aan haar veranderd. Dat was na haar vakantie al zo geweest, maar haar ouders wisten niet precies wat er aan de hand was.

'Ik ga me als verpleegster aanmelden bij het leger.' Ze zei het heel kalm en wachtte hun reactie af, wetend dat die heftig zou zijn.

'Wat kraam jij nou voor onzin uit? Vrouwen worden helemaal niet opgeroepen,' zei haar vader bot.

'Misschien kunnen ze dat maar beter wel doen, pap. Ik wil mijn vaderlandsplicht doen, en ze gaan verpleegsters nog hard nodig hebben om de grote stroom gewonden te verzorgen.' Ze gokte dat dat een betere uitleg was dan zeggen dat ze een hekel had aan haar baan, dat werken voor het leger zinniger was en dat ze het nu Will dood was ook helemaal niet erg vond dat het gevaarlijk kon zijn. Zonder hem deed de toekomst er gewoonweg niet meer toe. 'Ik ben jong. Ik ben een gediplomeerd verpleegster. Juist mensen zoals ik zouden zich moeten aanmelden. Ik heb geen kinderen en ben niet getrouwd. En jij weet net zo goed als ik dat ze medisch personeel nodig gaan hebben. Maar goed, ik wilde jullie dus alleen even laten weten dat dat het plan is.'

Haar moeder was zo verbaasd dat ze niets wist uit te brengen. Haar vader keek haar geschokt aan en kon blijkbaar ook zo snel geen overtuigend tegenargument bedenken.

'En wanneer ben je van plan dat te doen?' vroeg hij met hese stem. Lizzie was er zelfs eerder bij dan haar broers, besefte hij.

'Binnenkort. Morgen of overmorgen of zo. Ik ben niet onmisbaar op mijn werk. Daar redden ze het prima zonder mij. Zodra ik meer weet, vertel ik het jullie.' Ze klonk nog steeds heel beheerst terwijl ze haar handen op die van haar ouders legde.

'Ik vind het een totaal krankjorum idee, Lizzie,' zei haar vader zachtjes, maar hij wist dat het ditmaal geen zin had om met haar in discussie te gaan.

'Zeker net zo krankjorum als het idee dat ik geneeskunde wilde studeren?'

'Is dit een straf omdat ik je dat niet heb laten doen?' Hij keek haar met een zorgelijke blik aan. Ze was eigenzinnig en hij wist dat hij haar onderschatte, ook al had ze uiteindelijk ingebonden en was ze alsnog de verpleegstersopleiding gaan doen. En moet je zien wat ze nu deed...

'Nee, het is niet als straf bedoeld.' Wills dood was de grootste straf die het leven voor haar in petto had gehad en ze moest een manier zien te vinden om zonder hem verder te gaan. Zonder hun dromen. Ze had geen enkele droom meer, slechts nog een nuttige taak te vervullen. Medische zorg verlenen was iets wat ze uitermate goed kon, dus waarom zou ze dat dan niet doen voor het leger?

'Ben je niet bang voor waar ze je naartoe sturen?' vroeg haar moeder.

Lizzie schudde haar hoofd. 'Totaal niet.' Haar ouders zagen dat ze het meende en ergens bewonderden ze haar lef ook wel.

Benjamin had zijn zoons inmiddels gesproken en had begrepen dat zij hun standplaats vreesden. Zijn dochter was duidelijk niet bang en bereid zichzelf op te offeren. Misschien had ze wel gelijk. Hij vermoedde dat verpleegsters niet dicht bij het slagveld werden gestationeerd, dus wat dat betrof maakte hij zich inderdaad niet al te veel zorgen. Zijn zoons zouden straks waarschijnlijk meer gevaar lopen, maar hij vond zijn dochter niettemin erg dapper. 'Laat ons alsjeblieft weten wat ze zeggen, Lizzie,' zei hij, terwijl Alice een zakdoekje pakte. Lizzie stond op en omhelsde hen. Benjamin hield haar stevig vast en was stiekem best trots dat zij als de eerste van de familie in dienst ging.

En dat zei hij later die avond ook tegen zijn vrouw toen zij boos opmerkte dat ze het een vreselijke beslissing vond en het hem kwalijk nam dat hij Lizzie niet had tegengehouden. 'We kunnen haar niet altijd de wet voorschrijven, Alice. We hebben haar die geneeskundestudie al ontzegd. Dat vond ik ook echt geen logische stap, hoor, al was ze misschien best een goeie arts geworden. Of eigenlijk weet ik dat wel zeker. Maar ze wil per se haar vaderlandsplicht doen en haar land dienen terwijl we in oorlog zijn. Als we haar nu proberen tegen te houden, loopt ze alsnog die voordeur uit, maar dan wel zonder afscheid te nemen.' Dat had hij die avond duidelijk in haar ogen gezien. En dat had hij goed gezien. Lizzie wilde zich liever elders nuttig maken, en eigenlijk vond haar vader dat best een goed idee. Ja, ze was nog erg jong, maar ze had meer lef dan menig ander.

Lizzie meldde zich de volgende dag ziek op haar werk en ging naar het rekruteringsbureau. Het was er druk en ze moest drie uur wachten voordat ze aan de beurt was. Ze vulde alle papieren in en leverde een kopie van haar diploma in. Over twee weken volgde de medische keuring. Daarna zou ze te horen krijgen of ze werd opgeroepen en zo ja, een datum krijgen voor de basistraining van vier weken waar ze allerlei militaire protocollen en specifieke werkwijzen zou leren. En uiteindelijk zou ze op een militaire basis worden gestationeerd. Het klonk allemaal heel eenvoudig en duidelijk. Ze lichtte het hoofd van haar afdeling de volgende dag in en zei dat haar vertrek zou afhangen van de medische keuring, maar ze was sportief en gezond, dus er was geen reden waarom ze zou worden afgekeurd. Hij was onder de indruk dat Lizzie zich vrijwillig had aangemeld. 'Ik vermoed dat anderen dat op den duur ook gaan doen. Erg dapper van je, Elizabeth.'

'Nee, hoor, niet echt,' antwoordde Lizzie zachtjes. 'Het voelt om een heleboel redenen gewoon als de juiste keuze.' Ze belde Audrey diezelfde avond nog.

'Ik hoop vooral dat je standplaats niet ergens heel ver weg wordt,' zei haar vriendin. Hopelijk kon ze in Amerika blijven, waar het niet gevaarlijk was. Lizzie vermoedde zelf dat die kans vrij groot was, maar ze was bereid overal naartoe te gaan. 'Ik weet nu al dat ik je vreselijk ga missen als we elkaar straks niet meer zien.' Audrey betwijfelde of ze haar moeder überhaupt nog alleen kon laten, want Ellens gezondheid ging sinds Wills dood hard achteruit. 'En eh, moet ik dan salueren als ik je de volgende keer zie?' probeerde ze het gesprek ietsje luchtiger te maken, ook al was ze vreselijk verdrietig.

'Ik weet niet eens zeker of verpleegsters wel een rang krijgen. Rijk word je er in elk geval niet van kan ik je vertellen. Volgens mij doet iedereen die zich aanmeldt het, net als ik, omdat ze vinden dat we het aan ons land verplicht zijn. De dingen die ik tot nu toe heb gehoord zijn niet bepaald glitter en glamour. Het is vooral heel hard werken. En dat is precies wat ik nu nodig heb.' Ze wisten allebei dat haar hart gebroken was en dat ze op deze manier nog iets hoopte te kunnen betekenen voor anderen. Dat was lovenswaardig, zeker omdat ze allebei al een te hoge prijs hadden betaald in een oorlog die zich nu al van zijn wreedste kant had laten zien.

5

Op hetzelfde moment dat Audrey en Lizzie in september 1938 enthousiast aan hun verpleegstersopleiding begonnen, stond de achttienjarige Alexandra Whitman White in New York aan de vooravond van een van de spannendste momenten van haar leven. De aristocratische, statige blondine met de vorstelijke uitstraling en het uiterlijk van een filmster keek reikhalzend uit naar haar eerste officiële 'sociale seizoen'. Ze was via beide ouders verwant aan de prominente Astors en Vanderbilts, had neven en nichten die deel uitmaakten van de gerenommeerde familie Morgan, en zelfs de Roosevelts waren verre verwanten. En nu zou ze dan eindelijk haar debuut maken op hetzelfde *cotillion* als haar moeder en oma destijds. Een week na dat introductiebal organiseerden haar ouders ook nog een privégala bij hen thuis op Fifth Avenue.

Debuteren was een van oorsprong Britse aristocratische traditie, het moment waarop jonge vrouwen voor het eerst buiten de besloten omgeving van het 'thuisonderwijs' kwamen teneinde een geschikte echtgenoot uit hetzelfde milieu te vinden. In bepaalde kringen was dat de sociaal geaccepteerde manier om de huwelijksmarkt te betreden. Het had in het verleden heel wat prachthuwelijken opgeleverd, net als even mooie en vaak lucratieve verbintenissen tussen vooraanstaande rijke families. Het jonge bruidspaar kende elkaar meestal amper. Als het meezat, leverde het een prima huwelijk op, maar dat was zeker niet altijd het geval.

Charlotte, haar oudere zus, had vijf jaar eerder hetzelfde proces doorlopen en dat was een succes geweest. Zij had nog datzelfde jaar haar toekomstige echtgenoot ontmoet op het introductiebal van een vriendin. Binnen een halfjaar waren ze verloofd, ze trouwden de daaropvolgende kerst en inmiddels hadden ze drie dochtertjes. Eustace was een gerenommeerde New Yorkse bankier uit een bekende familie. Bankieren gold in hun kringen sowieso als het enige echt respectabele beroep voor een heer. Robert White, de vader van Charlotte en Alex, was ook bankier. Vrouwen van hun moeders generatie werkten niet. Dat was niet nodig en werd als ongepast beschouwd. De weinige vrouwen met een baan of carrière werden zwaar bekritiseerd en bleven meestal ongehuwd. In de opvoeding van meisjes kwam werken voor de kost niet aan bod. Jonge vrouwen werden thuis vooral onderlegd in kunst, theater, opera en ballet. Daarnaast moesten ze later een fatsoenlijk huishouden kunnen bestieren, en een paar talen spreken was mooi meegenomen. Zo sprak Alex vloeiend Frans en ook een mondje Duits en Italiaans, talen die ze van haar gouvernantes had geleerd. Astrid, haar moeder, deed net als haar vriendinnen vrijwilligerswerk via liefdadigheidsorganisaties. En zo ging dat al generaties lang bij de elite.

En nu was het dus Alex' beurt. Ze was een sociaal meisje, hield van feestjes en was jaloers geweest op Charlotte toen die destijds plots naar allerlei bals en bijzondere evenementen had gemogen. Op de avond van het bal bij hen thuis was Alex dertien geweest. Ze had vol verlangen bovenaan de trap zitten kijken en gewenst dat zij daar beneden in een prachtige witte jurk tussen alle gasten had mogen dansen. Astrid had die zomer voor Alex' debutantenbal een jurk van ragfijne witte organza uitgezocht bij het Parijse modehuis Patou. Ze zou haar haar voor het eerst mogen opsteken. Een andere traditie schreef voor dat ze samen met twee chaperonnes naar het bal ging. Op het tweede bal, bij hen thuis, zou ze een andere avondjurk dragen, ditmaal een die gewoon in New York was aangeschaft. Dat feest beloofde zo mogelijk nog spectaculairder te worden.

Alex voelde zich net een soort Assepoester, het was het spannendste wat ze ooit had meegemaakt. Ze keek erg uit naar het dansen en het moment waarop ze ten overstaan van de honderden gasten haar reverence zou maken. Waar ze niet naar uitkeek, was de impliciete verwachting dat ze een echtgenoot zou vinden, binnen een jaar of twee zou trouwen en zwanger zou raken. Om nog maar te zwijgen van naar Connecticut moeten verhuizen, zoals Charlotte. Of erger, op een paardenfokkerij in New Jersey belanden, want ze had een hekel aan paarden en paardrijden. Voorlopig wilde ze hoe dan ook helemaal niet trouwen. Ze kende bijna alle jongens die naar die bals zouden komen en vond ze allemaal stom. Kinderen hoefden van haar niet zo nodig, en zeker niet op de korte termijn. Ze had graag willen studeren, zoals een paar van haar vriendinnen uit progressieve families, maar haar ouders vonden dat nergens voor nodig. Haar moeder en zus en haar beide oma's hadden immers evenmin gestudeerd en Charlotte was toch ook dik tevreden met haar huisvrouwenbestaan.

Alex had haar ouders een rolberoerte bezorgd toen ze zonder dat te overleggen op haar zeventiende vrijwilligerswerk was gaan doen in een groot ziekenhuis en later ook nog bij een tehuis voor vondelingen. Haar moeder had haar proberen uit te leggen dat liefdadigheidswerk iets was wat je via een stichting deed; het was niet de bedoeling dat je daadwerkelijk met arme mensen of patiënten in aanraking kwam. Op dat moment had Alex beseft dat ze echt heel anders in het leven stond dan haar familie.

Toch keek ze wel uit naar haar debuut en alle bijbehorende evenementen. De feestjes waarvoor ze werd uitgenodigd bleken inderdaad heel leuk te zijn, maar ze ontmoette geen interessante jongen. Uiteindelijk bleek het sociale seizoen met het ene na het andere feestje ook best vermoeiend. Toen ze in het najaar van 1939 aan haar tweede seizoen begon, was het al een paar maanden oorlog in Europa. Alex kende niemand die er persoonlijk last van had, maar ze vond het een akelig idee dat ze in New York gewoon naar feestjes gingen, terwijl mensen elders met oorlog te kampen hadden. Het voelde gewoon niet goed. Haar tweede sociale seizoen werd dan ook geen succes, eigenlijk hoefde het van haar niet meer zo nodig. Ze had nog steeds niemand ontmoet met wie ze in het huwelijksbootje zou willen stappen. Wel had ze een paar afspraakjes gehad met jongens die haar best aardig leken, maar geen van hen wist haar langer dan een avond te boeien. Ze snapte ook werkelijk niet waarom trouwen zo nodig moest, en ze had nu nog meer spijt dat ze zich destijds door haar ouders had laten ompraten om niet te gaan studeren. Volgens haar moeder vielen hoogopgeleide vrouwen niet in de smaak bij mannen. Alex vond dat maar raar. Waarom zou een man geen intelligente echtgenote willen die goed was opgeleid en best wilde werken?

Ondanks haar moeders bezwaren was ze haar vrijwilligerswerk blijven doen, maar het voelde steeds onbevredigender. Op een dag besloot ze zich – weer zonder iets te zeggen – voor een verkorte verpleegstersopleiding in te schrijven. Ze begon in januari 1940 en zou in juni 1942 klaar zijn. Ook nu snapte haar moeder niets van Alex' besluit. Haar vader zei dat ze zich misschien maar beter kon uitschrijven omdat Astrid het er zo moeilijk mee had. Dat weigerde de inmiddels negentienjarige Alex, waarop Charlotte schamperde dat haar zusje blijkbaar een soort verlate puberale opstandigheid doormaakte. Maar wat Alex' motieven ook mochten zijn, ze vond de opleiding leuk en haalde hoge cijfers.

Ze had nog zes maanden van haar opleiding te gaan toen Pearl Harbor in december 1941 werd aangevallen. Nu Amerika in oorlog was, wist ze helemaal wat haar te doen stond. Ze kon wel raden hoe de reacties daarop zouden luiden, dus besprak ze het ook nu met niemand. Alex was uitgegroeid tot een sterke jonge vrouw met een eigen mening die wist hoe ze haar zin kon krijgen.

Twee dagen na het behalen van haar diploma meldde

zich ze op eenentwintigjarige leeftijd aan bij het leger. Dat leek haar in oorlogstijd de enige juiste keuze. Ze vertelde het diezelfde dag nog aan haar ouders. Astrid ging die avond huilend naar bed toen ze begreep dat haar dochter als gediplomeerd verpleegster blijkbaar per se gewonden wilde verzorgen die van het slagveld terugkwamen. Alex wist vrij zeker dat er alleen maar meer gewonden zouden komen, en de strijd was al zo bloedig. En ze verergerde het nieuws voor haar ouders nog eens door te zeggen dat met name psychiatrische problematiek haar boeide. Straks wilde hun jongste dochter na de oorlog in een psychiatrische instelling gaan werken!

Bij het rekruteringsbureau had ze te horen gekregen dat ze eerst een training van een maand moest volgen om bekend te raken met de specifieke kanten van militaire verpleging en hoe zaken in het leger geregeld waren. Vanwege haar belangstelling voor psychiatrie volgde er daarna nog een extra training. Als ze dat allemaal met goed gevolg afrondde, kon ze ergens in een militair hospitaal aan de slag. Dat was precies wat Alex wilde en ze had dan ook geen moment spijt van haar besluit.

Charlotte kwam op een avond naar New York om te proberen haar zusje op andere gedachten te brengen. Alex legde haar uit dat dit anders was dan een eetafspraak en dat je je niet zomaar kon bedenken omdat je er bij nader inzien toch niet zo'n zin in had. Ze had een bindende overeenkomst getekend en dat betekende dat ze straks als verpleegster voor het leger ging werken, mits ze medisch werd goedgekeurd. Haar zus keerde nijdig terug naar huis. Haar vader legde zich erbij neer, al had hij de indruk dat

Alex eerder uit jeugdige onbezonnenheid dan uit nobele motieven handelde. Hij hoopte vooral dat ze niet naar een gevaarlijke plek werd uitgezonden. De kans dat ze gewoon in de Verenigde Staten zou blijven was vrij groot, want hij had ergens gelezen dat de legerleiding nog niet goed wist waar het verplegend personeel het best kon worden ingezet en dus werd het voorlopig sowieso niet overzee gestuurd. Dat wilde niet zeggen dat hij blij was met zijn dochters beslissing, maar in tegenstelling tot zijn vrouw en oudste dochter begreep hij maar al te goed dat Alex een contract had ondertekend waar ze niet onderuit kon.

Voor haar ouders was het een zwarte dag toen hun jongste dochter op de trein stapte. Haar vader kwam haar dan ook in zijn eentje uitzwaaien. Hij wenste haar het allerbeste en tot Alex' verbazing zag ze tranen in zijn ogen. Ze had zich wel vaker afgevraagd hoe deze mensen familie van haar konden zijn, maar nu voelde ze zich meer dan ooit het buitenbeentje.

Lizzie Hatton slaagde voor de medische keuring en kreeg te horen dat ze zich begin maart moest melden voor de basistraining van vier weken. Dat gaf haar nog net tijd om even naar Annapolis te gaan. Ellen was er inmiddels zo slecht aan toe dat ze bedlegerig was. Audrey sliep op een matras bij haar in de kamer. Ellen was erg kortademig en Audrey was doodsbang dat haar moeder verkouden zou worden, want dat kon fataal uitpakken.

Lizzie had beloofd Audrey vaak te schrijven, maar ze merkte dat de training intensiever was dan ze had verwacht, al was een van de allereerste taken een naaiklusje.

Er waren uitsluitend te grote mannenmaten, dus ze moest haar uniform eerst verstellen. De training was niet alleen lichamelijk zwaar, ze moesten ook allerlei militaire protocollen leren en talloze trainingsfilmpjes uit de praktijk bekijken. Lizzie vond de andere vrouwen bijna allemaal aardig. Sommigen waren wat grover dan ze gewend was, maar uiteindelijk was iedereen daar vrijwillig voor één en hetzelfde doel. Dat schiep automatisch een band.

De vier weken vlogen voorbij en ze kreeg na afloop te horen dat ze op de Presidio-legerbasis in San Francisco zou gaan werken. Het Letterman Hospital daar was naar verluidt een van de meest gewilde standplaatsen in het hele land. Andere verpleegsters werden naar heel wat minder aantrekkelijke locaties gestuurd en waren jaloers op haar. Lizzie besefte vooral dat het betekende dat ze Audrey nu een hele tijd niet meer zou zien, maar ze was wel erg benieuwd naar San Francisco. Ze kreeg twee dagen verlof, logeerde een avond in Annapolis en reisde daarna door naar Boston. Haar moeder was geschokt toen haar dochter in uniform voor de deur stond, en in plaats van de standaardrok ook nog eens een legergroene broek droeg omdat dat handiger was tijdens het reizen. Het uniform was allesbehalve flatteus en de kleur stond haar niet, maar het gaf haar wel een serieuze, officiële uitstraling. Haar broers zaten inmiddels eveneens in het leger. Henry deed zijn basistraining in Fort Ord in Monterey, Greg was in Alameda in afwachting van zijn uitzending naar het front in de Pacific.

Het afscheid in Boston was voor hen allemaal emotioneel, maar Lizzie vond San Francisco na aankomst meteen al leuk. De prachtige stad lag aan een glinsterende baai en door de stevige wind was het lekker fris. De Golden Gate Bridge was nog niet zo lang open en verbond de stad met het groene achterland van Marin County. Het ziekenhuis waar ze ging werken was efficiënt en modern. Ze had een kamer toegewezen gekregen in een gebouw met andere verpleegsters. Het was er gezellig druk; voor of na een dienst zaten er altijd wel een paar collega's onder het genot van een sigaretje of een kop koffie te kletsen. Lizzie vond het leuk om de stad te verkennen en kreeg allerlei tips voor haar vrije dagen. In haar brieven aan Audrey klonk ze enthousiast over zowel haar werk als de collega's.

De gewonden uit de strijd in Azië werden via hospitaalschepen aangevoerd en het ziekenhuis lag bijna altijd vol. Lizzie had eindelijk het gevoel dat ze zinvol werk deed. De mannen waren zwaargewond en veel van hen waren getraumatiseerd. 's Nachts bestond haar werk deels uit het troosten van mannen met oorlogsneuroses en nachtmerries.

Een van de zwaardere gevallen bleef maar liefst een maand. Lizzie zorgde al die tijd voor hem. De jongen was zwaar getraumatiseerd, maar hij werd niet uit het leger ontslagen en moest op den duur gewoon weer terug naar het front. Alfred was opgegroeid in pleeggezinnen op het platteland van Alabama en had geen familie. Op de avond voor zijn vertrek vroeg hij haar ten huwelijk. Ze legde hem uit dat haar geliefde in Pearl Harbor was omgekomen en ze nog steeds heel verdrietig was. Alfred zou de volgende dag afreizen naar een basis aan de oostkust en vanuit daar naar het Europese front gaan. Ze vond het vreselijk dat hij weer moest gaan vechten terwijl hij psychisch nog lang niet was hersteld van alle oorlogsgruwelen. Hij was vierentwintig en maar een jaartje ouder dan zij, maar het leek alsof ze die avond een klein jochie moest troosten. Hij bleef maar huilen. Ze praatte op hem in, maar had nog nooit zo'n radeloos en ontredderd iemand gezien. Zijn wanhoop maakte haar weer eens extra duidelijk hoe ontstellend wreed oorlog was.

'Zeg alsjeblieft dat je van me houdt voordat ik weer moet gaan vechten,' smeekte Alfred. Ze snapte dat hij het nodig had te weten dat er iemand om hem gaf, en haar hart ging naar hem uit. Het waren maar vier woordjes, maar ze wilde zijn romantische waanideeën niet aanmoedigen. 'Maar Alfred, we kennen elkaar helemaal niet,' probeerde ze hem tot rede te brengen.

'Jawel, we kennen elkaar al een maand en in oorlogstijd trouwen mensen sneller.'

'Volgens mij kunnen ze dat beter niet doen.' Lizzie dacht intussen aan Will. Ze was als een blok voor hem gevallen, en het was toen niet eens oorlog geweest. Alleen kenden zij elkaar al wel twee jaar.

'Schrijf je me dan in elk geval terug als ik jou schrijf?' vroeg Alfred. Ze knikte schoorvoetend. Schrijven kon vast geen kwaad; de kans dat ze elkaar nog eens zagen was zo goed als nihil. 'En kunnen we dan ten minste zeggen dat we verloofd zijn?' vroeg hij hoopvol.

'Nee, dat kunnen we niet.' Dat ging haar echt te ver.

'Als ik terugkom, zorg ik ervoor dat je verliefd op me wordt,' zei hij vastberaden. Intussen vond Lizzie hem eerder een jongen die nog niet droog achter de oren was.

Ze moest door met haar andere werk en ging om twee uur, na het einde van haar dienst, nog even bij hem kijken.

Gelukkig was hij eindelijk in slaap gevallen. Toen hij de volgende ochtend om acht uur vertrok, lag zij na haar nachtdienst te slapen.

De eerste brief kwam een paar dagen later al, en er volgden al gauw meer. Wanhopige, bange, gekwelde smeekbedes om liefde en steun in een moeilijk te ontcijferen handschrift. Lizzie had met hem te doen, vooral omdat hij verder niemand had. En dus schreef ze hem af en toe terug, hopend dat ze hem daarmee wat extra kracht kon geven voordat hij weer moest gaan vechten. Hoewel ze over oppervlakkige dingen schreef, verklaarde hij haar elke keer opnieuw de liefde. Ze hoopte maar dat hij de oorlog overleefde en tegen die tijd geestelijk in staat was een fatsoenlijk leven voor zichzelf op te bouwen.

Ze zorgde ervoor dat ze hem niet aanmoedigde, maar wat ze ook schreef, hij bleef zeggen dat hij van haar hield. Ze schreef minder vaak, maar dan smeekte hij haar om antwoord en op een gegeven moment had ze dan zo'n medelijden met hem dat ze toch weer een kattebelletje stuurde. Totdat ze op een gegeven moment tot haar opluchting niets meer van hem hoorde en ze aannam dat hij nu ergens in Europa vocht. Uiteindelijk kon ze bar weinig doen voor jongens zoals hij. Al die jongens die de zwaarste mentale klappen van een intens wrede oorlog opvingen. Hun kapotte lichamen kon ze verzorgen, maar hun kapotte zielen waren een heel ander verhaal. Er kwamen zoveel mannen van de frontlinie terug met wie het nooit meer goed zou komen. En er zouden nog velen volgen voordat het voorbij was.

Alex kreeg na haar introductietraining ook te horen dat ze op de Presidio-basis zou gaan werken. Ze kon nog net een avond naar huis en vloog de volgende dag met een militaire vlucht naar de westkust. Haar vader hoopte dat het niet betekende dat ze naar het front in Azië moest, terwijl Alex vooral blij was dat ze niet dicht bij New York gestationeerd was. Voor het eerst van haar leven zou ze ergens wonen waar ze niet telkens te horen kreeg hoezeer ze van de rest van haar familie verschilde en hoe teleurgesteld haar ouders in haar waren.

San Francisco betekende voor haar een nieuw begin. De volgende dag zat ze dan ook breed grijnzend met haar koffertje en plunjezak in de bus van de luchthaven naar de legerbasis. Bij het eindpunt kon ze niet direct vinden waar ze moest zijn, tot een jonge soldate achter een balie haar het nummer van haar kamer gaf. Als nieuwkomer was ze ingedeeld bij een collega die er al langer werkte. Alex liep de trap op, vond haar kamer, deed de deur open en zag dat er iemand lag te slapen, waarschijnlijk een verpleegster die nachtdienst had gehad.

De kamer was spaarzaam gemeubileerd met eenvoudige, oude spullen. Alex probeerde zo zachtjes mogelijk wat kleding op te bergen in de twee lege kastjes naast haar bed. Eigenlijk was ze wel blij dat ze van alle luxe en comfort van thuis was verlost. Hier was ze gewoon een van de velen in een smeltkroes van verschillende mensen en achtergronden.

Ze vond de gemeenschappelijke badkamer aan het einde van de gang en toen ze terugkwam, bleek de andere verpleegster inmiddels wakker te zijn. Ze zat op de rand van haar bed te roken. Zo te zien had ze een zware nacht achter de rug.

'Hoi, ik ben Alex White.'

De vrouw glimlachte terug. 'Hoi, ik ben Lizzie Hatton. Welkom in Buckingham Palace. Zo noemen we het hier tenminste, omdat we als verpleegsters het beste onderkomen op de basis hebben.' Ze stond op en rekte zich uit in haar roze satijnen pyjama met zuurstokmotiefje. 'O, sorry voor de pyjama, die heb ik met kerst van mijn broer gekregen.'

'Ah! Mijn zus wilde me een dwangbuis geven toen ze hoorde dat ik me voor het leger had aangemeld.'

'Ha, nou... dat zouden mijn ouders stiekem ook best hebben gewild.' Ze schoten allebei in de lach.

Hun gezamenlijke kamer was zo spartaans als je op een legerbasis zou verwachten, maar toch had Lizzie de boel weten op te fleuren door een vaasje met bloemen op het bureau te zetten.

'Waar kom je vandaan?' vroeg Lizzie, die Alex meteen al aardig vond. Ze leek net als alle andere verpleegsters blij hier te zijn. Iedereen was hier immers vrijwillig en mensen klaagden zelden, al was het militaire leven behoorlijk zwaar. Lizzie vond het zoveel bevredigender dan wat ze als verpleegster in Boston had gedaan, waar iedereen de hele tijd over van alles zanikte.

'Uit New York. En jij?'

'Boston,' antwoordde Lizzie. 'Schijnbaar boffen we ook met deze standplaats. Het is een van de beste militaire hospitalen in het land. En dat mijn ouders vijfduizend kilometer ver weg zitten is helemaal een pluspunt.'

'Je haalt me de woorden uit de mond.' Alex ging grijnzend op haar eigen bed zitten. Ze had het nog niet opgemaakt, iets wat ze trouwens pas sinds kort voor het eerst van haar leven zelf had moeten doen. 'Op welke afdeling werk je?' Ze was nieuwsgierig naar haar aardige kamergenoot.

'Gewoon de algemene verpleegafdeling, maar het wisselt. Ik word ook best vaak overgeplaatst omdat er veel oorlogsneuroses en trauma's zijn. Naast al het lichamelijk letsel natuurlijk.' Ze moest onwillekeurig meteen weer aan Alfred denken.

'Ah, toevallig heb ik juist psychiatrie aangevraagd, maar ik weet nog niet wat het wordt. En op zich maakt het me ook niet echt uit.'

'En ken je San Francisco al? Want anders ga je de stad denk ik geweldig vinden.' Lizzie had de indruk dat Alex uit een welgestelde familie kwam en goed was opgeleid. Alleen wist je dat in het leger nooit helemaal; je ontmoette er allerlei soorten mensen en iedereen was gelijk.

Ze babbelden een tijdje terwijl Alex de rest van haar spullen uitpakte. En toen moest Lizzie al bijna weer naar haar werk en dus ging ze snel douchen. Het voelde alsof ze er een nieuwe vriendin bij had tegen de tijd dat ze haar uniform had aangetrokken en de voordeur uit liep. Buiten keerde ze zich nog even om en zag dat Alex voor het raam naar haar wuifde. Tijdens de korte wandeling naar het ziekenhuis was ze in haar hoofd al bezig met een brief aan Audrey. Ze miste haar vreselijk, maar haar nieuwe kamergenoot leek gelukkig heel aardig. Natuurlijk hadden ze allebei bewust voor dit werk gekozen, maar blijkbaar had Alex ook ouders die het daar niet mee eens waren.

Alex bleef een tijdje voor het raam staan en dacht ongeveer hetzelfde. Ze voelde aan alles dat het leger de juiste keuze was geweest en ze mocht Lizzie Hatton nu al. Ze boften maar, want ze waren jong en werkten niet alleen op een veilige plek, maar blijkbaar ook nog eens op een van de betere standplaatsen.

Het was een mooie zonnige dag en Lizzie had er zin in, al had ze de dag ervoor een dubbele dienst gedraaid. Dat was eerder regel dan uitzondering, maar haar werk was nooit saai en ze had fijne collega's. De artsen waren uiterst kundig en de verpleegsters waren grotendeels vrouwen die ze vroeger waarschijnlijk nooit zou hebben ontmoet, maar iedereen was blij dat ze hun land konden dienen en iets konden betekenen voor de oorlogsgewonden. Wat zou ze zich nog meer kunnen wensen? Natuurlijk konden ze niet al het leed genezen en wegnemen, maar ze deden hun best. Lizzie besefte dat ze misschien wel voor het eerst van haar leven gelukkig was, ook doordat ze zo'n voldoening had in haar werk. Ze had er echt goed aan gedaan om zich vrijwillig aan te melden.

6

Terwijl Lizzie en Alex op vrije dagen leuke dingen ondernamen in en rond San Francisco, week Audrey niet van haar moeders zijde. Ze genoot van Lizzies brieven over hun avonturen, zoals hun bezoekjes aan exotische eettentjes in Chinatown, de Italiaanse cafés in North Beach en de strandwandelingen in San Marin. Omdat er na Pearl Harbor nog steeds rekening werd gehouden met een mogelijke aanval aan de westkust waren daar kustbatterijen geplaatst en verkenners die vijandelijke vliegtuigen moesten spotten. De twee jonge vrouwen waren met een geleende auto zelfs een keer naar het spectaculaire Big Sur in het zuiden gereden en naar de bergen bij Lake Tahoe in het noorden, waar in de winter werd geskied.

Audrey had het gevoel dat ze Alex via Lizzies beschrijvingen al een beetje kende. Ze begreep dat de twee zwaar en inspannend werk deden, maar dat het veel voldoening gaf. De oorlogsgewonden waren er zwaar aan toe. Audrey wist dat Lizzies broers inmiddels in de Pacific zaten. Greg werkte als legerarts in Nieuw-Caledonië, en schijnbaar niet zomaar in een veldhospitaal, maar in een prefabgebouw met stroom en stromend water. Ze hadden voornamelijk te maken met oorlogsletsel, en daarnaast met 'gewone' ziektes als malaria. Henry werkte als hospik even ten zuiden van de Salomonseilanden. Iedereen volgde het oorlogsnieuws op de voet en Lizzie maakte zich permanent zorgen. Lizzies ouders hadden nu drie kinderen in het leger. Audrey besefte dat haar broer, als hij nog had geleefd, waarschijnlijk ook ergens in Zuidoost-Azië had gezeten en dat ze dan net zo in de rats had gezeten als Lizzie.

In het najaar van 1942 was het grootste deel van Europa in Duitse handen. In november landden er zelfs Britse en Amerikaanse troepen in Noord-Afrika en overal werd zwaar gevochten. Engeland leed op eigen grondgebied zware verliezen door de Luftwaffe. De Blitz-bommenregen in Londen zou aan totaal 43.000 burgers het leven kosten, en nog eens 140.000 mensen raakten gewond.

Audrey voerde intussen haar eigen strijd tegen de ziekte van haar moeder, en ze verloor langzaam terrein. Ellen was al heel lang niet meer uit bed geweest en was met Kerstmis doodziek geweest toen een zware verkoudheid was overgegaan in acute bronchitis. Audrey had dag en nacht bij haar gezeten. Alleen als mevrouw Beavis kwam, nam ze even pauze. Haar moeder was zowaar weer opgeknapt, maar Audrey besefte dat ze het onvermijdelijke niet veel langer voor zich uit kon schuiven. In haar brieven aan Lizzie zei ze er weinig over. Klagen had geen zin en het was al zo deprimerend. Dus ze hield stug vol, zonder steun of praktische hulp van anderen, behalve dan natuurlijk die van mevrouw Beavis. Ze voelde zich vaak erg eenzaam, alsof ze na een schipbreuk op een onbewoond eiland was beland en alle hoop op hulp had opgegeven.

Wat Lizzie over het werk en alles in San Francisco beschreef, klonk geweldig. Hoewel ze met zwaargewonden werkten, konden Lizzie en Alex tenminste nog proberen hen te redden, iets wat bij haar moeder onmogelijk was. Dat had ze natuurlijk altijd al geweten, maar het was loodzwaar om daar dag in, dag uit mee geconfronteerd te worden. Lizzie las in Audreys brieven tussen de regels door hoe zwaar het was en bewonderde haar kracht en moed. Lizzie zou het, hoe verschillend haar moeder en zij ook waren, een kwelling hebben gevonden als Alice door een slopende ziekte zieltogend in bed had gelegen. Audrey was nu tweeentwintig en zorgde al zeven jaar voor haar moeder.

Intussen was Alex vaste kracht geworden op de psychiatrische afdeling. Het was uitdagend en soms best deprimerend werk, en toch vond ze het geweldig om te doen. Haar vrolijkheid en optimisme vormden een welkome frisse wind. Alle patiënten waren dol op haar, want ze was niet alleen leuk om te zien, maar ook aardig en meelevend. Mede door haar engelengeduld wist ze dikwijls meer te bereiken dan de artsen en andere verpleegsters.

Alex zei in gesprekken af en toe terloops iets waardoor Lizzie vermoedde dat haar nieuwe vriendin uit een totaal ander nest kwam dan de meeste collega's. Zo had ze er op een avond na twee glazen wijn een keer uitgeflapt dat ze een debutante was geweest. Alex' welgestelde achtergrond en luxe jeugd in New York klonken als een heel andere wereld dan haar eigen solide jeugd in een artsenfamilie, maar Alex praatte er nooit openlijk over en liep er zeker niet mee te koop. Ze was bescheiden, hartelijk en oprecht. Zo leende ze weleens geld uit aan collega's die aan het eind van de maand krap bij kas zaten. Lizzie vertelde Audrey over haar vermoedens en schreef weer hoe jammer ze het vond dat ze elkaar nog niet hadden ontmoet. Hopelijk kwam het daar binnenkort van. Audrey was nog steeds haar beste vriendin, maar ze was erg gesteld op Alex en had haar hoog zitten. Hun band was al rap heel hecht geworden. Bovendien hadden ze hetzelfde werk en deelden ze een kamer, dus ze wisselden natuurlijk elke dag allerlei verhalen en ervaringen uit.

In de winter van 1943 staken er geruchten de kop op dat een deel van het medisch personeel dichter bij het front en op hospitaalschepen nodig was. En niet alleen artsen en hospikken, maar ook verpleegsters. Lizzie en Alex vroegen zich af of zij binnen afzienbare tijd naar het buitenland zouden gaan. Ze waren daar allebei toe bereid en hoopten er zelfs stiekem op. Het werk in San Francisco was na bijna een jaar een soort van routine geworden en ze zagen een nieuwe uitdaging best zitten.

Intussen deed Audrey er elke keer langer over om Lizzies brieven te beantwoorden. Haar hele leven werd beheerst door haar moeders ziekte en het ontbrak haar eenvoudigweg aan tijd om even rustig ergens voor te gaan zitten, zelfs voor brieven aan Lizzie. Elke dag was een strijd op leven en dood, en in november verloor Ellen die strijd. De laatste paar dagen was ze niet meer bij bewustzijn en op het eind gleed ze stilletjes weg. Audrey zat naast haar en was alleen thuis toen ze in de doodse stilte haar moeders ogen sloot. Ellen had lang en dapper tegen de ziekte gestreden, met Audrey als haar medestrijdster. Nu kon ze eindelijk in vrede rusten. Audrey gaf haar moeder een zoen op de wang en bleef nog lange tijd naast haar zitten. Ellens hand voelde al snel koud aan en terwijl Audrey daar naar haar zat te kijken, drong het tot haar door dat ze nu een wees was. Ze was nu echt moederziel alleen op de wereld. Haar ouders en haar broer waren er niet meer. Ze had niemand meer en miste Lizzie nu extra erg, die haar anders had kunnen troosten.

Ze stuurde haar diezelfde middag een telegram. Toen Lizzie haar die avond vanuit San Francisco belde, nam ze huilend op.

'O, ik vind het zo vreselijk voor je, Aud!' En ook zij barstte in huilen uit. Natuurlijk kwam het niet als een verrassing, maar dat maakte Ellens dood niet minder verdrietig. Audrey had tweeënhalf jaar eerder haar verpleegstersdiploma gehaald en haar leven had sindsdien volledig in het teken gestaan van de zorg voor haar moeder. Ellens arts was verbaasd geweest dat ze het nog zo lang had volgehouden, zeker na het zware verlies van Will. Dat lag vooral aan Audreys goede zorgen en aan Ellen die haar dochter niet in de steek had willen laten. Alleen hadden de schikgodinnen nu toch anders beslist.

'Weet je al wat je nu gaat doen?' Lizzie maakte zich zorgen om haar beste vriendin.

'Ik heb eerlijk gezegd nog geen flauw idee. Ik doe dit al jaren en weet niet beter. Misschien moet ik me net als jij aanmelden bij het leger.' Ze had weleens met die gedachte gespeeld, maar dat was toen haar moeder leefde uiteraard uitgesloten. 'Ik heb niemand meer, geen enkele familie, en ik hoef ook niet op een specifieke plek te wonen. Ik zat sowieso te denken dat ik ergens als verpleegster kon gaan werken. Maar dan moet ik mijn kennis wel opfrissen, want ik deed alleen de dingen die voor mijn moeder moesten. De rest is een beetje weggezakt.'

'Ik denk dat je in een maand of twee alles weer weet, hoor,' antwoordde Lizzie. 'Maar als je voor het leger kiest, zou het wel zo fijn zijn als we ervoor konden zorgen dat we dan dezelfde standplaats hebben.' Bij vaders, zoons en broers werd daar rekening mee gehouden, mits daarom werd verzocht, maar bij vriendschappen was dat geen standaardregel.

'Misschien geef ik me hoe dan ook op voor een opfriscursus. Dat lijkt me eigenlijk wel zo verstandig, want ik kan hier moeilijk in een leeg huis blijven zitten zonder iets omhanden te hebben.' Ze wist dat haar moeder haar geld had nagelaten en dat het huis nu van haar was, maar ze wilde er niet in haar eentje blijven wonen. Ze had overwogen om de boel af te sluiten en een baan te zoeken in Baltimore, maar het leger was natuurlijk ook een optie. Maar goed, het was voorlopig nog te vroeg om die knoop door te hakken; ze had haar moeder nog niet eens begraven.

'Je laat het me weten, hè.' Lizzie zei nogmaals hoe vreselijk ze het vond. Ze zou altijd met liefde terugdenken aan Ellen. Zondagavond bij de Parkers was vaste prik geworden. Het was een soort tweede thuis voor haar geweest, en een warmer gezinsnest dan ze van huis uit gewend was.

Ellen werd drie dagen na haar overlijden op een druilerige dag in november begraven. De uitvaart was in besloten kring, alleen Audrey, mevrouw Beavis en twee buren waren aanwezig. Audrey had geregeld dat haar moeder op de militaire begraafplaats naast Francis, haar man, kwam te liggen. De dominee, die zowel Audrey als haar moeder kende, las een paar Bijbelteksten voor en zei kort iets over Ellen. Daarna werd de kist neergelaten. Audrey ging naderhand in haar eentje naar haar ouderlijk huis terug en begon meteen de volgende dag al met inpakken. Ze had nog geen idee waar ze naartoe zou gaan, maar ze wist wel dat ze niet veel langer in het huis wilde blijven dat voor haar moeder een ziekenhuis was geworden. Het had zijn doel gediend, maar het gros van de bewoners voor wie het ooit een fijn thuis was geweest, was er niet meer. Het was te zwaar en pijnlijk om hier in haar eentje tussen de spoken van het verleden te moeten blijven.

Ze schreef zich bij haar oude opleiding in voor een opfriscursus van een maand. Hoewel ze veel vaardigheden niet had gebruikt, was ze verbaasd hoe snel alles terugkwam. Tegen de tijd dat Thanksgiving voor de deur stond, was ze halverwege de cursus, maar kwam ze elke avond in een leeg groot huis thuis. Die feestdag zou ze gewoon negeren; ze had niemand om het mee te vieren en er viel ook helemaal niets te vieren.

Lizzie belde haar dat weekend en begon meteen enthousiast te ratelen. 'Ik heb me gisteren met een heel stel andere verpleegsters aangemeld bij de luchtmacht, Aud. Als Flight Nurse voor medische evacuatievluchten. We krijgen een speciale training van zes weken op Bowman Field in Kentucky. We moeten van alles leren, waaronder overleven in het veld, wat te doen bij een noodlanding op het water of een crash, parachutespringen en ook wat basistheorie over vliegen in het algemeen. Ze hebben verpleegsters en hospikken nodig om gewonden met het vliegtuig van het slagveld te evacueren en naar een militair hospitaal over te brengen. Je zou het een luchtambulancedienst kunnen noemen. Ik ken een paar meiden die vorig jaar als evacuatieverpleegsters naar Noord-Afrika zijn gegaan. Volgens mij waren zij de eersten, en ze hadden niet veel training gehad. Maar wij krijgen die dus wel. We hebben geen verdere informatie gekregen, maar hopen dat ze ons naar Engeland sturen. Een andere groep is al toegewezen aan de hospitaalschepen in de Pacific, maar dat lijkt me toch minder. O, en Alex zit in dezelfde eenheid als ik. De training begint trouwens op 2 januari, dus ik denk dat ik met Kerstmis in Boston ben. Als je dat wilt, zou je bij ons kunnen komen. Maar ik zat dus te denken... Mocht je nog steeds overwegen om in dienst te gaan, dat je dan verpleegster kunt worden bij dat onderdeel van de luchtmacht. Het heet officieel MAET, dat staat voor Medical Air Evacuation Transport. Dat kun je dan meteen melden bij het rekruteringsbureau, als je dat tenminste zou willen, hè. Maar Aud, zou het niet volkomen fantastisch zijn als we straks bij dezelfde eenheid zitten?'

Ze dacht er al luisterend naar Lizzies verhaal over na. Het klonk geweldig, precies wat ze nodig had. Het klonk interessant en spannend, en het hield in dat ze serieus verpleegsterswerk kon doen en echt iets kon betekenen voor de mannen aan het front. En om het samen met Lizzie te kunnen doen was helemaal alsof haar gebeden werden verhoord. 'Akkoord, luitenant! Ik zal morgen meteen naar het rekruteringsbureau gaan.' Ze noteerde alle details die ze nodig had om zich bij het juiste legeronderdeel aan te melden. 'Hopelijk zak ik niet voor de medische keuring of wat ze me dan ook allemaal gaan vragen – áls er al een toelatingsexamen of zoiets is.' Audrey vond het reuzespannend. Het was een enorme sprong in het diepe, maar toen ze trillend en wel de telefoon ophing, wist ze dat haar ouders en broer trots op haar zouden zijn geweest.

De volgende dag ging ze naar het rekruteringsbureau in Annapolis en doorliep alle stappen die ze met Lizzie had overlegd. Een week later slaagde ze met gemak voor de medische keuring. Het voelde op een wat rare manier heel toepasselijk dat die op 7 december plaatsvond, precies twee jaar na Pearl Harbor en de dood van haar broer.

Op de ochtend van 14 december ontving ze de brief dat ze was goedgekeurd door de luchtmacht en bij het MAET was ingedeeld. Ook zij werd verzocht zich op 1 januari op de luchtmachtbasis in Kentucky te melden, wat betekende dat ze in dezelfde trainingsgroep als Lizzie en Alex was ingedeeld. Ze slaakte een gilletje toen ze de brief had gelezen en haastte zich naar de telefoon. Het was in Californië nog vroeg en Lizzie was net wakker. 'Het is gelukt!' gilde Audrey in de hoorn. 'Het is echt gelukt! En ik zit in dezelfde eenheid als jij!'

'Ooo, wat fantastisch!' Ze praatten even opgewonden door elkaar heen. Audreys gedachten schoten alle kanten op omdat ze koortsachtig nadacht over de twee weken die ze nog had om haar ouderlijk huis zo goed mogelijk op te ruimen en af te sluiten. Ze moest iemand zien te vinden die van tijd tot tijd eventjes kon kijken of alles in orde was, zoals naar waterleidingen die konden bevriezen. De komende tijd zou een gekkenhuis worden en ze vergat helemaal dat het over tien dagen al kerst was. Lizzie nodigde haar opnieuw uit om het in Boston te komen vieren, wat fijn was, maar ze wist niet zeker of ze tegen die tijd al klaar zou zijn. Haar hoofd tolde van alles wat ze de komende maanden zou gaan doen en leren, van het idee dat ze evacuatiemissies ging vliegen en dat allemaal weer samen met haar beste vriendin! Het was een erg opwindend vooruitzicht, terwijl de training zelf nog maar het begin was.

Net als Lizzie hoopte ze naar Engeland te gaan. Er was niets wat haar in Annapolis of Amerika hield en ze kon straks een belangrijke bijdrage aan de oorlogsinspanning leveren. Ze kon levens redden! Haar leven had plotseling weer zin gekregen. Als luitenant bij de luchtmacht zou ze gewonden aan boord van medische evacuatievluchten gaan verplegen, wat ontzettend spannend klonk. Ze had weer een doel in haar leven. Met haar medische vaardigheden kon ze van onschatbare waarde zijn voor al die gewonde soldaten.

Over twee maanden zou ze overzee worden gestuurd, maar ze had geen idee waarnaartoe. Zou de training heel moeilijk zijn? Hopelijk kon ze het aan, want Lizzie had gehoord dat het fysiek behoorlijk zwaar was. Toch zag Audrey daar niet tegen op. Ze wist dat dit de juiste keuze was en twijfelde geen moment. Net zomin als Lizzie en Alex dat deden. Het kwam gewoonweg niet in ze op dat het gevaarlijk werk was en dat het op meerdere vlakken weleens erg zwaar kon worden. Ze hadden een klus te klaren en popelden om aan de slag te gaan.

Audrey slaagde erin om snel van alles op te ruimen en in dozen te pakken. Een van de buren vond het geen enkel probleem om een oogje in het zeil te houden en was onder de indruk dat ze vrijwillig in dienst ging. Wills kamer liet ze ongemoeid. Het was lange tijd haar moeders kamer geweest, en Ellen had evenmin iets veranderd aan hoe Will alles had achtergelaten. Het voelde als een soort altaar, en dat wilde ze voorlopig zo laten. Zelfs na twee jaar was ook zij er nog niet aan toe om Wills spullen weg te doen. Ze nam afscheid van mevrouw Beavis, die voorlopig even geen nieuwe privépatiënt wilde aannemen. Ellen was haar zeer dierbaar geworden in al die jaren, en haar dood was hard aangekomen.

Op 24 december stapte Audrey in de trein naar Boston, waar Lizzie haar van het station haalde. Hoewel ze elkaar bijna twee jaar niet hadden gezien, voelde het alsof er geen dag voorbij was gegaan. Nu ze strijdmakkers waren, beschouwde ze Lizzie nog meer als een soort zus. Op weg naar huis vertelde haar vriendin dat ze het nieuws over de uitzending de dag ervoor pas aan haar ouders had verteld. Die waren van slag, want Lizzie was in San Francisco relatief veilig geweest. Tenzij de Japanners alsnog het Amerikaanse vasteland bombardeerden, maar daar waren geen aanwijzingen voor. Maar als Lizzie straks inderdaad naar Engeland werd uitgezonden, zoals ze zelf hoopte, liep ze daar veel meer gevaar.

'Ze zijn er altijd van uitgegaan dat ik in Amerika zou blijven,' vervolgde Lizzie. 'Maar ik hoop echt dat het doorgaat, Aud. Toen ik zei dat jij je bij dezelfde eenheid hebt aangemeld, begon mijn moeder nog harder te huilen. Ik heb de indruk dat mijn vader stiekem trots op me is, maar dat zal hij waar mijn moeder bij is nooit zeggen, want dan krijgt hij de wind van voren. Maar straks zitten al hun kinderen dus wel aan de frontlinie.' Dat leek Audrey eerlijk gezegd ook best heftig voor een ouder. Er was niets wat haar tegenhield, maar ze wist zeker dat haar moeder er, als ze nog had geleefd, evenmin blij mee zou zijn geweest.

Door het nieuws van Lizzies aanstaande uitzending was Kerstmis bij de Hattons verre van ontspannen. Lizzie hoopte dat ze na de training in Kentucky nog even thuis kon komen voordat ze daadwerkelijk zou inschepen. Ze wist niet of dat zou lukken maar beloofde uiteraard haar best te doen om eerst naar Boston te komen. Op kerstavond gingen ze met z'n vieren naar de nachtmis. Op 25 december deden ze niets bijzonders en bleven rustig thuis. Lizzie sprak de dagen erna met een paar vriendinnen van vroeger af, en Audrey vergezelde haar. Alle jonge mannen die Lizzie kende zaten in het leger, veel van hen in de Pacific. Een paar van hen waren gesneuveld.

Op oudjaarsavond opende Benjamin Hatton een fles champagne en bracht een plechtige toost uit. 'Laten we hopen dat 1944 het jaar wordt waarin er eindelijk een einde komt aan deze verschrikkelijke oorlog.' Ze proostten op Greg en Henry en op 'zij die er niet meer zijn', wat opeens een heel andere lading had. Lizzie en Audrey voegden er 'en op Will' aan toe. De volgende ochtend, op 1 januari, stapten de twee jonge verpleegsters met een trots gevoel in de trein naar het zuiden, en ditmaal kwam Lizzies moeder mee naar het station.

Lizzie was in uniform, Audrey had het hare nog niet,

maar ze waren nu dan toch echt samen op weg naar Kentucky. De volgende dag zouden ze samen met hun eenheid aan de pittige luchtmachttraining beginnen. Er was geen weg terug meer, en dat de wereld een gevaarlijke plek was geworden, was eveneens onomkeerbaar. Toch waren de twee jonge vrouwen niet bang voor wat hun te wachten stond. Bovendien hadden ze elkaar.

Alex' kerstbezoek aan haar ouders verliep al even moeizaam. Ze waren geschokt dat ze zich bij de luchtmacht had aangemeld voor het MAET en zou worden uitgezonden. Charlotte had inmiddels een vierde dochtertje en vond het gedrag van haar zusje totaal krankzinnig. 'Kun je niet van gedachten veranderen en weigeren te gaan?' klaagde hun moeder tijdens het kerstdiner. 'Ik weet zeker dat we wel een arts kunnen vinden die bereid is te verklaren dat je gezondheid het niet toelaat.' Intussen keek ze Robert smekend aan, ervan uitgaande dat hij hun dochter op andere gedachten kon brengen, of haar anders gewoonweg zou verbieden te gaan.

'Mam, ik zit in het leger. Het is geen vrijwilligersbaantje bij het Rode Kruis. Als ik niet kom opdagen, ben ik een deserteur. Bovendien wil ik dit echt doen, want er zijn verpleegsters nodig om de gewonden van de frontlinie op te halen en in veiligheid te brengen.'

'Maar je hebt je toch vrijwillig aangemeld?' hield Astrid vol. 'Dat had je om te beginnen natuurlijk al nooit moeten doen, maar dan is het dus wel een soort vrijwilligerswerk en kun je je alsnog bedenken.'

'Ik kan alleen worden ontslagen als ze me om een valide reden ongeschikt bevinden voor militaire dienst.' Alex bleef er rustig onder, al was haar nieuwtje in huize White niet goed ontvangen. Zoals wel vaker voelde het alsof ze voor een vuurpeloton stond.

'Is krankzinnigheid toevallig een valide reden?' vroeg Charlotte op hatelijke toon, waarna ze een slok champagne nam. Zoals gewoonlijk hadden de Whites een heel stel vrienden uitgenodigd voor de feestdagen. Ze zaten met z'n vierentwintigen aan tafel, de vrouwen in lange avondjurken, de mannen in smoking. En Alex' ouders vonden het blijkbaar niet ongepast om haar ten overstaan van alle gasten ter verantwoording te roepen. Haar zwager was de enige die haar na het eten heel zachtjes zei dat hij achter haar stond. 'Petje af, Alex. Heel goed van je. Je bent moediger dan ik zou zijn,' zei Eustace, iets wat hij hardop nooit had durven te zeggen. Zelf had hij een 4-F vrijstelling omdat hij vroeger als de aanvoerder van het Harvard-footballteam een ernstige knieblessure en een beschadigde milt had opgelopen. En ook al was hij onder de indruk van Alex' aanmelding, hij was opgelucht dat hij de oorlog thuis kon uitzitten en dat zijn eigen vrouw er geen vergelijkbare patriottische ideeën op na hield.

Dat Alex er zelf voor koos om als verpleegster te gaan werken aan boord van medische evacuatievluchten leverde behoorlijk wat discussie op, maar tegen de tijd dat het dessert werd geserveerd, ging het alweer over heel andere aspecten van de oorlog. Zoals dat het door de oorlogsproductie zo moeilijk was om aan een nieuwe auto te komen, dat het zo jammer was dat je niet meer naar Europa op vakantie kon, en dat de schoonzus van Astrids nicht in San

Francisco haar Japanse bedienden en tuinman kwijt was omdat die in een interneringskamp zaten. Enkele mannen merkten op dat ze die avond maar boften dat Robert beschikte over zo'n grote voorraad Franse topwijnen, en dat ze hoopten dat die groot genoeg was, omdat hij die natuurlijk pas weer kon aanvullen als Frankrijk bevrijd was.

Op een zeker moment zag haar vader de ontstelde gezichtsuitdrukking waarmee Alex de tafel rondkeek. Hij wist niet dat ze heel verdrietig was dat de mensen met wie ze was opgegroeid totaal ongevoelig bleken voor het enorme leed in de wereld en geen idee hadden wat oorlog werkelijk betekende voor Europeanen en al diegenen die op het slagveld stierven. Het voelde alsof ze permanent op een andere golflengte zat. Ze wist dat ze hopeloos excentriek en rebels werd gevonden omdat ze haar steentje aan de oorlogsinspanning wilde bijdragen in de hoop het tij te kunnen keren. Voor deze mensen die ze al haar hele leven kende en voor wie ze geen enkel respect meer had, draaide het om nieuwe auto's, Franse wijn en het gebrek aan Japans personeel. Ze vond het stuitend en besefte dat ze al jaren niets meer met ze gemeen had. En dat terwijl haar ouders hoopten dat ze in deze kringen een echtgenoot vond. Dat kwam haar nu als volkomen idioot voor. Eustace was op zich best een fatsoenlijke vent, maar hij dacht net zo goed alleen aan zichzelf en aan zijn genotzuchtige vrouw. Ze hadden thuis dienstmeisjes, een butler en een kindermeisje. Charlotte was erg mooi om te zien, maar stak nooit een vinger uit voor anderen. Alex was zelf totaal niet bezig met haar uiterlijk en snapte niets van de manier waarop haar zus in het leven stond.

Om haar moeder een plezier te doen had ze die avond een zwartfluwelen avondjurk aangetrokken, met een laag uitgesneden rug en een grote witsatijnen strik op de heup. Hij stond haar prachtig, maar ze had bijna spijt dat ze haar uniform niet had aangetrokken om iedereen eraan te herinneren dat het in de echte wereld oorlog was. Alleen leefden deze mensen niet in de echte wereld, en dat hadden ze ook nooit gedaan. Ze waren in de vorige eeuw blijven steken. De akelige beurskrach van veertien jaar eerder was het enige wereldnieuws dat indruk had gemaakt, en dan vooral omdat sommige vrienden hun vermogen waren kwijtgeraakt en daardoor niet meer tot hun sociale kringetje behoorden. Maar zelfs dat was snel vergeten toen andere mensen met grotere en stabielere vermogens hun plaats hadden ingenomen.

Alex werd bijna onpasselijk van hun normen en waarden. Het was een schrikbeeld om met zo iemand te moeten trouwen. Ze voelde zich een vreemde in hun wereld, en nu zelfs een vreemde in haar eigen huis. Haar vier nichtjes kregen de oppervlakkige waarden van haar oudere zus helaas met de paplepel ingegoten. Ze groeiden op met het idee dat alleen de mensen die deel uitmaakten van hun eigen beperkte wereldje ertoe deden, en dat vrouwen met een baan of wat voor beroep ook dienden te worden bespot en behandeld als een paria. Alex wilde na de oorlog in de zorg blijven werken en ze wist nu al dat haar ouders daarop tegen zouden zijn.

Zoals ze alles afkeurden wat zij deed. Ze moest zich inhouden om tijdens de kerstmaaltijd niet uit haar slof te schieten en te zeggen wat ze werkelijk dacht. Ze wist weg te glippen toen iedereen zich naar de salon verplaatste. Er waren zoveel gasten dat haar afwezigheid ook niet opviel. En zo zat ze even later met een glas champagne en een sigaret heerlijk in haar eentje in haar in roze satijn uitgevoerde slaapkamer. Dit was niet haar idee van Kerstmis en naastenliefde: een avondje snoeverig tegen elkaar opbieden en zonder enig mededogen de snob uithangen, maar blijkbaar was dat hoe haar familie het vierde. Haar oudste zus paste naadloos in die traditie en manier van denken. Alex had er al nooit bij gepast en nu al helemaal niet meer.

Ze schrok toen er op de deur werd geklopt. 'Binnen!' Het bleek haar moeders dienstmeisje te zijn, dat al sinds Alex een peuter was voor de familie werkte. 'Wat is er, Brigitte?' vroeg ze verbaasd. De kleine Française was gekleed in een keurig zwart jurkje met een witkanten schort en bijpassend mutsje. Alex besefte dat zij zelf ook een paria zou worden als een van haar collega's in San Francisco hier nu was geweest. Ze hoorde nergens bij en had deze kant van haar leven goed verborgen weten te houden voor haar collega's. Zelfs voor Lizzie, die ze als haar beste vriendin beschouwde. Maar sommige zaken kon ze gewoonweg niet delen omdat anderen het niet zouden snappen.

'Ik wilde alleen even zeggen dat wij als dienstpersoneel heel trots op u zijn. In elk geval ben ik heel trots op u. Mijn familie woont in bezet Parijs. Mijn neef zit in het zuiden bij het verzet, bij een maquis-eenheid. Mijn broer zit al drie jaar in de gevangenis in Marseille omdat hij zich tegen de nazi's uitsprak en pamfletten op straat uitdeelde. Sommigen van onze oude buren zijn uit hun huis gezet en afgevoerd naar werkkampen. Joden. Zelfs kinderen.

Mensen in Europa hebben de Amerikanen nodig om hen te bevrijden. Als ze u naar Europa sturen als verpleegster kunt u daar vast erg veel mensen helpen. U bent moedig. Als klein meisje was u al zo. U weet en doet wat juist is. Daar wilde ik u even voor bedanken.' Voordat Alex kon reageren, maakte ze een buiginkje en snelde de kamer uit. Brigittes woorden raakten haar en ze dronk haar champagne met tranen in haar ogen op. Ze had de indruk dat de situatie in Europa veel erger was dan mensen dachten. Het voelde goed dat ze deel kon gaan uitmaken van de benodigde hulptroepen. Want Brigitte had gelijk dat er Amerikaanse troepen nodig waren om Europa te bevrijden. En diezelfde troepen hadden op hun beurt verpleegsters zoals Alex nodig om hen in leven te houden. Wat haar familie ook mocht denken, ze ging iets heel belangrijks doen en ze zou zich door niets en niemand laten weerhouden, al zou ze haar leven ervoor moeten geven.

Door alles wat ze hier nu in New York zag en hoorde, besefte ze eens temeer hoe weinig thuis nog voor haar betekende. Ze wist zeker dat ze na de oorlog nooit meer naar dit wereldje en dit leven terug wilde. Liever sterven in Europa dan haar toekomst vergooien in New York, waar ze vooral getuige was van gezapigheid, snobisme en de verkeerde normen en waarden. Als verpleegster naar Europa gaan en iets kunnen betekenen voor mensen als Brigitte – en voor haar familie en vrienden en anderen zoals zij – voelde logisch en goed. En de training in Kentucky was de eerste stap op weg naar dat doel.

7

Toen Pearl Harbor in december 1941 werd aangevallen, werkte de destijds tweeëntwintigjarige Louise Jackson al anderhalf jaar als verpleegster. Ze was geboren en getogen in Raleigh, in de zuidelijke staat North Carolina, en ze had als zwarte vrouw op gesegregeerde, goede vrouwenscholen gezeten. Na in juni 1940 te zijn afgestudeerd, ging ze aan de slag als operatieassistente in Saint Agnes, een zwart ziekenhuis dat goed bekendstond. Haar vader was cardioloog, haar moeder hoofd van een gesegregeerde school. De Jacksons waren van goede komaf en goed opgeleid. Haar moeders familie kwam oorspronkelijk uit Ethiopië. Haar vaders voorouders waren in de achttiende eeuw met een slavenschip naar Virginia gebracht.

Louise was enig kind en de oogappel van haar ouders. Ze waren uitsluitend op onderwijsgebied veeleisend; ze stuurden Louise naar goede scholen en verwachtten dat ze haar best deed en een gedegen vervolgopleiding zou kiezen. Dat was het enige waar ze op hamerden, en Louise stelde hen niet teleur. Ze was in meerdere opzichten knap, met de fijne gelaatstrekken van haar moeders voorouders. Haar ouders hadden toen ze een tiener was weleens verzoeken gekregen of ze haar geen modellenwerk in Parijs wilden laten doen, want huidskleur deed er in Frankrijk veel minder toe. Tot Louises spijt wilden ze dat onder geen beding, maar toen ze zich op haar achttiende voor een verpleegstersopleiding inschreef, was ze dat hele modellenwerk allang weer vergeten.

Ze had haar opleiding snel en met goed gevolg afgerond en eenmaal werkend, voerde ze menig discussie met haar vader over segregatie in ziekenhuizen. Ook al was ze eraan gewend en wist ze niet beter, ze vond het vreselijk. Volgens haar ouders was de tijd nog niet rijp voor verandering. Uiteraard hoopten ze dat die dag ooit zou komen, maar ondanks de discriminatie beschouwden ze North Carolina als hun thuis en het bleef de plek waar ze hun dochter hadden grootgebracht.

Ze konden hun oren niet geloven toen Louise in januari 1942 meldde dat ze zich als verpleegster had aangemeld bij het leger. Haar vader was er zwaar op tegen. Het Amerikaanse leger stond bekend om zijn racisme en hij wilde zijn dochter behoeden voor de vooroordelen, misstanden en rotopmerkingen waarmee ze ongetwijfeld te maken zou krijgen. Hij probeerde haar dan ook uit alle macht tegen te houden, maar Louise wilde niet van wijken weten. Ze was een sterke, slimme, jonge vrouw die wist wat ze wilde en weigerde zich te laten afschrikken. Volgens haar konden racistische vooroordelen op een dag alleen maar verminderen als moedige mensen ertegen in opstand kwamen. Bovendien wilde ze net als iedere andere Amerikaanse man of vrouw haar land kunnen dienen. En dus ging ze het leger in.

Louise behandelde mensen altijd respectvol en was intelligent genoeg om conflicten niet op de spits te drijven. Ze had in het ziekenhuis de nodige aanvaringen gehad met leidinggevenden en in het leger soms met officieren, maar ze ging er handig mee om en stond haar mannetje. Tot haar vaders opluchting werd ze niet ergens in het racistische diepe Zuiden gestationeerd, maar in Chicago, waar ze werd toegewezen aan een eenheid van zwarte verpleegsters en zich keurig aan de geldende beperkingen hield. Omdat ze uitblonk in haar vak, werd ze meteen aangenomen toen ze zich bij de luchtmacht aanmeldde voor het MAET. Ze hoopte via die weg naar Europa te worden uitgezonden. Blijkbaar was ze de enige verpleegster van kleur die was aangenomen, en zelfs de enige die zich had aangemeld. De eenheid was dan ook niet gesegregeerd en ze konden nu moeilijk opeens één enkele verpleegster van de anderen gaan scheiden. Haar aanmelding werd toevallig door een vooruitstrevende officier behandeld, en die besloot het gewoon te proberen en eerst maar eens af te wachten hoe de andere verpleegsters erop zouden reageren. En mocht Louise inderdaad naar Engeland worden uitgezonden, dan konden ze daar met de Britse squadroncommandant overleggen hoe of wat.

Haar vader wist niet wat hij hoorde. Hij had zich er inmiddels bij neergelegd dat Louise in het leger zat, maar in Europa gaan helpen met de evacuatie van gewonde militairen was gevaarlijk werk. Straks verloren ze hun dochter nog. Maar ook ditmaal hield Louise koppig voet bij stuk en zo arriveerde ze op 1 januari stipt om vijf uur 's middags op Bowman Field in Kentucky voor de intensieve training van zes weken. Ze was keurig in uniform, had één koffer bij zich en was er helemaal klaar voor.

De groep werd opgesplitst in twee groepen van twintig vrouwen. De dienstdoende sergeant was al net zo verbaasd Louise daar te zien als de rest van groep en wees haar in de barak een bed achterin aan. Niemand zei verder iets over het feit dat er een zwarte vrouw in hun eenheid zat, er werden alleen wat blikken gewisseld. Ogenschijnlijk zelfverzekerd trok ze net als alle anderen meteen de standaardoverall aan omdat er voor het avondeten een trainingsuur op het programma stond. Niemand paste het uniform, maar er waren geen kleinere vrouwenmaten en ze hadden geen tijd om het te verstellen.

Na een inspannend uur van push-ups en andere oefeningen was het tijd voor het eten. Louise bleek in de kantine achter Audrey en Lizzie te staan. Alex stond achter Louise in de rij en kreunde nog na van de push-ups. 'Hoezo is het vak kaartlezen komen te vervallen?' jammerde ze. 'Ik denk dat ik morgen niet meer kan lopen.'

'Wacht maar tot de "vijandelijke aanvalsoefening" en het parachutespringen,' plaagde Lizzie.

'Hé, ik ben een verpleegster, geen stuntvrouw,' zei Alex terwijl ze Louise glimlachend aankeek.

'Hebben jullie je soms samen aangemeld?' vroeg Louise, want de drie vrouwen kenden elkaar duidelijk goed.

'Lizzie en ik kennen elkaar van de Presidio-basis in San Francisco,' legde Alex uit. 'We hebben ons hier inderdaad samen voor aangemeld. En Lizzie en Audrey kennen elkaar al van vóór de oorlog, van de verpleegstersopleiding. Audrey zit pas sinds kort in het leger en had ook een verzoek voor deze eenheid ingediend.'

Ze waren aan de beurt. Audrey wierp Louise een warme glimlach toe terwijl ze een dienblad pakte. 'Kom je straks bij ons zitten?'

'Ja, graag. Ik ken hier niemand maar ik heb al twee jaar voor het leger gewerkt. In Chicago. Geen idee of jullie er weleens geweest zijn, maar ik vond het een geweldige stad.'

Ze schepten alle vier het voedzame maar niet bepaald smakelijke eten op en kregen te horen dat ze zich na het eten direct bij het zwembad moesten melden om veertig baantjes te trekken. Bij de gedachte alleen al werden ze bijna misselijk.

'Aha, ik begin het te snappen,' beklaagde Alex zich opnieuw. 'Ze proberen ons dood te krijgen. Is dit misschien de vijandelijke aanvalsoefening? Doodgaan in het zwembad door kramp na het eten?'

'Nee, ik denk dat ze dat met echte kogels gaan proberen,' zei Lizzie. Daar moesten ze allemaal hartelijk om lachen. Louise vond het meteen gezellig aan hun tafeltje.

Na het eten gingen ze met z'n allen op een drafje naar het zwembad. Louise vroeg zich af of iemand straks bezwaar zou maken dat zij ook ging zwemmen. Wat ze hier nu meemaakte, was allemaal compleet nieuw. Zelfs in de noordelijk gelegen staat Illinois waren er dingen geweest die ze niet had kunnen of mogen doen. Vooral als je een zwarte vrouw in het leger was. Zo had ze in Chicago alleen met andere zwarte verpleegsters samengewerkt en uitsluitend zwarte gewonden verzorgd. Ze had nog nooit een witte patiënt verpleegd, niet tijdens de opleiding en ook daarna niet. Dus ze gokte dat iemand nu vast iets ging zeggen. Tot haar verbazing gebeurde dat niet, zelfs niet nadat ze expres even op de kant bleef staan wachten.

Alex zag dat en zei: 'Hé, waarom sta je daar nou te dralen? Och hemel, je kunt toch wel zwemmen, hè? Ik heb geen idee hoe ik je moet redden, dus verdrink alsjeblieft niet.'

Louise besefte dat Alex niet snapte waarom ze aarzelde. Terwijl zij haar hele leven, dag na dag, niet anders gewend was, hadden deze vrouwen geen flauw idee wat er speelde. Ze kwamen geen van allen uit het zuiden van het land en het hele concept van segregatie was hun vreemd. 'Nee, hoor, ik ben gewoon een angsthaas,' antwoordde ze. 'Ik dacht: ik laat jou eerst even testen hoe koud het is.'

'Nou, je wordt bedankt,' zei Alex, waarna ze erin dook, met Louise er direct achteraan.

Ze droegen allemaal foeilelijke legerbadpakken en -badmutsen. Het water bleek ijskoud te zijn, maar het was dan ook januari. Sommigen van hen konden na hun veertig baantjes bijna niet meer op de kant klimmen. Een warme douche nemen zat er nog steeds niet in, want ze moesten met kletsnatte haren meteen ook nog drie kilometer hardlopen. Tegen de tijd dat ze daarmee klaar waren, rilden ze allemaal vreselijk en konden ze door de inspanning bijna niet meer op hun benen staan.

'Wiens idee was dit ook alweer?' Lizzie keek haar drie strijdmakkers heel ongelukkig aan. 'En wie brengt me terug naar San Francisco?'

Audrey was stiekem best verbaasd dat zij er nog het minst moeite mee leek te hebben.

Na het douchen was het lichten uit, nadat ze te horen kregen dat het 's ochtends om vier uur reveille was, meteen gevolgd door ochtendgymnastiek.

Zodra Louise langs de sergeant naar binnen liep, fluisterde de stoer uitziende, kleine vrouw: 'Jij denkt zeker dat je speciaal bent, hè? Is je moeder soms wit?'

'Nee, Ethiopisch,' antwoordde Louise koeltjes.

'Hé, wijsneuzen belanden bij mij steevast in de isoleercel, ja!'

'In de echte wereld, beste sergeant,' zei Louise zachtjes, terwijl de anderen een beetje bezorgd meeluisterden, 'ben ik hoger in rang dan u.'

'Maar we zijn hier niet in de echte wereld. Dit is míjn wereld en als ik jou was, zou ik dat maar goed in m'n oren knopen.'

'Ja, sergeant.' Louise liep door naar binnen, maar ze had haar zegje gedaan en de sergeant droop even later af.

'Ik denk dat ze ons gewoon proberen voor te bereiden op de strijd,' zei Lizzie verschrikt. Ze had nog nooit zo'n akelig mens meegemaakt.

'Ach, ik ben niet anders gewend.' Louise bleef er rustig onder. 'Ik heb daar elke dag in een of andere vorm mee te maken.' De anderen wisten niet wat ze hoorden. Louise zelf leek volkomen onaangedaan terwijl ze met z'n allen hun tanden poetsten, hun haar droogwreven en zich klaarmaakten om naar bed te gaan. Toch was het voor haar de eerste keer dat ze dit soort dingen in het gezelschap van witte vrouwen deed.

'Waarom moeten we in godsnaam om vier uur 's ochtends opstaan?' kermde Alex toen ze in bed stapte.

'Gewoon om te bewijzen dat ze ons daartoe kunnen dwingen,' antwoordde Audrey.

Lizzie knikte instemmend. 'De theorielessen zijn straks vast makkelijker.'

Het duurde echter weken voordat het ietsje makkelijker werd. De luchtmacht ging er duidelijk van uit dat ze wat betreft hun medische vaardigheden waren opgewassen tegen de taken van een Flight Nurse en richtte zich vooral op de benodigde militaire kennis. Het programma was boeiend en intensief, al was de vijandelijke aanvalsoefening ronduit angstaanjagend. Hoewel er losse flodders werden gebruikt, hadden ze te horen gekregen dat het echte kogels waren, en die suisden langs hen heen. Ze werden non-stop fysiek op de proef gesteld en leerden parachutespringen, overleven in het veld, wat te doen bij een noodlanding op het water, bij een crash of als ze onverhoopt achter vijandelijke linies terechtkwamen. Ze waren op bijna elke situatie voorbereid tegen de tijd dat de eerste maand erop zat. De laatste twee weken moesten ze permanent volledige vlieguitrusting aan om daar vast aan te wennen en alles nog zwaarder te maken.

Na afloop was het alsof ze een hel hadden doorstaan, maar ze waren heel trots dat ze het hadden volbracht. Niemand was afgehaakt of gezakt en ze voelden zich na anderhalve maand meer dan klaar voor hun toekomstige werkzaamheden. Over exact vijf dagen zouden ze aan boord van een troepenschip de gevaarlijke oversteek naar Engeland maken. Ze kregen drie dagen verlof, en dat waren meteen hun eerste vrije dagen sinds 1 januari. Louise had dat helemaal niet erg gevonden, want Kentucky was een typisch zuidelijke staat en ze zou buiten Bowman Field ongetwijfeld te maken hebben gekregen met onbeschoft gedrag en nare opmerkingen.

Lizzie, Alex en Louise hadden hun ouders beloofd afscheid te komen nemen. Audrey sloeg Lizzies aanbod af om met haar mee te gaan naar Boston en besloot op de basis te blijven. Eerlijk gezegd keek ze er na de intensieve weken naar uit even tijd voor zichzelf te hebben met een lekker boek en verder even niks te hoeven. Bovendien wilde ze zich niet opdringen tijdens Lizzies laatste bezoek aan haar ouders. Omdat bijna iedereen de drie dagen verlof maximaal wilde benutten om van dierbaren afscheid te nemen, was Audrey al snel bijna de enige op de basis. Alex hoefde niet ver te reizen naar New York en stapte met de nodige tegenzin in de trein. Lizzie en Louise hadden een langere reis voor de boeg en alle drie keken op tegen het onvermijdelijk emotionele afscheid.

Toen Alex thuiskwam en haar plunjezak in de gang zette, zaten haar ouders te eten. Ze keken verrast op toen ze in uniform de eetkamer in kwam, want ze had geen tijd gehad om van tevoren te bellen. 'Ik kom hier niet voor een discussie,' waarschuwde ze meteen. 'Ik heb verlof en vertrek over drie dagen naar Engeland.' Ze mocht niet zeggen waar ze precies naartoe ging, alleen dat ze daar vanaf een luchtmachtbasis gewonde militairen van het front ging evacueren.

Ze ging aan tafel zitten en vertelde over de training die

ze net achter de rug had. Haar vader was zwaar onder de indruk. In zijn ogen was Alex altijd heel vrouwelijk en elegant geweest; hij kon zich bijna niet voorstellen dat ze ook maar een fractie had gedaan van wat ze nu allemaal vertelde. Hij zou het in elk geval niet hebben gekund. 'Klinkt alsof die training voor mannen is bedoeld,' merkte hij vol ontzag op.

'Waarschijnlijk wel, maar wij moeten natuurlijk net zo goed in leven zien te blijven en onder alle mogelijke omstandigheden de patiënten naar het militair hospitaal overbrengen. Het schijnt dat achttien procent van de gewonden tegenwoordig via de lucht wordt geëvacueerd. Dat is sneller en er worden meer levens mee gered dan met een reguliere ambulance. En daar gaan wij dus bij helpen.' Ze vertelde er niet bij dat de Duitsers de evacuatievliegtuigen vaak onder vuur namen, of sowieso elk toestel waarvan ze vermoedden dat die gebruikt werd voor het vervoer van gewonden. Ook hospitaalschepen werden tot zinken gebracht, waarbij er in één klap duizenden gewonden sneuvelden.

'Was de oorlog morgen maar voorbij,' zei haar moeder met een gepijnigde blik. 'Toen president Roosevelt de oorlog verklaarde was ik opgelucht dat ik geen dienstplichtige zoons had. Maar toen meldde jij je vrijwillig aan,' voegde ze er jammerend aan toe.

'Het spijt me, mam. Ik zag mezelf gewoon niet tot aan mijn dood als oude vrijster naar introductiebals gaan. Echt, ik doe liever iets nuttigs voor mijn land.'

'Je zou verband kunnen rollen, zoals alle andere vrouwen die ik ken. Bovendien zou je op den duur heus wel een man hebben gevonden. Nu ben je als de oorlog straks voorbij is al oud.'

'Ik word vierentwintig, geen veertig!'

'Ja, maar op je vijfentwintigste concurreer je met achttienjarigen,' antwoordde Astrid lauwtjes.

'Nou, dan zal ik iemand moeten vinden die een ouwe taart wel ziet zitten.' Alex maakte zich er duidelijk totaal geen zorgen over.

'En stop je na de oorlog dan met je verpleegwerk?' vroeg Robert.

'Nee, waarom zou ik? Ik zou niet weten wat ik anders moet doen. Bloemschikken en dameslunches spreken me raar genoeg toch iets minder aan.'

Hij knikte, hij had niet anders verwacht.

'Je zou een tijdje bij je zus in Greenwich kunnen gaan logeren,' stelde haar moeder voor. 'Ze kan best wat hulp gebruiken met de kinderen.'

Alex zweeg. Met een parachute uit een vliegtuig springen klonk haar eerlijk gezegd aantrekkelijker in de oren, terwijl ze daar een paar weken eerder doodsangsten bij had uitgestaan. Ze was verpleegster, geen kindermeisje.

'Weet je je standplaats in Engeland al?' vroeg haar vader.

'Nee, dat hebben ze ons nog niet verteld.' Zoals geïnstrueerd, hield ze het opzettelijk vaag. 'Maar jullie kunnen me gewoon schrijven, net zoals in San Francisco. Het duurt natuurlijk langer, maar uiteindelijk komt de post wel aan.'

'Ik wilde dat ze je gewoon weer naar Californië stuurden,' zei haar moeder op verdrietige toon.

Haar ouders trokken zich even later terug voor de nacht en wensten haar welterusten.

Het was fijn om thuis te zijn, met alle luxe en comfort van haar ouderlijk huis, maar ergens deed het ook onwerkelijk aan, alsof alle slechtheid in de wereld binnen deze muren niet bestond. Alex gebruikte haar drie verlofdagen om enkele zaken te regelen en spullen te kopen die ze voor de reis nodig dacht te hebben. Ze had het idee dat ze daar in Engeland waarschijnlijk geen tijd meer voor had; hoeveel vrije tijd ze daar hadden en of de vliegmissies dicht op elkaar zaten, was onduidelijk. Het was raar om in haar olijfkleurige uniform en kakikleurige blouse door New York te lopen. Mensen staarden haar soms aan, waarschijnlijk omdat ze zich afvroegen bij welk legeronderdeel ze zat. Op haar revers prijkte een insigne met gouden vleugeltjes en een kastanjebruine N, maar er waren maar weinig mensen die wisten dat dat voor 'Flight Nurse' stond.

Charlotte kwam op Alex' laatste avond naar New York. Nadat ze gezamenlijk hadden gegeten, nam Alex afscheid omdat ze de volgende ochtend al om zes uur de deur uit moest als ze op tijd in de haven wilde zijn. Het was lastig de juiste afscheidswoorden te vinden, wetende dat ze elkaar misschien wel nooit meer zouden zien. Haar ouders waren zich daar pijnlijk van bewust, terwijl Alex zelf er niet aan probeerde te denken.

De drie dagen thuis waren eigenlijk bijzonder soepel verlopen. Zelfs Charlotte omhelsde haar stevig en probeerde haar tranen weg te slikken. 'Ik wilde echt dat je niet ging.'

'Ik wilde dat ik niet hoefde te gaan. Hopelijk is de oorlog binnenkort afgelopen.'

'Misschien had ik aardiger tegen je moeten zijn,' zei Charlotte met een schuldbewuste blik. 'Dan had je de benen niet genomen.'

'Dat had ik waarschijnlijk toch wel gedaan, want ze hebben dringend verpleegsters nodig.'

'Zorg alsjeblieft dat je weer thuiskomt, Allie. Ik beloof je dat ik dan aardiger tegen je zal doen.'

Dat betwijfelde Alex, maar ze vond het niettemin fijn te horen. 'Ik kom snel terug, Char. Zorg maar goed voor de meisjes. Maar hé, wie weet krijg je de volgende keer wel een jongen,' voegde ze er plagend aan toe.

Charlotte schudde haar hoofd. 'O nee, ik ben er nu wel klaar mee, hoor. Vier meisjes is meer dan genoeg. Ik denk dat ik mezelf over vijftien jaar, als er thuis vier recalcitrante puberende meiden rondlopen, voor gek verslijt.'

'Hm, ik moet toegeven dat dat inderdaad best angstaanjagend klinkt.' Alex omhelsde haar zus nogmaals, waarna Charlotte snikkend vertrok. Alex ging niet meteen naar bed en zat nog een tijdje rustig op de vensterbank in haar kamer te roken. Ze besefte dat haar ouders en zus, ondanks al hun tekortkomingen en hoezeer ze ook van elkaar verschilden, op hun eigen manier veel van haar hielden. Het was een troostende gedachte en voor de verandering voelde ze zich verdrietig dat ze vertrok. Wat niet betekende dat ze bang was, want ze keek vol verwachting uit naar de missies die ze zou gaan vliegen.

Lizzie was in Boston tot een soortgelijke conclusie gekomen. Haar ouders vonden het vreselijk dat ze werd uitgezonden, zeker omdat haar broers al in Azië zaten. Maar welke ideeën of verwachtingen ze ook van haar hadden en hoe weinig ze ook van haar dromen begrepen, Lizzie twijfelde er niet aan dat ze van haar hielden en er voor haar zouden zijn als ze hen nodig had. Dat was al heel wat en het sterkte haar dat ze dat nu zo kon voelen.

Louise nam de trein van Kentucky naar North Carolina, blij dat ze haar ouders nog even kon zien. Haar vader kon zijn afspraken afzeggen en haar moeder sloot zich bij hen aan zodra ze van school weg kon. Als familie waren ze altijd al close geweest. Haar ouders hadden haar steevast aangemoedigd om haar dromen te volgen en te vechten voor zaken waarin ze geloofde. Ze had hen niet willen teleurstellen en de lat altijd hoog gelegd voor zichzelf. En dat was nu niet anders. Op de dag van haar vertrek stonden haar ouders op het voor zwarte mensen bestemde deel van het perron dan ook trots en met rechte rug naar de vertrekkende trein te zwaaien. Louise hing in haar uniform uit het raampje en zag de tranen op hun wangen glinsteren.

Alex, Lizzie en Louise kwamen alle drie stipt op tijd bij de kade aan, blij elkaar te zien. Het waren voor hen emotionele dagen geweest, terwijl Audrey, die eveneens op tijd was, alles juist even rustig had kunnen laten bezinken. Ze waren allemaal benieuwd wat de komende tijd zou brengen, wie ze zouden ontmoeten en wat ze precies gingen doen. Stilletjes vroegen ze zich ook af of ze waren opgewassen tegen de taken waarmee ze belast zouden worden.

Alex was als enige weleens in Engeland geweest. De andere drie waren net als de meeste vrouwen in hun eenheid nog nooit in het buitenland geweest. Het was hoe dan ook een spannend vooruitzicht dat ze gingen samenwerken en waarschijnlijk ook samenwonen met verpleegsters van de Britse luchtmacht. Door de oorlog en het leger was hun horizon verbreed en kregen ze opeens ongekende kansen waardoor hun leven ingrijpend veranderde.

Ze gingen aan boord van de SS *Henry Gibbons*, een transportschip dat gebruikt werd voor het troepenvervoer tussen New York en Southampton en nu 82 verpleegsters en 2000 militairen zou vervoeren. Ze sliepen met z'n zessen in een hut, in drie dubbele stapelbedden. Alex, Lizzie, Louise en Audrey kregen een hut toegewezen met twee verpleegsters die ze niet kenden en die zichtbaar schrokken toen ze Louise zagen. Ze keken elkaar even veelbetekenend aan, maar omdat de overige drie aardig overkwamen, besloten ze er niets van te zeggen.

Een dag nadat ze aan boord waren gegaan, met de mededeling dat ze over twee dagen vertrokken, klonk er om zes uur 's ochtends een hoorn en koos het schip het ruime sop. Uit veiligheidsoverwegingen bleken ze een dag eerder dan aangekondigd te vertrekken. Alex werd met een schok wakker, alle anderen sliepen erdoorheen. Het was de bedoeling dat ze de oversteek zo snel mogelijk zouden maken en dag en nacht zouden doorvaren in de hoop dat de Duitse U-boten en gevechtsvliegtuigen het schip niet in het vizier kregen. Als alles goed ging, zouden ze na een kleine week in Southampton aanmeren. Daarna restte de verpleegsters nog een twee uur lange busrit naar de vliegbasis van de Royal Air Force in Down Ampney. Ze hadden begrepen dat de basis op tweeënhalf uur reizen van Londen lag.

De verpleegsters trokken tijdens de overtocht veel met elkaar op. Vaak stonden ze over de reling geleund te kletsen over wat ze hiervoor hadden gedaan, waar ze oorspronkelijk vandaan kwamen en wat hun in Engeland te wachten stond, omdat ze pas na aankomst meer informatie zouden krijgen. Terwijl Lizzie daar op een dag in het kille, heldere ochtendzonnetje stond te kijken naar de zee van mannen in kakikleurig uniform op de lagergelegen dekken, vroeg ze zich stilletjes en ontnuchterend af hoeveel van die jonge mannen ze op een dag zou moeten verplegen.

De verpleegsters waren de enige vrouwen aan boord en hoewel het niet was toegestaan, mengden sommige zich niettemin onder de manschappen. Het viertal vond dat het risico niet waard en bleef gewoon op het 'verpleegstersdek'. Maar ze waren dan ook geen van allen op zoek naar een avontuurtje, daarvoor hadden ze te veel aan hun hoofd.

'En dan te bedenken dat mijn moeder vreesde dat ik nooit een echtgenoot zou vinden,' merkte Alex op. De anderen lachten en tuurden naar de soldaten onder hen. 'Gek genoeg had ik er zelf niet direct rekening mee gehouden dat ik in het leger een man aan de haak zou kunnen slaan.' Er waren inderdaad genoeg anderen die soms voor een nachtje, soms voor iets langer via die weg aan de man kwamen.

'Ik ben helemaal niet op zoek,' zei Lizzie. Will was inmiddels twee jaar dood, maar ze was nog steeds in de rouw; niemand kon aan hem tippen.

‘Hm, een aardige Engelse jongen lijkt me best leuk,’ zei Audrey. Door haar moeders ziekte had ze nooit tijd gehad voor afspraakjes, maar dat betekende niet dat ze daar geen belangstelling voor had.

‘Ik wacht liever tot de oorlog voorbij is,’ stelde Louise nuchter vast, maar haar situatie lag dan ook een stuk ingewikkelder.

De dagen op zee waren op zich vrij saai, met af en toe een spannend moment als het schip vaart minderde omdat de mannen op de uitkijk dan iets verdachts hadden gezien of de kapitein een waarschuwing had gekregen. Schepen zoals die van hen werden vaker getorpedeerd of tot zinken gebracht, maar gelukkig waren er ook dagen zonder incidenten. En omdat de kapitein alles op alles zette om zo snel mogelijk in Engeland aan te meren, kwam er na vijf dagen al land in zicht. Iedereen haastte zich naar het dek en begon te juichen. De reis was veilig verlopen. Het was tijd voor nieuwe avonturen.

8

Toen de oorlog in september 1939 uitbrak boden Lord en Lady Pommery zich als een van de eersten aan om kinderen uit Londen op te vangen in hun landhuis in Yorkshire. Ze waren al op leeftijd en hadden zelf drie volwassen kinderen: Maximillian was tweeëntwintig, Prudence twintig en Phillip negentien. De jongens waren meteen in dienst gegaan bij de RAF en Pru had zich in oktober 1939 ingeschreven voor een verpleegstersopleiding.

Omdat er onder de slachtoffers van de Duitse bombardementen veel kinderen waren, raadde de Britse regering ouders in grote steden aan hun kroost naar het relatief veiliger platteland te sturen. Plattelandsgezinnen boden zich en masse als gastfamilie aan en Prudence' ouders bouwden bijna al hun logeerkamers tot slaapzalen om. Ze huurden vier meisjes uit het dorp in om te helpen en ontfermden zich over maar liefst vierentwintig evacués, maar ze hadden dan ook genoeg ruimte. Het jongste kind was nog geen zes, het oudste was net achttien geworden en stond op het punt zelf het leger in te gaan. Broers en zussen werden indien mogelijk samen opgevangen, maar dat lukte niet altijd. Vierenhalf jaar later, in het voorjaar van 1944, had bijna de helft van hun 'adoptiekleinkinderen' – want zo noemde het echtpaar Pommery ze – geen ouders meer. Ze zouden na de oorlog ter adoptie worden aangeboden, maar voorlopig hadden ze het goed in huize Pommery.

Lord en Lady Pommery benaderden het leven doorgaans opgeruimd en met een goed gemoed en hoewel ze er hun handen vol aan hadden, ging het allemaal verrassend soepel, mede dankzij de vier meisjes en Pru, die steevast bijsprong als ze geen les had. Zo gingen de kinderen naar de dorpsschool en besloten de Pommery's al snel dat het handiger was als ze een eigen busje aanschaften en ze daarmee brachten. Eigenlijk hadden ze er gewoon echt plezier in.

Bijna net zoveel plezier als Prudence had in haar opleiding. In februari 1942 behaalde ze na tweeënhalf jaar haar diploma, waarna ze als vrijwilliger aan de slag ging bij het plaatselijke ziekenhuis. Op een gegeven moment besloot ze zich bij het verpleegsterskorps van de luchtmacht aan te melden, verhuisde daarvoor naar Londen en meldde zich in 1944 aan bij het Medical Air Evacuation Transport Squadron van de RAF. En nu werkte ze al drie maanden in Down Ampney voor een geallieerde eenheid. Zij en haar Amerikaanse, Britse en Australische collega's vlogen in Douglas C-47 Skytrain-vrachtvliegtuigen, betrouwbare tweemotorige toestellen die ideaal waren voor korte vluchten en zware vracht. Op elke vlucht werkten één verpleegster en twee hospikken, aangevuld met een chirurg en een hoofdverpleegster die vanaf de vliegbasis toezicht hielden op de hele operatie. Ze vlogen naar gebieden waar zwaar gevochten werd en namen elke keer zo veel mogelijk gewonden mee terug. Dat waren er maximaal vierentwintig, plus eventueel nog een paar die zelf konden lopen en tijdens de vlucht niet hoefden te liggen. Als team moesten ze heel snel bepalen wie er redelijke overlevingskansen had en de reis aankon. Hoewel die triage soms lastige beslissingen met zich meebracht, wisten ze met de ambulancevluchten aanzienlijk meer levens te redden dan met regulier vervoer over land. Zo'n rit was een stuk trager en door het dikwijls slechte terrein sowieso zwaarder voor gewonden. Het sterftecijfer onder gewonden die via de lucht werden geëvacueerd lag dan ook aanzienlijk lager en het Britse ministerie van Oorlog was zeer tevreden over de resultaten die het MAET boekte. Omdat de vliegtuigen het doelwit waren van de vijand, was het behoorlijk gevaarlijk werk. Officieel vervoerden ze manschappen en vracht, waardoor er geen rood kruis op de toestellen mocht worden gezet. Dat maakte ze tot een militair doel. Weliswaar probeerde de RAF ze met eigen gevechtsvliegtuigen te begeleiden, maar dat kon lang niet altijd.

De vijfentwintigjarige Prudence haalde veel voldoening uit haar werk. Ze werd door collega's beschouwd als een ervaren en kundig verpleegster. Bijna alle anderen hadden minder ervaring en alleen een basistraining gehad. Voor hen gold in feite dat ze burgers in uniform waren, zonder officiële rang, terwijl Prudence gediplomeerd was en al een poosje voor de luchtmacht werkte. Alle collega's mochten deze brunette, met haar warme bruine ogen en gulle glimlach. Ze ging nooit zonder goede reden op haar strepen staan, en zelfs dan alleen als het echt niet anders kon. Pru behandelde iedereen eerlijk en gelijk en maakte nooit misbruik van haar adellijke titel. Ze stond erom bekend dat ze de klus geklaard kreeg en haar uiterste best deed om haar patiënten te redden. Bovendien was ze altijd inzetbaar voor missies, zelfs al had ze de nacht ervoor weinig of helemaal niet geslapen.

Haar broers hadden talloze missies boven Duitsland gevlogen, waren binnen de RAF halve legendes en niet voor niets erg populair bij haar vriendinnen. De jongste, Phillip, was vierentwintig en van de twee broers misschien wel de beste piloot. In elk geval was hij degene die de meeste risico's nam. Hij stond erom bekend dat hij zich op het nippertje uit bijzonder netelige situaties wist te redden. Vroeger was hij ook al de waaghals van hen drietjes geweest. Hij deinsde nergens voor terug en leek negen levens te hebben, waarvan hij er in de luchtmacht al een paar had verbruikt. De zevenentwintigjarige Max was minstens zo goed, maar voorzichtiger. Allebei plaagden ze hun zus met haar verpleegwerk voor de luchtmacht, en zeiden ze dat ze het vast alleen maar deed om knappe mannen op te pikken. Toch wisten zij als geen ander hoeveel risico de bemanning van evacuatievluchten liep. Stiekem waren ze dan ook heel trots op haar. Pru had als klein meisje altijd met haar broers gewedijverd. Of ze nou renden, paardreden of keihard fietsten, ze probeerde altijd net iets harder te gaan en net iets hoger te klimmen. En hoe erg ze zich ook bezeerde, ze huilde nooit. Max had dat altijd aan haar bewonderd en hij durfde inmiddels grif toe te geven dat hij in zijn leven meer had gehuild dan zij.

Dat hun familie van adel was, was geen geheim, maar deed er eenvoudigweg niet toe. Veel kinderen van adellijke families – de meeste zelfs – waren direct na het uitbreken van de oorlog bij de luchtmacht, marine of het leger gegaan en verdedigden hun land. Pru was in haar eenheid eveneens een soort legende. Volgens collega's was ze nergens bang voor, maar dat ontkende ze zelf met klem. Ze had een hart van goud, was bescheiden, cijferde zichzelf soms iets te veel weg, had geen pretenties en werkte keihard. Dat er zo hoog van haar werd opgegeven, kwam ook doordat ze buiten werktijd met iedereen meedeed. Zo dronk ze anderen bijvoorbeeld met gemak onder de tafel, maar verscheen de volgende ochtend altijd weer zo fris als een hoentje op tijd op haar werk. 'Ja hallo, ik heb twee broers!' antwoordde ze met een knipoog wanneer iemand vroeg hoe ze het toch altijd klaarspeelde om goedgeluimd op tijd op haar werk te verschijnen na een avondje doorzakken.

'Ik zou een hekel aan haar hebben als ik niet zo dol op haar was,' had Ed Murphy meer dan eens gezegd. Hij werkte als hospik het vaakst met haar. 'Echt, Pru zou door een bus kunnen worden overreden en dan zou ze nóg, huppakee, weer opstaan, in het vliegtuig springen en doodleuk een dienst van twintig uur draaien. En zonder te klagen, hè! Die vrouw is bovenmenselijk.'

Die dag hoorde Pru dat er nieuwe Amerikaanse verpleegsters in aantocht waren. Ze was blij dat te horen, want ze vond Amerikaanse collega's efficiënt, moedig en prettig in de omgang. Bovendien waren ze goed opgeleid, klaagden bijna nooit en pasten zich snel aan, hoe lastig de situatie ook was. En doorgaans hielden ze net als de Australische verpleegsters ook in hun vrije tijd best van een beetje lol.

Toen ze de volgende dag na haar werk bij het slaapgebouw van de verpleegsters terugkwam, gonsde het er van de drukte. Het klonk bijna alsof er op de eerste verdieping een feestje aan de gang was. Ze hoorde gelach en luide vrouwenstemmen in de gang en besloot even bij het kantoortje te informeren of het inderdaad de Amerikanen waren.

'Ja, de yanks zijn vanmiddag aangekomen,' bevestigde de soldaat.

'Jeetje. Nou, dat klinkt nu al gezellig,' antwoordde ze grijnzend. Dat ze moe was, viel niet aan haar te zien. Het was geen standaardwerkdag geweest, want ze waren bijna een van hun patiënten kwijtgeraakt. Uiteindelijk wisten ze hem door een heldhaftige actie van haar en een geweldige ingreep van Ed te redden. Bovendien waren ze ook nog eens achtervolgd door een Duits gevechtsvliegtuig, dat gelukkig door hun eigen gewapende escorte was neergeschoten. Na de laatste vlucht van de dag had ze alle benodigde papieren ingevuld en die meegegeven aan een ambulance die de gewonden naar het militair hospitaal bracht. Ze maakte zich zorgen over de jongen die bijna was doodgegaan en ze nam zich voor later nog even te gaan kijken hoe het met hem ging. Maar eerst een douche en vooral iets eten, want dat had ze de hele dag nog niet gedaan.

Ze liep de trap op en toen ze door een open kamerdeur een paar vrouwen op bed zag zitten, stak ze haar hoofd even om de hoek. 'Ha dames, welkom bij het MAET en in het knusse Engeland. We hebben met smart op jullie gewacht.' Haar donkerbruine haar zat slordig en haar vliegpak zat vol opgedroogd bloed, maar ze liep met een stralende, gastvrije glimlach de kamer in. Alex, Lizzie en Louise draaiden zich vrolijk naar haar om. 'Er zit verderop een goede Ierse pub, met een fish-and-chipstent ernaast. Ik kan jullie daar morgen mee naartoe nemen, maar vanavond wil ik nog even naar het ziekenhuis voor een van mijn patiënten. O, ik heet trouwens Pru, Prudence Pommery.'

'Kom je net terug van een missie?' vroeg Alex. Pru zag eruit als een bruisende, leuke vrouw, met haar brede glimlach die haar ogen deed oplichten.

'Inderdaad. O ja, en als jullie iets nodig hebben, mijn kamer zit aan het einde van de gang. Je zou me de huisoverste kunnen noemen, dus voor aspirine, veiligheidsspelden, pleisters en haarschuifjes moet je bij mij zijn. Of nee, dat noemen jullie geloof ik *boobie pins*, hè?'

De drie Amerikaanse vrouwen proestten het uit. '*Bobby* pins,' corrigeerde Lizzie haar. 'Maar eigenlijk vind ik boobies veel leuker klinken. Ik kan trouwens wel wat van die boobies gebruiken voor dit hier,' en ze wees naar haar eigen warrige krullenbos.

'O, maar zoals je ziet ga ik elke dag na mijn laatste vliegmissie naar de kapper.' Pru voelde even aan haar haar, dat er na de zware missie uitzag als een vogelnest. Terwijl ze allemaal nog zaten te grinniken, kwam Audrey in een badstoffen badjas met drijfnat haar binnen.

Pru stelde zich aan haar voor en vervolgde: 'Jullie beginnen morgen trouwens eerst gewoon in het klaslokaal.

Eigenlijk is het meer een introductiepraatje over de RAF en hoe het er hier aan toegaat. Protocollen en zo. Totale tijdverspilling als je het mij vraagt. Jullie zouden het prima zonder redden. Volgens mij willen ze jullie vooral imponeren met hoe goed en efficiënt we hier werken.'

Pru liet hen daarna alleen, maar kwam na haar douche in een schoon uniform terug, net toen het viertal naar de mess wilde gaan. 'Ik ga dus niet mee, want ik wil eerst naar het ziekenhuis om te kijken hoe het met die ene gewonde is. Hij liet ons namelijk eerder vandaag nogal schrikken. O, en trouwens,' voegde ze eraan toe, 'jullie vliegen de eerste paar keer met een van ons mee. Daarna zijn jullie op jezelf aangewezen. Ik kijk nu al uit naar onze samenwerking.' Pru liep met ze mee naar buiten en haastte zich toen naar het ziekenhuis. De soldaat leefde nog, maar verkeerde in kritieke toestand. Ed had zijn been waarschijnlijk zelfs weten te redden. De soldaat was blij een van zijn redders te zien. Pru ging naast zijn bed zitten en zei hoe moedig hij was geweest en ze benadrukte hoe goed het ging. Uiteindelijk praatte ze tegen hem totdat hij in slaap viel.

Daarna wist ze een lift naar de pub te krijgen. Ze gokte dat Ed daar was en wilde hem het goede nieuws vertellen. Ed was een knappe, forse, blonde Ier, die als apothekersassistent had gewerkt en een hospikopleiding was gaan doen toen de oorlog uitbrak. Arts worden was zijn grote droom, maar dat zou er waarschijnlijk nooit van komen omdat hij jongere broers en zussen had die van hem afhankelijk waren. Zijn vader was overleden toen hij nog jong was en hij had allerlei baantjes gehad omdat zijn moeder nog zeven andere kinderen moest onderhouden.

Ze zag hem aan de bar zitten, liep naar hem toe en gaf hem een schouderklopje. 'Goed gedaan, Ed! Als hij blijft leven, kan hij volgens de chirurg zijn been zelfs behouden.' Ed had het tourniquet strak genoeg aangebracht om te voorkomen dat de jongen doodbloedde, maar ook weer niet zo strak dat hij zijn been zou verliezen. De jongen was negentien, vers uit de schoolbanken. Elke dag opnieuw raakten jongens zoals hij beschadigd door de oorlog. Veel overleefden het niet. Pru's hart brak elke keer als dat aan boord van een van hun vluchten gebeurde en zette alles op alles om hen te redden. Soms slingerde ze de piloot verwensingen naar het hoofd als hij volgens haar niet genoeg haast maakte. Een evacuatievlucht was elke dag weer een race tegen de klok.

'Er is vandaag trouwens een hele lading nieuwe verpleegsters gearriveerd,' vervolgde ze. Ed overhandigde haar een biertje, dat ze eigenlijk niet wilde, maar waar ze toch een slok van nam. 'Uit Amerika.'

Ed was een rokkenjager en niet bestand tegen mooie verpleegsters, die hem op hun beurt vanwege zijn aangeboren Ierse charme onweerstaanbaar vonden. Bovendien was hij heel aardig en goed in zijn werk. 'Klinkt me als muziek in de oren,' zei hij met een grijns.

Pru beantwoordde zijn grijns. 'Ik zou dit trouwens helemaal niet moeten drinken, want ik heb nog niks gegeten. En ik snak naar mijn bed.'

'Zal ik bij de buren fish-and-chips voor je halen?'

'Ik ben zelfs te moe om te eten,' bekende ze. 'We moeten vannacht om vier uur weer aan de bak. Nee, ik ga echt naar bed.'

'Ik ook.' Hij wierp een blik om zich heen. 'Ik ben er alleen nog niet over uit met wie.'

Ze schoot in de lach, wetende dat hij veel kieskeuriger was dan hij zich voordeed. Het was voor hem eerder een spelletje. Hij hield van flirten, en vrouwen vonden hem nu eenmaal leuk. Andere mannen waren stiekem jaloers op hem.

'Spaar jezelf maar voor de Amerikanen. Toen ik ze vanmiddag begroette zag ik zes schoonheden zitten. Of laten het er vier zijn geweest.'

'Vliegt een van hen straks met ons mee?'

'Morgen nog niet, maar binnenkort vast wel. Ze moeten eerst worden gebrieft. Niet dat ze dat nodig hebben, want wij hebben het destijds ook gewoon zelf uitgevogeld, hè. Maar eh, ik ga nu echt.' Ze gaf hem het bijna volle glas bier.

Hij zette het neer. 'Ik breng je wel even. Je ziet er afgepeigerd uit. Volgens mij val je bijna om van de slaap.'

'Nog net niet, maar wel bijna, ja.' Ze liepen samen naar buiten en kletsten nog even tijdens het korte autoritje.

'Tot morgenochtend dan.' Hij wuifde, maar was met zijn gedachten al bij de verse lading Amerikaanse verpleegsters. Zouden ze werkelijk zo mooi zijn als Pru had gezegd? Hij kon nauwelijks wachten om dat met eigen ogen te zien.

Emma Jones was diep in slaap toen Pru binnenkwam en zich stilletjes in het donker uitkleedde. Ze deelden sinds een jaar een kamer en waren na een enigszins lastige start inmiddels dikke vriendinnen. Pru had gehoord dat ze die dag een zware vlucht had gehad omdat een van haar patiënten was overleden. Dat overkwam haar zelden. Emma was van hen allemaal degene die voor de oorlog het langst als verpleegster had gewerkt. Ze was opgegroeid in een Londense achterbuurt in East End. Haar vader was kort voor haar geboorte overleden, vlak voor het einde van de Eerste Wereldoorlog. Haar moeder had zich doodgedronken toen ze nog maar vijftien was. Daarna had ze drie jaar in een katholiek weeshuis gezeten. En op de een of andere manier was ze niet gezwicht voor de gebruikelijke verleidingen van prostitutie en kleine criminaliteit. Ze had geen familie, was straatarm opgegroeid en had toen Pru haar ontmoette behalve haar accent ook de kenmerkende ruigheid die bij de achterstandswijk hoorde.

Emma was als jong meisje al vastbesloten iets van haar leven te maken en niet te eindigen zoals haar moeder en al die andere vrouwen in haar omgeving. Met een ijzeren wil wist ze een overheidsbeurs te bemachtigen voor een verpleegstersopleiding en was vervolgens vroedvrouw geworden. Ze was haar wortels trouw gebleven en had een tijd gewerkt in Poplar, een wijk in East End. Na de eerste bombardementen op Londen had ze zich bij het leger aangemeld en daarna bij het MAET zodra ze van het bestaan ervan had gehoord. Ze had voor de oorlog verkering gehad met een jonge piloot die in 1941 boven Duitsland was neergeschoten. Haar hart was gebroken en ze had zich op haar werk gestort en nooit meer naar een andere man gekeken.

Ze was zesentwintig, maar zo klein van stuk dat ze soms meer op een kind leek. Met haar vurige temperament was ze echter op-en-top een vrouw. Als ze ook maar enigszins de indruk had dat er iemand of iets verdedigd moest worden, kwam de straatvechter in haar naar boven. Pru kende bovendien geen enkele andere collega die zó haar best deed voor patiënten.

Ze hadden een paar aanvaringen gehad toen ze elkaar via hun werk hadden leren kennen. Emma wantrouwde mensen uit de hogere klasse per definitie en merkte pas later dat Pru totaal geen snob was en dat het haar ook geen zier kon schelen waar Emma was opgegroeid. Inmiddels waren ze hartsvriendinnen en plaagde ze Pru soms met haar aristocratische afkomst, waarna Pru terugkaatste dat zij gewoon 'East End-tuig van de richel' was. Andere mensen waren ontsteld als ze hoorden waarvoor de twee vrouwen elkaar soms uitmaakten. Totdat het duidelijk werd dat ze juist goede vriendinnen waren en voor elkaar door het vuur zouden gaan. Emma had in de kroeg een keer een militair geslagen omdat ze dacht dat hij Pru had beledigd. Er was een vechtpartij uitgebroken, maar zij tweetjes waren hem gesmeerd voordat de politie arriveerde en gierend van het lachen op de basis teruggekomen.

Pru vermoedde dat Emma het moeilijk zou hebben met de overleden militair, omdat ze zich dat altijd persoonlijk aantrok, alsof zij had gefaald. Maar ze konden nu eenmaal niet iedereen redden, hoezeer ze ook hun best deden. Gelukkig wisten ze vooral veel levens te redden omdat ze de gewonden met het vliegtuig sneller van het slagveld naar een goed uitgerust ziekenhuis konden brengen. Niettemin leverden ze als medisch team elke dag opnieuw een strijd op leven en dood.

Emma bewoog toen Pru in haar nachtjapon in het bed tegenover dat van Emma kroop. Ze tilde haar hoofd op en met haar korte, felrode haar dat nu recht omhoog stond leek ze een beetje op een elfje. 'Ben jij het?' vroeg ze slaperig.

'Nee, ik ben Claudette Colbert,' grinnikte Pru.

'Ach, hou toch op jij.' Emma had haar hoofd weer op haar kussen gelegd. 'Heb je wel iets gegeten?' De twee vrouwen letten goed op elkaar; iemand moest het doen... Ze waren strijdmakkers in de beste zin van het woord.

'Nee, ik ben nog even gaan kijken of een van onze jongens het inderdaad heeft gered, want we waren hem bijna kwijtgeraakt.'

'Ik ben er vandaag eentje kwijtgeraakt.' Emma klonk verdrietig en meteen ook klaarwakker. 'We hebben alles geprobeerd, maar het was een heel diepe borstwond. Hij stierf halverwege de vlucht. We hadden eerder moeten vertrekken, maar het toestel zat nog niet vol en het duurde te lang voor de anderen aan boord waren.'

'Dat kun je nooit weten, Em. Misschien was hij hoe dan ook doodgegaan. Ik had vorige maand net zo'n geval. Dat gebeurt nu eenmaal.'

'Hij was twintig, nog maar een kind.'

'Het zijn allemaal kinderen. Er vechten geen oude mannen mee. Het zijn allemaal jongens die daar nooit hadden moeten zijn.'

Emma knikte en bleef een tijdje stil. 'Er is vandaag trouwens een heel stel Amerikanen aangekomen. Ik zag ze toen ik binnenkwam. En ze praten en lachen veel.'

Pru grijnsde. 'Dan valt er hier straks misschien weer wat

meer te beleven. Ik heb toen ik vanmiddag terugkwam al even met een paar van hen gepraat. Ze leken me best aardig.'

'Ja, vast.' Emma keek liever eerst de kat uit de boom.

'En we leren ze toch wel kennen, want ze vliegen straks minimaal een paar keer met ons mee, hè.'

'Ik hoop dat ze een beetje goed zijn,' zei Emma op ernstige toon.

'O, daar twijfel ik eerlijk gezegd niet aan. En op den duur doktert iedereen het gaandeweg zelf wel uit, hè?'

Emma knikte instemmend en deed haar ogen weer dicht.

'Hup, slapen jij. Je ziet er doodmoe uit,' zei Pru.

'Dat ben ik ook. En ik moet om halfvier op en vlieg om vier uur.'

'Ik ook.'

'Maak je me alsjeblieft wakker als ik niet uit bed kom?' Emma draaide zich op haar zij en sliep alweer bijna.

'Welterusten, Em. Slaap lekker,' fluisterde Pru. Ze deed haar ogen dicht en probeerde de beelden van die dag uit haar hoofd te zetten. Soms wist ze echt niet hoe ze dit kon overleven zonder vrienden zoals Ed en Emma. Ze gaven elkaar de kracht om hun zware werk elke dag weer aan te kunnen. Vlak voor ze in slaap viel, vroeg ze zich af of er onder de Amerikanen die vandaag waren aangekomen misschien ook potentiële nieuwe vriendinnen zaten.

Dat Emma om halfvier de wekker had gezet, betekende dat ze net genoeg tijd hadden om uit bed te rollen, hun vliegpak aan te trekken, de gang door te lopen naar de badkamer, hun tanden te poetsen, hun gezicht te wassen en hun haar te kammen. Vervolgens renden ze de trap af, grepen een kop koffie en stapten meteen in een auto die hen naar de startbaan bracht. Wanneer er geen auto klaarstond, renden ze ernaartoe, het was immers maar anderhalve kilometer. Ze hadden de benodigde tijd tot op de laatste minuut uitgerekend, zodat ze nog net die paar extra tellen slaap konden pakken.

De koffie smaakte tegenwoordig bitter en suiker was op rantsoen, maar aan thee was helemaal moeilijk te komen. Emma en Pru ontbeten eigenlijk nooit. De hospikken namen vaak iets mee: een geroosterde boterham, een appel of een bakje havermoutpap bleek meestal voldoende om aan de dag te beginnen.

Hun vliegtuigen stonden naast elkaar klaar op het tarmac en beide piloten waren bezig de motor te controleren. Ed kwam vlak na Pru aan en glimlachte naar haar. Hij zag er fris en alert uit. Emma was al via het trapje de C-47 in geklommen om alle spullen te controleren. Ze hadden de dag ervoor veel nodig gehad, maar de hospikken vulden alles doorgaans meteen weer aan.

Pru pakte haar parachute en wierp een blik op de vierentwintig lege plekken voor de gewonden die ze straks zouden oppikken. 'Waar gaan we naartoe?' vroeg ze Reggie, die als piloot het vluchtplan en de kaart had.

'We kregen het een uur geleden door: een aanval van de Luftwaffe zo'n 130 kilometer hiervandaan. In totaal zijn er negenendertig gewonden. Het is niet ver en we kunnen ze zo inladen. Wij nemen de vierentwintig zwaarst gewonden mee, een andere vlucht zal na ons de vijftien of zestien ambulante gewonden oppikken,' luidde zijn nuchtere antwoord in een taal die haar inmiddels vertrouwd in de oren klonk. Nog geen tien minuten nadat Pru was ingestapt, taxieden ze al over de startbaan.

Beide toestellen stegen kort na elkaar op, een fluwelen hemel vol sterren in. Pru zag dat Emma's kist de tegenovergestelde kant op ging. Blijkbaar had de Luftwaffe een drukke nacht gehad. Het was een lelijke gedachte, maar ze hoopte dat hun eigen jongens die nacht evenveel schade hadden aangericht in Duitsland. Ze was deze oorlog net als iedereen zo zat.

Ze zouden voor zonsopgang op hun eerste bestemming landen, de jongens terugbrengen naar de basis, alle voorraden aanvullen en even later alweer naar de volgende plaats vliegen waar de nood hoog was. En zo vervoerden ze de hele dag kapotte lichamen en bloedende mannen. Elke vlucht telde vierentwintig nieuwe gewonde manschappen. Na vierenhalf jaar oorlog was het een niet-aflatende stroom geworden. Overal lagen steden in puin. Bijna elke familie was wel een zoon verloren, soms meerdere. Veel kinderen hadden geen vader of helemaal geen ouders meer.

Pru zat op haar klapstoeltje naar de nachtelijke hemel te kijken. Die zag er zo vredig uit dat het bijna niet te bevatten was dat er elke dag opnieuw talloze mensen doodgingen.

'Mooi, hè?' zei Ed zachtjes, die vlak achter haar zat en haar een appel gaf. Ze knikte en nam een hap. 'Op een dag gaan we dit nog missen,' mijmerde hij hardop.

'Echt niet. Hoe kun je dat nou zeggen?' Ze draaide zich naar hem om.

'Ons werk dient een hoger doel. Het geeft betekenis.

We doen iets belangrijks, zijn belast met een missie. Elke dag krijgen we de kans om iets goeds te doen en levens te redden.'

'Maar het doet verschrikkelijk pijn als dat niet lukt.' Pru dacht aan hoe verdrietig Emma de avond ervoor was geweest, hoewel ze de soldaat niet had gekend. Ze kenden de slachtoffers nooit, maar dat deed er niet toe. Zijn leven was kostbaar, zoals elk leven dat was. Pru dacht door al het verlies om zich heen weleens dat ze na dit alles geen kinderen zou willen. Ze snapte niet hoe ouders daartegen waren opgewassen. Al die ouders in Londen die jonge kinderen waren verloren door Duitse bommen. Zou zij dat aankunnen? Ze hoopte na de oorlog nooit meer zo dapper te hoeven zijn als nu. Was het maar vrede...

En toen maakten ze opeens een scherpe bocht en doken omlaag. Ze keek naar Reggie, die de lucht bestudeerde. 'Volgens mij zie ik iets.' Even later zag Pru een Duits gevechtsvliegtuig dat in een rechte lijn ergens op af leek te koersen. Vlak erachter vlogen er nog twee. Reggie ging nog iets lager vliegen. Niemand zei iets, terwijl hij de kist behendig manoeuvreerde en ze allemaal duimden dat de Duitsers niet achter hen aan zouden komen. In de verte lichtte de hemel op. Voor de mensen op de grond klopte de dood in de vorm van een lading bommen helaas vroeg op de deur. Reggie maakte weer een scherpe draai en zorgde ervoor dat ze een stuk lager bleven vliegen dan de vijand. Gelukkig verdwenen de gevechtsvliegtuigen al snel uit het zicht. Ze hadden hun missie volbracht en keerden terug naar Duitsland. Blijkbaar was hun grote vrachtvliegtuig niet de moeite waard. Pru's team had ditmaal geluk gehad en was de dans wederom ontsprongen. Ze staarde naar de oplaaiende branden onder hen. En ook zij vlogen door naar hun bestemming, naar de vierentwintig jongemannen die ze straks naar een veilige plek overbrachten en die vandaag dan misschien van relatief geluk konden spreken. Sommigen overleefden deze oorlog, anderen niet. Voor Pru en de mannen in haar team hoorde dat besef bij hun dagelijks werk.

'Nog tien minuten,' zei Reggie even later. De copiloot pakte de kaart en bevestigde dat ze bijna op hun bestemming waren. Pru, Ed en Charlie, de andere hospik, maakten alles gereed voor de landing. Pru's hart bonkte tegen haar ribbenkast terwijl ze zich op de eerste missie van de dag voorbereidde. De lucht begon paars met roze strepen te kleuren. Het landingsgestel werd uitgeklapt.

Ed keek Pru glimlachend aan. 'Het wordt vandaag een goeie dag,' voorspelde hij. De wielen raakten een oude landingsbaan met grote gaten erin. In de berm zag ze de draagbaren met gewonden staan. Ze hoopte van harte dat Ed gelijk had.

9

De evacuatievluchten waren een doorlopende, goed geoliede operatie. Als er ergens veel gewonden waren, vlogen ze een paar keer naar dezelfde plek, waarbij manschappen op de grond de gewonden vast naar de plek brachten waar de C-47 kon landen. Het inladen verliep efficiënt en ze konden meestal snel weer opstijgen. Doorgaans wisselden ze halverwege de dag van piloot, maar het medisch team bleef de hele dag hetzelfde. Het was zowel fysiek als mentaal slopend werk. Ze moesten de brancards optillen, de mannen soms een stukje dragen of verplaatsen, en de zware verwondingen zo goed mogelijk zien te behandelen. Vaak praatten ze tijdens de vlucht ter geruststelling tegen de gewonden die bij kennis waren, want omdat ze pijn leden en bang waren, vergrootte dat hun overlevingskansen. Het werk vereiste continue concentratie en soms moesten ze pijlsnel over leven of dood beslissen. Er bestonden geen vaste regels of protocollen.

Als ze naar bijzonder gevaarlijk gebied moesten, kregen ze als het kon bescherming van gevechtsvliegtuigen, maar meestal gebeurde dat niet en vormden ze bij gebrek aan een rood kruis op de zijkant een legitiem doelwit. Bovendien bestonden er in deze oorlog geen beleefdheden of herenakkoorden, noch menselijkheid of mededogen. Hitlers leger en dat van zijn bondgenoten hadden maar één doel: de vijand vernietigen en hun moreel breken.

Pru liep die avond vermoeid maar blij naast Emma over de landingsbaan terug. Na veertien uur in touw te zijn geweest, waren ze vlak na elkaar teruggekeerd van hun laatste missie. Ze hadden de laatste gewonden van de dag overgedragen en de rest van de avond vrij. Ze waren allebei vermoeider dan ze wilden toegeven, maar ze waren die dag geen patiënten verloren en dat was uiteindelijk het allerbelangrijkste.

Wel had Ed eerder die dag de ingewanden van een achttienjarige soldaat moeten terugduwen en zijn hand de hele vlucht stevig tegen de wond gedrukt. Daarmee had hij zijn leven gered en intussen had hij de jongen ook nog, puur ter afleiding, van alles over zijn jeugd in Ierland verteld. Na de landing in Down Ampney had het ambulancepersoneel het overgenomen, en in het ziekenhuis stonden de artsen klaar. Morgen begon het hele circus opnieuw, wat zeker niet altijd gemakkelijk was. Toch was er onder hen niemand die liever een andere baan had gewild. Ze hadden zich niet voor niets voor dit onderdeel van de luchtmacht aangemeld. Als ze achter een bureau hadden willen zitten of gewoon in een regulier ziekenhuis hadden willen werken, zouden ze daar wel voor hebben gekozen. Nee, ze waren hier juist vanwege het zware, belangrijke werk, en dat was er in overvloed.

'Heb je zin om even iets te gaan drinken met de Amerikanen die ik gisteravond heb ontmoet?' stelde Pru voor.

Emma aarzelde. Ze was doodop, maar wilde geen spelbreker zijn. Waar haalde Pru die energie toch vandaan? Ze was altijd overal voor in, zelfs na een werkdag van veertien uur. Soms leek het alsof het Pru juist extra energie gaf, alsof ze er een soort bovenmenselijke kracht aan ontleende. Behalve als ze een patiënt verloor, want dan wist ze zich geen raad. Wat overigens voor hen allemaal gold. Iedereen trok zich een sterfgeval persoonlijk aan. Elke militair die ze verloren kwam hard aan en ze bespraken het naderhand altijd uitgebreid. Hadden ze iets verkeerds gedaan? Konden ze het de volgende keer anders aanpakken om te voorkomen dat het misging?

'Ach ja, waarom ook niet,' antwoordde Emma na een korte stilte, terwijl ze Pru's grote passen probeerde bij te houden. 'Ze leken me best aardig.'

'Het is fijn dat de Amerikanen extra verpleegsters sturen.'

'We zijn anders net zo goed opgeleid, hoor,' reageerde Emma een tikkeltje gepikeerd.

Pru grijnsde. 'Ja, maar zij doen dit nog niet zo lang. Ze zijn frisser. Voor ons is het al vierenhalf jaar oorlog, voor hen korter. Bovendien hebben ze een gedegen training gekregen en zijn de evacuatievluchten voor hen helemaal nieuw.'

'Dat is waar,' bekende Emma. Soms leek het inderdaad alsof ze dit al haar hele leven deed. Misschien kwam het gewoon omdat je vroeg oud werd van dit werk. Het was lastig om je jong en fris te blijven voelen door alle ellende waar ze hier elke dag mee werden geconfronteerd. Zoveel leed, zo'n verspilling van mensenlevens. Al die jonge mannen die te vroeg stierven, al die dromen die door een enkele kogel of bom werden weggevaagd.

Ze liepen op hun dooie gemak naar het slaapgebouw en genoten van de frisse avondlucht nadat ze de hele dag hadden doorgebracht in de stank van bloed, verbrand weefsel, braaksel en ontsmettingsmiddel. Voor het pand stonden groepjes vrouwen te praten. Zo te horen waren het Amerikanen en Britten uit alle geledingen van de maatschappij. Een eindje verderop stond een groepje Australiërs te lachen. Pru zag binnen in de hal de nieuwe Amerikaanse verpleegsters staan. Ze hadden schriften bij zich en kwamen waarschijnlijk net van de introductietraining.

Ze liep naar ze toe en stelde Emma aan iedereen voor. 'En? Hebben jullie vandaag werkelijk alles over de RAF geleerd wat er te weten valt?' vroeg ze met een vilein grijnsje. 'Zeg trouwens maar dat ze potdomme best een beetje mogen opschieten. We kunnen jullie in de lucht goed gebruiken en al die protocollen heb je toch niet nodig als je eenmaal aan het werk bent. Jullie hebben er net zoveel verstand van als wij, want anders zouden jullie hier niet zijn. Ik heb trouwens gehoord dat jullie luchtmachttraining geen kattenpis is.'

De Amerikanen knikten lachend. 'Klopt, die nekte mij inderdaad bijna,' zei Lizzie.

'Kunnen we jullie overhalen om mee te gaan naar de pub of zijn jullie al verslaafd aan de geweldige menukaart hier?'

'Ach, het was niet slechter dan wat we gewend zijn,'

antwoordde Alex ruimhartig, al hadden ze het er de avond ervoor wel degelijk over gehad dat de gebrekkige keuze en het gebrek aan smaak waarschijnlijk te wijten waren aan de strenge rantsoenering, waar heel Engeland inmiddels onder leed.

'De pub klinkt als een leuke afwisseling,' zei Louise beleefd.

Emma grijnsde. 'Eerlijk gezegd is het de enige andere optie als je die troep die ze hier serveren niet blieft.' Daar moest iedereen om lachen en ze vertrokken met z'n zessen naar de pub. Ze bestelden bier, wijn, een paar porties saucijsjes, bonen en iets wat doorging voor *shepherd's pie*, maar dat weinig weghad van de manier waarop het gerecht voor de oorlog werd gemaakt. Maar na de lange dag was het prima maagvulling en de drank verhoogde de stemming.

'Is al bekend wanneer jullie met ons meegaan?' vroeg Emma. Ze had Louise en Lizzie inmiddels iets langer gesproken en moest toegeven dat Pru gelijk had, ze waren inderdaad heel aardig. Nu maar hopen dat ze ook goed waren in hun werk.

'Ze zeiden volgende week,' antwoordde Louise. 'De anderen dan in elk geval, want ik kreeg te horen dat ik in het ziekenhuis begin, onder meer op de aparte afdeling voor Duitse krijgsgevangenen.'

'Aha.' Pru keek Emma veelbetekenend aan. Emma knikte, maar zei niets. Pru nam aan dat Louise de ware reden voor die taakverdeling niet te horen had gekregen. 'We hebben in het Britse leger geen segregatie zoals bij jullie, maar er bestaan wel zogenoemde speciale taken voor niet-witte verpleegsters. Ook voor Britse verpleegsters van kleur dus. Die Duitse krijgsgevangenen zijn daar een voorbeeld van. Ze worden bijna uitsluitend door zwart personeel verzorgd. Dat je eerst in het ziekenhuis moet werken voordat je met ons mee de lucht in mag, is ook standaard. In de slaapzalen is verder geen segregatie of zo, je mag met iedereen een kamer delen. En je mag uitgaan met wie je wilt. Maar je bent wel veroordeeld tot die Duitse krijgsgevangenen. Vraag me niet waarom. Waarschijnlijk omdat niemand anders het wil doen.'

'Ach, dat is nog steeds minder erg dan hoe het er in Amerika aan toegaat en wat ik daar gewend ben. Mijn vader wilde niet dat ik in dienst ging omdat het Amerikaanse leger notoir racistisch is. Bij de marine zit bijvoorbeeld geen enkele zwarte verpleegster. Ik ben hoe dan ook blij dat ik als enige zwarte vrouw bij het MAET ben toegelaten, want de toelatingseisen zijn dacht ik behoorlijk streng.'

'Waarschijnlijk gewoon omdat je een verdomd goeie verpleegster bent en ze dat ook wel doorhadden,' zei Pru beslist. De anderen knikten instemmend. Louise was slim en toegewijd en een geweldige aanwinst voor het team. Haar Amerikaanse collega's waren zich ervan bewust dat Louise in de Verenigde Staten hoogstwaarschijnlijk alleen zwarte collega's had gehad en geen witte patiënten had mogen behandelen.

Louise besefte dat ze, afgaand op wat Pru net had verteld, in Engeland inderdaad beter af was. Ze had nadat ze van de boot was gegaan ook geen veelzeggende blikken meer opgevangen. Op de basis keken mannen gewoon naar haar zoals ze naar elke andere vrouw keken;

ze voelde zich geen voorwerp van haat, minachting of ongebreidelde lust. Er leken hier anders dan ze gewend was geen taboes en vooroordelen te bestaan. Kortom, ze zou zich hier normaal kunnen voelen. Al moest ze bekennen dat krijgsgevangenen verzorgen niet direct aantrekkelijk klonk. Ze was niet naar Engeland gekomen om de vijand te helpen. Op den duur zou ze vast wel mogen gaan vliegen; ze moest gewoon een paar extra stappen doorlopen. Dat was nog steeds beter dan wat ze in haar eigen land gewend was, waar ze behandeld werd als een tweederangsburger en door onnozele witte mensen zelfs als minderwaardig werd beschouwd.

'Oké, maar dan nu het belangrijkste,' zei Pru nadat ze een tweede rondje hadden besteld. 'Wie heeft er een vriendje en wie niet?' Ze schoten allemaal in de lach.

'Nou, we zijn me toch een sneu stelletje,' zei Alex namens de hele groep. 'Ik had in elk geval niemand in New York. Ik ben zelfs in dienst gegaan om ervoor te zorgen dat ik niet werd uitgehuwelijkt aan een of andere saaie bankier die in het sociaaleconomische straatje van mijn ouders paste. Ik heb de benen genomen, ben een verpleegstersopleiding gaan doen, heb me na Pearl Harbor bij het leger aangemeld en sindsdien geen enkel afspraakje meer gehad, of in elk geval niet een dat me is bijgebleven. Volgens mijn moeder hebben mannen de schurft aan vrouwen in lelijke uniformen of met een baan. Volgens haar is kaki niet mijn kleur en staan broeken me al helemaal niet.' Pru en Emma moesten hard lachen omdat Alex geen blad voor de mond nam.

Audrey nam na haar het woord. 'Ik heb ook geen

vriendje. Mijn vader overleed toen ik vijftien was. Dat is nu negen jaar geleden, en mijn moeder werd al kort daarna ernstig ziek. Ik ben de verpleegstersopleiding gaan doen om beter voor haar te kunnen zorgen. Ze is een paar maanden terug overleden. Ik heb al die tijd voor haar gezorgd en ben na haar overlijden meteen in het leger gegaan. Dit is dus ook echt mijn eerste uitzending. En omdat ik mijn moeder 's avonds liever niet alleen liet, had ik geen enkele gelegenheid om jongens te ontmoeten. Ik heb nog nooit een afspraakje gehad en ben nog nooit verliefd geweest. Maar wie weet... Misschien ontmoet ik hier wel iemand.' Ze begon te blozen. Het was zeker niet haar voornaamste doel, maar wel een mogelijkheid waar ze rekening mee hield.

'O, dat hoop ik echt voor je,' reageerde Pru.

Lizzie zat naast Audrey en wilde haar verhaal graag kort houden. 'Ik ben twee jaar lang verliefd geweest op Audreys broer, alleen zag hij mij eerst helemaal niet staan. O, en Audrey en ik kennen elkaar trouwens van de opleiding,' lichtte ze toe. 'Hij zat bij de marine, in Honolulu, en Audreys moeder trakteerde haar als afstudeercadeau op een vakantie in Hawaï en ik mocht mee. En toen zag hij me eindelijk wel staan en werden we verliefd.' Haar ogen vulden zich met tranen. 'Hij was echt zo geweldig. Maar drie weken later werd Pearl Harbor gebombardeerd en hij sneuvelde. Dat is nu ruim twee jaar geleden en ik heb sindsdien geen afspraakjes gehad en wil dat ook helemaal niet. Ik ben hier om te werken. Dat is het enige wat ik nog belangrijk vind.' Ze veegde met een beverig glimlachje haar wangen droog.

Emma legde haar hand even op de hare voordat ze zelf het woord nam. 'Dat is ook een beetje mijn verhaal. Ik had een geweldig vriendje toen de oorlog uitbrak. Een boordschutter bij de RAF. Tja, het zal ook niet, hè. Hij was geweldig. Maar hij is drie jaar geleden neergeschoten boven Duitsland, dus dat was het dan. Ik heb daarna geen afspraakjes meer gehad en daar ook geen enkele interesse in. Mijn werk als verpleegster is het enige wat ertoe doet. En eh... door dat East End-accent van me moeten de bekakte jongens toch al niks van me hebben. Dat is overigens wederzijds.' Ze wierp haar nieuwe Amerikaanse vriendinnen een glimlach toe. 'O wacht, sorry. East End is de wijk waar ik ben geboren en getogen. Dat is een van de allerslechtste buurten in het land. Maar goed, die suffe types boeien me niet en de jongens met wie ik ben opgegroeid, werken in de haven of rijden op de vrachtwagen, drinken te veel en slaan hun vrouw. Dus nee, dank je. Ik red het prima in mijn eentje.' Terwijl ze dat zei, ging ze automatisch iets rechter zitten.

Elk van hun verhalen zei veel over hun achtergrond en wie ze waren.

'Jeetje, jullie hebben allemaal een veel interessanter leven gehad dan ik,' zei Pru. 'Ik ben opgegroeid op het platteland van Yorkshire. Met paarden en zo, en ik klom met mijn broers in bomen. Ik kende alle jongens uit de buurt van de lagere school en ik vond ze niet bijzonder boeiend. Ik vermoed dat er van me wordt verwacht dat ik op een dag met een van hen trouw. Ik heb een verpleegstersopleiding gedaan en me daarna aangemeld bij de RAF. Mijn broers vliegen ook voor de RAF. Ik heb weleens een afspraakje gehad, maar het was nooit speciaal of zo. Bovendien zijn het nu zulke verwarrende tijden. Ik wil niet verliefd op iemand worden die ik vervolgens kan kwijtraken. Dus ik werk gewoon stug door en hoef voorlopig niet zo nodig een man. En bovendien heb ik vriendinnen!' Ze keek met een warme glimlach de kring rond.

'Dat geldt voor mij ook wel zo'n beetje,' zei Louise op bedeesde toon, als laatste van de zes vrouwen. 'Het enige wat mijn ouders belangrijk vonden was een goede opleiding. Mijn vader is arts, mijn moeder hoofd van een school. Ze wilden per se dat ik hoge cijfers haalde en de beste van mijn klas was. En ik was ook een goede leerling. Dus nu wil ik hier als verpleegster heel goed werk doen. In Amerika is het hele romantische gebeuren met mijn huidskleur best ingewikkeld. Helemaal omdat we in het zuiden wonen, in North Carolina. Voorlopig hou ik het dus gewoon maar even bij mezelf.'

'Wat zijn wij een belachelijk deugdzaam groepje, zeg.' Pru trok een vies gezicht. 'We zijn geen van allen sletten, geen losse moraal, geen schokkende affaires waar we achteraf spijt van hebben. Ik ben zeer teleurgesteld en ik hoop oprecht dat jullie de volgende keer dat ik deze vraag stel met wat spannender antwoorden komen. Al lieg je de boel bij elkaar!' Ze schoten allemaal in de lach.

Wat er vooral uit bleek, was dat ze allemaal zeer toegewijd waren aan hun werk. Twee van de zes waren een geliefde kwijtgeraakt door de oorlog, en Audrey haar broer. Terwijl ze al rokend verder kletsten, bleek dat Lizzie en Pru allebei twee broers in het leger hadden. Er stond voor hen allemaal veel op het spel, en wat Pru net had gezegd had een kern van waarheid: verliefd worden was een groot risico. Stel dat hij sneuvelde, dan brak je hart en vielen je dromen in duigen. Het was veiliger om gewoon je werk te doen en je op vriendinnen te richten. Vriendschappen waren belangrijker dan verliefdheden. Maar er waren ook genoeg vrouwen die daar anders over dachten. Wellustige militairen wisten altijd wel ergens een scharrel op te duikelen. Alleen was dat voor de vrouw zelf niet zonder risico. Emma zei dat ze door haar werk als vroedvrouw wist dat ongewenste zwangerschappen geen zeldzaamheid waren. Zoals vrouwen die zwanger waren geraakt van een militair die inmiddels was gesneuveld of van een man die na zijn pleziertje te hebben gehad gewoon weer vertrok en doorging met zijn eigen leven.

‘Ik zag dat vroeger in Poplar maar al te vaak,’ zei ze. ‘En ik nam me toen al voor nooit een van die meisjes te worden. Ik kan je verzekeren dat ik voordat mijn vriendje werd neergeschoten verrekte voorzichtig was,’ bekende ze, waarmee ze indirect aangaf dat ze geen heilige was geweest. De andere vijf vrouwen, van wie een deel nog maagd was, vonden het bijzonder dat ze hun dit toevertrouwde. Maar Emma was dan ook een paar jaar ouder en onder heel andere omstandigheden opgegroeid, zonder liefdevolle familie. De anderen maakten uit haar verhaal op dat ze een heel moeilijke start in het leven had gehad en er zelf voor had gezorgd dat ze goed was terechtgekomen. Tegen de tijd dat ze met z’n allen de pub verlieten, waren ze niet helemaal nuchter meer maar blij met hun nieuwe vriendengroepje.

Na vijf dagen introductietraining, waarin de Amerikaanse verpleegsters alles leerden over de regels, tradities en verwachtingen van de RAF, werden ze aan hun Britse collega's gekoppeld. Het was de bedoeling dat ze minstens een paar vluchten met elkaar uitvoerden totdat ze zich zeker genoeg voelden om in hun eentje te vliegen.

Louise ging in het ziekenhuis aan de slag en zorgde niet alleen voor militairen van kleur, maar ook drie dagen per week voor de krijgsgevangenen. Ze begon met de nodige tegenzin, maar kwam erachter dat sommige officieren vloeiend Engels spraken. Zo voerde ze terwijl ze hun wonden verzorgde vaak interessante, intellectuele gesprekken. Louise keurde het uiteraard niet goed waar ze voor stonden of wat hun landgenoten elders aanrichtten, maar ze had niet verwacht dat veel Duitse militairen het eigenlijk wel best vonden dat ze de rest van de oorlog in Engeland moesten uitzitten. Het betekende dat ze verlost waren van de ellende en ontberingen die de oorlog aan hun zijde net zo goed met zich meebracht. En al was Louise net als de andere verpleegsters dolgraag meteen gaan vliegen, de omweg die ze vanwege haar huidskleur moest nemen bleek lang niet zo onaangenaam als ze had gevreesd.

Toen ze Emma op een dag vertelde dat het contact met de Duitse militairen haar meeviel, waarschuwde die haar. 'Val alsjeblieft niet voor een Duitser. Daar kun je thuis echt niet mee aankomen. En vergeet niet dat het nazi's blijven, hoe slim en charmant ze ook mogen zijn.' Louise had het eerder die dag met een officier over Goethe en Thomas Mann gehad; zo'n gesprek had ze nooit kunnen voeren met welke Amerikaanse militair dan ook, ongeacht diens huidskleur. Louise vond het contact met de intelligente officieren verfrissend, maar ze wist dat Emma gelijk had en het niet slim was om al te vriendschappelijk met ze om te gaan. Het lastige was dat ze intellectuele gesprekken van huis uit gewend was en die miste, maar dat moest dan maar wachten totdat ze weer thuis was.

De vliegroosters van de Amerikanen werden bekendgemaakt: Lizzie werd ingedeeld bij Pru en haar bemanning, Alex bij Emma, en Audrey vloog mee met een aardige Australische verpleegster die ze inmiddels van de slaapzaal kende.

Emma stond niet direct te springen dat ze met Alex was ingedeeld en beklaagde zich erover tegen Pru. 'Ik wilde dat het een van de anderen was geweest. Alex en jij zouden een veel beter team zijn.'

Pru keek haar verbaasd aan. 'Hoezo dat dan?'

'Omdat jullie het allebei weliswaar keurig verbergen, maar het wel duidelijk is dat jullie van chique komaf zijn. Zij komt overduidelijk uit een deftig milieu, je weet vast nog wel wat ze die eerste avond in de pub vertelde. Dus jij hebt veel meer gemeen met haar dan ik.'

'Nou, om te beginnen praat je tijdens een vlucht meestal vooral over die ene soldaat die geen been meer heeft. Of over het feit dat je wilt proberen te voorkomen dat iemand nog voor de landing doodbloedt. Of over die andere soldaat met nog maar één arm, of die jongen die blind is geworden of nooit meer zal kunnen lopen. Je hoeft het heus niet over literatuur of ballet te hebben.' Pru was zoals wel vaker vrij direct en Emma schoot onwillekeurig in de lach. 'Bovendien komt ze uit Amerika, dus ze heeft niet eens door dat je een East End-accent hebt. Het valt mij trouwens ook niet op en al zou ik het horen, wat kan mij dat nou schelen? En je vindt het toch ook niet lastig om met mij te praten?'

'Ja, maar ik ken jou.'

'We zijn hier allemaal gelijk, Emma. Daar draait dat hele uniform dat we dragen om. Wat je achtergrond ook is of waarom je in dienst bent gegaan, maakt helemaal niet uit. We zijn hier om levens te redden. Het is akelig dat het nodig is, maar ons werk hier is van levensbelang en we zitten allemaal in hetzelfde schuitje. Alex mag dan uit een "deftig" milieu komen, zoals jij het noemt, maar neem maar van mij aan dat ze daar echt niet mee bezig is als ze onder het bloed zit of iemand haar net heeft ondergekotst of ze de ingewanden van een soldaat probeert terug te duwen en hij even later alsnog in haar armen sterft. Wat maakt een deftige achtergrond op zo'n moment nou uit? Ik weet zeker dat zij daar in elk geval totaal niet mee bezig zal zijn.'

'Ja, misschien heb je wel gelijk,' gaf Emma toe. 'Ik denk altijd dat mensen me minder hoog aanslaan omdat ik uit Poplar kom. Want dat hoort iedereen natuurlijk meteen en mensen zijn soms zulke arrogante snobs.'

'Mee eens, maar hier is dat niet zo. Sowieso, iedereen die als mens ook maar een knip voor de neus waard is, zou dat geen moer moeten kunnen schelen. Ik weet dat we in een afgrijselijk snobistisch land wonen en ik hoop echt dat de oorlog daar verandering in brengt. Je bent evenveel waard als ik en ik vermoed zelfs een betere verpleegster. En

Amerikanen zijn weliswaar met andere verrotte denkbeelden opgegroeid, maar níét dat mensen hun plaats moeten kennen. Hier gaat dat helaas al eeuwenlang zo, maar bij hen is dat heel anders. Bovendien ben je oneindig veel slimmer en hoger opgeleid dan al die meisjes van goede komaf die ik ken. Zij hebben alleen maar leren stijldansen en aquarelleren. En o ja, ze kunnen Frans spreken. De meeste zijn zo ontstellend dom en saai dat ik tijdens een lunchafspraak al horendol van ze word. Ik heb de indruk dat Alex ook niet al te gecharmeerd is van haar sociale milieu en dat ze daarom in dienst is gegaan en hiernaartoe wilde komen. Die hele traditionele manier van leven slaat gewoon nergens meer op, voor mij in elk geval niet en ik gok dat zij er ook zo over denkt. Dus geef haar alsjeblieft gewoon een kans.'

Emma knikte instemmend en was onder de indruk van Pru's verstandige en oprechte betoog.

Lizzie beklom het vliegtuigtrapje met knikkende knieën voor haar eerste vliegmissie met Pru en de twee hospikken. Ze had inmiddels zoveel over de evacuatievluchten gehoord dat ze vreesde dat ze het niet zou kunnen. En stel dat ze werden neergeschoten! Dat gebeurde namelijk weleens, er waren al meerdere bemanningen omgekomen. Het gebeurde gelukkig niet vaak, maar het kwam wel voor. Toch maakte Lizzie zich minder zorgen om de vijand dan om het feit of ze wel de juiste medische handelingen zou weten te verrichten.

Pru zag dat ze nerveus was en probeerde haar gerust te stellen terwijl ze zelf nog even alle voorraden en veldbedden controleerde. ‘Maak je geen zorgen, Lizzie. We gaan ook goed voor jou zorgen.’

‘Ik maak me vooral zorgen dat ik straks in een noodgeval niet weet wat ik moet doen. Dit is echt mijn allereerste vliegmissie, hè.’

‘Komt goed, Liz, heus,’ zei Pru stellig, met een bemoedigende glimlach. Ze herinnerde zich wat Lizzie over Audreys broer had verteld. Het was heel verdrietig, maar er waren zoveel van dat soort verhalen, ook in Engeland. Ze had met Audrey te doen en moest er niet aan denken dat een van haar broers zou omkomen. Ze maakte zich vooral zorgen om Phillip, de waaghals van de twee. ‘Bekijk het gewoon per geval. De hospikken doen meteen triage zodra de gewonden aan boord zijn. Zij vertellen ons wie we als eerste moeten behandelen, dus ze nemen ons veel werk uit handen. Bij een groot deel van het letsel hoef je er alleen maar voor te zorgen dat ze zo comfortabel mogelijk liggen. We geven ze morfine als ze erge pijn hebben. Dan slapen ze de rest van de vlucht. We hebben aan boord natuurlijk slechts beperkte middelen en we kunnen ze niet genezen. Zie ons maar als een soort medische taxidienst. Af en toe krijgen we inderdaad te maken met complexe medische noodgevallen, maar het meeste letsel is vrij rechttoe rechtaan en meteen al duidelijk wanneer ze aan boord komen. In principe kom je nooit voor verrassingen te staan. Vergeet ook niet dat sommigen van hen nog gewoon kunnen lopen, ze zijn echt niet allemaal op sterven na dood. Ja, oké, soms zitten die ertussen en dan doe je gewoon wat je kunt en bid je dat ze het tot de landing volhouden. Blijf vandaag maar gewoon dicht bij mij of Ed. Ik weet zeker dat je je draai snel zult vinden.' Pru had er in tegenstelling tot Lizzie zelf alle vertrouwen in dat ze over voldoende medische kennis beschikte.

Ze stelde Lizzie eerst aan beide hospikken voor, daarna aan de piloten. Charlie Burns was de andere hospik, een energieke Schot die erg goed was in zijn vak. Toch bleef Ed met afstand de beste met wie Pru ooit had samengewerkt. Hij beschikte over uitzonderlijk veel medische kennis en voelde bijna intuïtief aan wat de juiste aanpak was. 'Hij moet later echt arts worden,' zei ze tegen Lizzie toen ze op hun klapstoeltjes plaatsnamen en hun riemen vastmaakten.

'Jeetje, ik had zelf ook geneeskunde willen studeren,' zei Lizzie terwijl ze over de startbaan taxieden. 'Alleen mocht dat niet van mijn vader. Hij is arts en mijn moeder is verpleegster, of dat was ze tenminste voordat ze kinderen kreeg. Mijn oudste broer is orthopeed en zit in het leger. Mijn andere broer is na Pearl Harbor met zijn geneeskundestudie gestopt en ook in dienst gegaan. Maar mijn vader denkt dat arts worden voor vrouwen te hoog gegrepen is. Vrouwen horen te trouwen, het huishouden te doen en kinderen te baren. Dus toen ben ik maar verpleegster geworden. Dat vonden ze wel goed. Maar als ik de keuze had gehad, was ik liever arts geworden.'

'Misschien kun je dat na de oorlog alsnog worden?' opperde Pru.

'Wat worden?' Ed mengde zich in hun gesprek nadat hij Charlie net had gevraagd of hij dat weekend zin had om mee te gaan naar een jazzclub in Londen waar schijnbaar veel leuke vrouwen kwamen.

'Arts worden,' antwoordde Pru.

Ed was meteen een en al oor. 'Ik kon het me tot nu toe niet veroorloven, maar ze zeggen dat er na de oorlog speciale opleidingsmogelijkheden komen voor veteranen. Ik heb allerlei baantjes gehad om mijn moeder met mijn broers en zussen te helpen. Maar als de oorlog straks voorbij is, zijn die allemaal oud genoeg om te werken. Arts worden blijft mijn grote droom.'

'Dan bof je,' zei Lizzie. 'Mijn vader verbood het me.'

'Hoezo dat dan?'

'Omdat ik een vrouw ben.'

'Ja, dus? Ken jij veel vrouwen die bereid zijn om met een parachute uit een vliegtuig te springen en dit werk willen doen?'

Ze grijnsde. 'Nee, zulke malloten ken ik niet.'

'Nou dan! Waarom zou een studie geneeskunde je niet goed afgaan? Alhoewel die studie in vergelijking met dit werk misschien wat saai is als je bedenkt dat je eerst jarenlang met je neus in de boeken moet zitten. Was je op school een goede leerling?'

'Ja, best wel.' Ze vond Ed nu al aardig. Hij was recht voor zijn raap en aangenaam gezelschap.

En Ed vond haar ook aardig. Hij wist nog niets van haar verdere achtergrond, maar vond haar erg aantrekkelijk. 'En waar kom je vandaan?' Ze hadden inmiddels hun kruishoogte bereikt en koersten naar de gevechtslinie in Frankrijk.

'Uit Boston,' antwoordde ze met een glimlach.

'Ah, daar zit een neef van me! Best wel een mafkees. Hij runt daar al jaren een visrestaurant. Hij heeft een 4-F, dus dat werk doet hij gewoon nog steeds. Blijkbaar verdient hij bakken met geld terwijl wij hier vanwege die koleremoffen onze levens op het spel moeten zetten. Maar eh, wat doe je dan aan deze kant van de plas?'

'Ik werkte hiervoor op een basis in San Francisco, maar daar haalde ik niet langer genoeg voldoening uit. Dus toen heb ik me opgegeven voor het MAET. Dat leek me zinniger.'

'Wat goed, zeg.' Hij knikte terwijl hij de lucht intussen afzocht naar eventuele Duitse gevechtsvliegtuigen. 'En ik herken wat je zegt. Mijn verloofde is in 1941 omgekomen tijdens een bombardement op Londen; op een ambulance gaan rijden voelde daarna ook wat onbevredigend.'

'Ik ben ook iemand verloren,' zei ze zachtjes. 'In Pearl Harbor.'

Hij knikte meelevend en zei verder niets. Reggie had net gemeld dat ze over tien minuten op hun bestemming waren, dus Ed en Charlie stonden op en controleerden de veldbedden en voorraden voor de zekerheid nog een keer. Ze waren er klaar voor. Een paar minuten later zette de piloot de landing in. Hij waarschuwde dat ze erg dicht bij de Duitse linies waren en dat de landing maar vooral hun vertrek straks best even spannend zouden kunnen worden.

'Ik heb vandaag helemaal geen zin om als krijgsgevangene te eindigen, dus doe alsjeblieft je best, Reggie. Ik wil vanavond gewoon gezellig in de pub zitten, niet in een Biergarten,' zei Ed.

'Ja ja, ik doe mijn best.' Reggie wist de kist behendig te manoeuvreren en landde even later veilig op een hobbelige landingsstrip. Ed en Charlie gooiden de deuren open en lieten het trapje zakken. Op de grond snelden militairen met draagbaren toe. Ed en Charlie tilden die samen met de gespierde copiloot het toestel in. Pru en Lizzie hoefden nog niet in actie te komen. Reggie bleef ook zitten, klaar om zo snel mogelijk weer op te stijgen. In nog geen tien minuten waren alle vierentwintig gewonden aan boord. Pru klapte de deuren dicht, vergrendelde ze en haastte zich terug naar haar klapstoeltje. En daar gingen ze alweer. Wonder boven wonder werden ze niet gevolgd, terwijl ze de Duitse linie vanuit de lucht duidelijk zagen.

Pru stond op zodra ze weer rechter vlogen en voegde zich bij Ed, die haar gauw bijpraatte. 'Om te beginnen hebben we twee open borstwonden en een ernstige hoofdwond. Die laatste is niet bij bewustzijn en heeft in het veldhospitaal al morfine gekregen. Een van de borstwonden heeft moeite met ademen, maar dat kan nu natuurlijk ook aan de hoogte liggen. Verder hebben we nog een been met koudvuur en een geamputeerde arm.' En zo liep hij de hele lijst af, waaronder tweede- en derdegraadsbrandwonden en een soldaat die blind was geworden door een granaat.

Lizzie had staan meeluisteren en hoorde de diverse verwondingen voorbijkomen. 'Wat kan ik doen? Zal ik me anders ontfermen over een van de borstwonden? Ik kan de jongen met de moeizame ademhaling bijvoorbeeld in de gaten houden.'

'Ja, dat zou fijn zijn,' antwoordde Ed. Pru richtte zich op de soldaat met de geamputeerde arm en daarna op degene met koudvuur. Zijn been moest zo te zien ook geamputeerd worden, maar dat was een risicovolle operatie die artsen liever niet in een eenvoudig veldhospitaal uitvoerden.

De rest van de vlucht hadden ze het allemaal druk met

het oplossen van problemen. De jongen met de ernstigste borstwond had een onregelmatige hartslag en kreeg het halverwege de vlucht heel benauwd. Charlie vroeg Pru of hij hem een adrenaline-injectie mocht toedienen. Lizzie hield hem nauwlettend in de gaten en liep daarna door naar de anderen. Waar nodig controleerde ze de vitale functies en bij de soldaat met nog maar één arm legde ze een morfine-infuus aan. Een aantal van de gewonden was er niet best aan toe en de terugvlucht duurde langer omdat Reggie een andere vliegroute moest nemen. Maar toen ze anderhalf uur later veilig in Down Ampney landden, waren ze niemand kwijtgeraakt en was niemands toestand verslechterd. Met de militair met de open borstwond ging het zelfs iets beter. Hij zou straks meteen geopereerd worden, het operatieteam was al ingelicht. De ambulances stonden gereed op de landingsbaan en een kwartier later waren alle patiënten onderweg naar het ziekenhuis. Ed en Charlie maakten voordat ze uitstapten de veldbedden weer op en vulden de voorraden aan.

Nu Lizzie haar eerste vlucht achter de rug had, snapte ze goed waarom de luchtambulances zoveel uitmaakten. Een groot deel van de gewonden die ze net hadden vervoerd zou een reguliere ambulancerit of vervoer met een legervrachtwagen waarschijnlijk niet hebben overleefd. Ze kregen nu veel sneller de noodzakelijke medische hulp, inclusief een eventuele ingewikkelde ingreep in een moderne, goed uitgeruste operatiekamer, waar veldhospitalen niet over beschikten.

'Wat een ongelooflijk geweldig werk.' Lizzie was vol ontzag over wat ze net had meegemaakt. Het was haar niet ontgaan dat Pru wat Ed betreft gelijk had. Hij beschikte inderdaad over veel meer kennis dan een doorsneehospik en deed op meerdere vlakken niet onder voor een arts.

Reggie was inmiddels ook uitgestapt en zei dat hij een nieuwe oproep had ontvangen via de radio. 'We gaan over twintig minuten weer de lucht in. Ik ga tanken, maar haal gerust even een kop koffie.'

Uiteindelijk voerden ze die dag vijf missies uit. Lizzie was na afloop zwaar onder de indruk en vond het geweldig om onderdeel te zijn van de goed geoliede operatie en het uiterst efficiënte, vakkundige team. Dat er sprake zou zijn van zo'n grote verscheidenheid aan verwondingen had ze niet verwacht. Ze had Ed en Pru heel goed in de gaten gehouden en gedaan wat ze kon voor de patiënten die ze haar toewezen.

Ed was op zijn beurt onder de indruk van haar. 'Nou, wat mij betreft mag jij blijven, hoor,' zei hij met een lome grijns. 'Als je nog een paar keer met Pru en mij meevliegt, red je het straks in je eentje prima. Je hebt alleen nog twee goede hospikken nodig, en daar hebben we er hier op de basis toevallig ook wel een paar van. Je bent een puike verpleegster, luitenant.'

'Dank je wel,' zei ze met een warme glimlach. Op de weg terug naar het slaapgebouw voelde het alsof ze er een vriend bij had. Ze hoopte voor hem dat hij het zich met een beetje geluk op een dag inderdaad kon veroorloven om geneeskunde te gaan studeren. Voor haar was dat inmiddels een gepasseerd station, maar ze had de indruk dat hij uit precies het juiste hout was gesneden om in de toekomst een voortreffelijk arts te worden.

10

Emma zag nog altijd op tegen haar eerste vlucht samen met Alex. Maar dat Alex goed was in haar vak bleek meteen uit de diagnoses die ze stelde en de manier waarop ze op de gewonden reageerde. En toch verwachtte Emma dat ze tijdens of na de vlucht, als ze weer met z'n tweetjes waren, iets aanmatigends zou zeggen. Tot haar verbazing bleek Alex echter juist bijzonder aangenaam gezelschap en was ze alleen maar blij met de paar tips hoe ze enkele dingetjes handiger kon aanpakken. Na afloop van hun eerste dag, toen alle patiënten waren overgedragen en op weg naar het ziekenhuis, bedankte Alex haar zelfs uitgebreid voor de ongelooflijk fijne en leerzame dag.

'Weet je, je bent heel anders dan ik had verwacht,' zei Emma toen ze samen terugliepen.

'Hè, hoe bedoel je?'

'Nou, je bent erg bescheiden en staat open voor advies. En dan ben je ook nog een geweldige teamspeler en een heel goede verpleegster.'

'Och, jeetje zeg, dank je wel.' Emma's compliment raakte haar. 'Maar dat geldt voor jou allemaal net zo goed. Ik vond het geweldig om vandaag met je te kunnen werken. Eerlijk gezegd hoop ik dat nog een tijdje te kunnen blijven doen, want ik heb nog veel te leren.'

'Minder dan je denkt, hoor. Alles waar we vandaag mee te maken kregen, had je ook prima in je eentje gekund. Vergeet ook niet dat er twee voortreffelijke hospikken aan boord waren.'

'Ja, jullie zijn als medisch team steengoed. Jullie worden niet voor niets Flying Angels genoemd. De helft van die jongens had niet meer geleefd als ze niet via de lucht waren geëvacueerd. Ik snap nu pas goed wat een enorm verschil dat maakt. Ik moet bekennen dat ik me van tevoren een beetje zorgen maakte dat er geen arts aan boord was, maar dat is helemaal niet nodig. Jij beschikt over zoveel meer kennis en ervaring dan elke andere verpleegster die ik ken.'

'Nou, vergeet niet dat ik vooral ervaring heb als vroedvrouw,' zei ze vergoelijkend. 'En ik vrees dat ik mijn kennis op dat vlak een beetje aan het verliezen ben. Ik heb sinds ik in dienst ben gegaan geen enkele bevalling meer gedaan.'

'Maar je doet hier iets veel belangrijkers.' Ook Alex was zwaar onder de indruk.

'Echt niet te geloven dat ik me erop had voorbereid dat je het me vandaag moeilijk zou maken.' Emma keek er een beetje schuldbewust bij.

'Hoezo dat dan?' Alex snapte er niets van.

'Omdat je uit een veel chiquere familie komt dan ik. Ik ben opgegroeid in een flatje in een door ratten geteisterde achterbuurt. Zodra ik mijn mond opendoe weet elke Brit me meteen te plaatsen. En jij komt overduidelijk uit een deftiger milieu dan de meesten hier. Dat had ik met Pru in het begin ook. Want Britse aristocraten zijn doorgaans vreselijk arrogant. Dus ik dacht dat zij ook een snob zou zijn, maar ze is juist ontzettend lief, eenvoudig en bescheiden. En ik heb de indruk dat jij dat ook bent.'

'Wat aardig dat je dat zo zegt.' Alex had Emma wel willen omhelzen, maar deed het niet, bang dat dat te amicaal was voor de soms wat afwachtende Emma. Maar hoewel Emma niet meteen het achterste van haar tong liet zien, kwam ze heel hartelijk over. 'Maar even voor de duidelijkheid, hè, chic betekent niet automatisch goed. Eerlijk gezegd ben ik niet zo onder de indruk van mijn eigen familie. Ze hebben nog nooit iets gepresteerd, behalve mijn vader dan misschien in zijn werk. Ze zijn strontverwend, lui en alleen maar met zichzelf bezig. Mijn zus is ervan overtuigd dat de wereld om haar draait. Ze houdt geen rekening met anderen en doet ook nooit iets voor anderen. Ik was nog heel jong toen ik al wist dat ik niet zo wilde worden. En dat wil ik nog steeds niet. Ik heb geen respect voor ze en wil niet zo'n leven als zij leiden. Ik gok dat ik nooit trouw, want de jongens met wie ik ben opgegroeid zouden het niet met me uithouden en ze hebben ook heel andere overtuigingen. Mijn zwager is op zich best een fatsoenlijke vent, maar ik vind hun waarden en normen ronduit stuitend. En dat mijn nichtjes zo verwend en egoïstisch worden opgevoed... Echt, ik vind het zo vreselijk.'

'Maar jij bent ook helemaal niet zo,' reageerde Emma.

'Nee, klopt, maar ik voel me soms een eenzame roepende in een wereld die ik als heel donker ervaar.'

'Volgens mij denkt Pru niet op die manier over haar

familie. Haar ouders klinken bijzonder aardig. Ze zorgen voor een heel stel kinderen uit Londen, van wie een groot deel inmiddels wees is. Volgens mij vindt ze "haar soort mensen" eerder saai dan fout. Het hele idee van adellijke titels staat me ontzettend tegen, maar de enige persoon van adel die ik ken, is toevallig ook een van de liefste mensen die ik ken.'

Emma was duidelijk dol op Pru, maar ja, wie was dat niet. Pru was zoals je zou hopen dat alle mensen van adel waren, individuen die door hun gedrag een lichtend voorbeeld voor anderen vormden. Maar van veel mensen die tot de hogere klasse behoorden kon dat helaas niet worden gezegd.

'Ik walg van mijn familie.' Alex wond er zoals wel vaker geen doekjes om. 'Ik schaam me dat ik familie van ze ben.'

'Misschien kun je als je straks weer thuis bent, dingen anders aanpakken? Hier in Engeland denkt men dat de maatschappij door de oorlog blijvend zal veranderen, maar ik heb daar eerlijk gezegd mijn twijfels over. Die eeuwenoude tradities zitten volgens mij te diep in de haarvaten van onze samenleving. Een van die tradities is dat de lagere klassen eronder worden gehouden en niet de kans krijgen om iets van hun leven te maken. Als je als dubbeltje geboren wordt, word je in dit land nooit een kwartje. Dus ik blijf altijd een arm meisje uit een lagere sociale klasse en een achterbuurt. Maar Amerika is toch het land van de onbegrensde mogelijkheden? Bij jullie is dat vast allemaal anders en veranderen dingen misschien sneller. Zelfs hier in Engeland mogen vrouwen nu werken. Terwijl de mannen aan het front vechten, hebben vrouwen nu opeens banen en ze leiden zelfs hele familiebedrijven. En dan zorgen ze ook nog gewoon voor de kinderen. Dus als de oorlog straks is afgelopen, kunnen ze vrouwen moeilijk weer tot het aanrecht veroordelen. We hebben nu een stem en die valt niet meer te negeren. Dat zal in Amerika vermoedelijk niet anders zijn. Ik mag toch hopen dat je thuis straks op allerlei fronten je eigen plan kunt en mág trekken.'

'Ja, alleen denkt mijn familie daar volgens mij heel anders over.' Alex was onder de indruk van wat Emma net had gezegd, helemaal omdat zij zoveel moeite had moeten doen om zich op te werken uit de armoede. Het was haar gelukt om een verpleegstersopleiding te doen, vroedvrouw te worden en voor de Britse luchtmacht te gaan werken. Kortom, ze had ondanks haar afkomst en slechte start echt iets van haar leven weten te maken. 'Maar, Emma, besef je wel dat jij zelf een prachtvoorbeeld bent van hoe je als individu kunt afrekenen met dat hele klassensysteem?'

'Ja, dat zegt Pru ook altijd, maar ik betwijfel of andere mensen van adel er ook zo over denken. Pru is een bijzondere, lieve en gulle vrouw, maar helaas wel een uitzondering.'

'Nou, haar ouders klinken anders ook als goede mensen met al die weeskinderen die ze opvangen. Dat zouden niet veel mensen doen. Mijn familie in elk geval niet,' merkte Alex op.

'Misschien dat ze iets kunnen leren van jou?' opperde Emma. 'Ik denk dat je dat echt moet proberen als je straks weer thuis bent. We moeten zelf die verandering zijn, als een soort beloning voor alle ellende die we hebben moeten doorstaan. We moeten allemaal veranderen en een betere wereld zien te creëren, voor iedereen.'

Emma's betoog was treffend en indringend, maar wel behoorlijk idealistisch. In een ideale wereld klopte het uiteraard, maar de echte wereld was momenteel kapot en het herstel zou jaren duren. Alex wilde graag haar steentje bijdragen om de wereld te verbeteren, maar ze had er een hard hoofd in, vooral omdat er genoeg mensen waren die er anders over dachten, onder wie haar eigen familie. Zij zouden zich ongetwijfeld blijven beklagen dat het zo moeilijk was om aan personeel te komen, dat alles zo duur was en hun favoriete hotels aan de Rivièra nog steeds dicht waren. De reden ervoor kon hun niets schelen en ze bedachten ook niet dat ze er misschien zelf iets aan konden doen.

Emma bleef op haar beurt volharden in haar diepgewortelde wantrouwen tegen de hogere klasse en de Britse aristocratie in het algemeen. Het zou kunnen dat het strikte klassensysteem na de oorlog iets losser zou worden en dat sommige zaken inderdaad veranderden, maar voorlopig moest ze maar gewoon blij zijn dat er ook mensen zoals Pru en Alex bestonden. Zij waren anders en accepteerden haar zoals ze was. Zelfs om haar platte accent maalden ze niet.

Ze aten die avond weer met z'n zessen in de pub. Alex, Audrey en Lizzie waren nog helemaal vol van hun eerste dag en praatten honderduit. Toen Ed later die avond binnenkwam, liep hij meteen door naar hun tafeltje. Lizzie zat met Audrey en Louise te praten, Emma en Alex waren diep in gesprek met elkaar en Pru was er niet meer.

'Waar is Pru?' vroeg hij.

'Ze had hoofdpijn en is al gaan slapen.' Lizzie schoof een eindje opzij zodat hij in het zitje naast haar kon plaatsnemen.

Ed had genoten van de samenwerking en hun gesprekjes eerder die dag. Hij wilde graag nog iets langer met haar praten en viel meteen met de deur in huis. 'Het is eigenlijk niet aan mij om dit nu tegen je te zeggen, helemaal omdat we elkaar pas net kennen, maar ik zeg het als vriend en omdat ik weet wat het is. Maar ik had nog even zitten denken aan wat je eerder vandaag vertelde over je geliefde die in Pearl Harbor is omgekomen. Het is verrekte moeilijk om zoiets te verwerken, dat had ik met Belinda ook. Ik vermoed dat er inmiddels maar weinig mensen zijn die in deze oorlog geen dierbaren zijn verloren. Mensen van wie ze hielden en met wie ze wilden trouwen, of anders een broer, zus of goede vriend of vriendin. Niemand ontkomt eraan, maar toch... Ik denk ergens ook dat we niet in het verdriet moeten blijven hangen. We moeten zien door te gaan en ons op de toekomst richten. Wat onze geliefden is overkomen was blijkbaar voorbestemd, maar wij hebben nog een heel leven voor ons. We zijn nog jong en op een dag zal deze oorlog toch echt voorbij zijn. Gesteld dat we zelf de eindstreep halen.' Dat elke dag hun laatste kon zijn was iets waar ze zich allemaal maar al te bewust van waren, maar omwille van de gewonden waren ze bereid dat risico te nemen. 'Maar wat ik dus eigenlijk wilde zeggen: blijf niet te lang rouwen. Ik besefte op een gegeven moment dat Belinda niet had gewild dat ik dat eeuwig zou blijven doen. Ze was zelf namelijk een heel levenslustig iemand. Misschien was jouw geliefde dat ook.'

'Ja, dat was hij inderdaad.'

'Nou, dan denk ik dat je het aan hem verplicht bent om ook naar de toekomst te kijken. Om te proberen toch nog een beetje van het leven te genieten. Wat er gebeurd is, is vreselijk oneerlijk, maar op een dag komt er een nieuw iemand op je pad en is het tijd voor een nieuw begin.'

Lizzie kon zich daar twee jaar na Wills overlijden helemaal niets bij voorstellen, maar ze wist dat Ed het goed bedoelde en haar probeerde te troosten.

Toen hij even later wegging, doken de anderen meteen boven op haar. 'Volgens mij ziet hij je wel zitten, Liz,' zei Louise.

'Nee, joh. Hij is gewoon aardig,' antwoordde Lizzie.

De anderen joelden en Lizzie bloosde, want ze vond Ed heel leuk. Het was haar vandaag meteen opgevallen hoe teder en zachtaardig hij met patiënten omging. En dan had hij ook nog zo'n verrukkelijk Ierse tongval. 'Nee, maar echt, jongens, hij wil niks van me. Volgens Pru en de andere hospik heeft hij trouwens een hele zwik vriendinnetjes.'

'Ja, tot hij tegen de ware aanloopt,' zei Alex grijnzend.

Emma schoot in de lach. 'Waar ik vandaan kom, zou elke vrouw met ogen in haar hoofd een man die er zó uitziet meteen aan de haak slaan en nooit meer laten gaan.' Pru had een keer geopperd of Ed niets voor haar was, maar ook zij was haar vriendje nog lang niet vergeten. Ze wilde zich niet binden aan een man die net als hij kon sneuvelen, en Ed deed, net als zij, gevaarlijk werk. Er bestonden in de oorlog geen veilige banen meer. Zelfs burgers konden omkomen als het gebouw waar ze werkten werd gebombardeerd of als er 's nachts een Duitse bom viel op het huis waar ze lagen te slapen.

Ed dacht later die avond aan wat hij in de pub tegen Lizzie had gezegd over blijven openstaan voor de liefde. Hij besefte dat hij dat niet in alle onschuld had gezegd en voor een groot deel misschien zelfs wel uit egoïsme. Want Lizzie was sinds Belinda's dood de eerste vrouw voor wie hij iets voelde.

Ze werkten de volgende dag weer samen en hij probeerde zich zo professioneel mogelijk op te stellen. Pru voelde zich nog steeds niet lekker, maar was wel komen werken en liet Lizzie veel doen. Het was een goede oefening en ze kweet zich voorbeeldig van haar taak. Het zorgde er tegelijkertijd voor dat Lizzie en Ed nauw moesten samenwerken en op een zeker moment raakte hij even haar arm aan. Ze keek hem verbaasd aan, waarop hij meteen zijn hand terugtrok en zich uit de voeten maakte met de smoes dat hij de vitale functies van een patiënt nogmaals moest controleren.

Maar hij had haar wel degelijk willen aanraken. Hij vond haar onweerstaanbaar aantrekkelijk en kon haar later die avond ook niet uit zijn hoofd zetten. Hoewel hij niet te hard van stapel wilde lopen uit vrees dat hij haar zou afschrikken, kon hij er niet omheen dat hij gek op haar was. Iets wat Pru die dag ook had opgemerkt. Ed stond vaak erg dicht bij Lizzie, sprak haar vaker dan strikt noodzakelijk aan en deed buitengewoon aardig wanneer hij haar met een patiënt hielp. Hij had haar zelfs een hand gegeven toen ze uit het vliegtuig stapte.

'Je bent verliefd aan het worden, hè?' zei Pru toen ze samen de voorraden aanvulden. Hij stond met zijn mond vol tanden en knikte toen maar. Ze keken elkaar even recht in de ogen. 'Je weet dat dat in onze tak van sport niet zonder risico is, hè?' vervolgde Pru. 'Elke dag kan onze laatste zijn. Straks wordt je hart opnieuw gebroken.' Het was misschien onaardig om hem daar nu aan te herinneren, maar ze wist dat hij gevoeliger was dan hij zich voordeed en dat al die afspraakjes van hem een manier waren om zich niet te hoeven binden.

'Zo moet je niet denken, Pru. Of ík wil in elk geval niet zo denken. Ja, ik ben iemand verloren van wie ik hield en ik was er kapot van. Maar het is niet het einde van mijn leven. Dat kan niet, dat wil ik niet. We zijn jong en de meesten van ons hebben nog een hele toekomst voor zich. Ik moet daar wel in blijven geloven, want anders heeft niets nog zin.'

'Ik snap het best, hoor, ze is heel bijzonder.' Pru had Lizzie hoog zitten.

'Ja, dat weet ik en dat zie ik. Ze moet later trouwens echt medicijnen gaan studeren. Volgens mij zou ze een voortreffelijke arts zijn. Haar medisch inzicht is goed, ze handelt vaardig en stelt puike diagnoses.'

'Goh, ik ken er nog een,' antwoordde Pru met een knipoog.

Hij hoopte dat het daar op een dag inderdaad van zou komen, maar voorlopig moest hij genoegen nemen met zijn baan als hospik. Misschien kon hij na de oorlog op een ambulance gaan rijden, want meer dan dat zat er vermoedelijk niet in.

Ze kregen die week een paar heftige vluchten voor de kiezen en na afloop zei Pru dat Lizzies inwerkperiode er wat haar betreft op zat. Hoe leuk ze het ook vond om met haar samen te werken, in haar ogen was Lizzie prima in staat om zelfstandig missies te gaan vliegen.

Lizzie kletste in bed nog een tijdje met Audrey, die die avond met een gevechtspiloot van de RAF uit was geweest. Het was bijna alsof ze gewoon op de middelbare school zaten en over jongens giebelden. Lizzie viel dan ook grijnzend in slaap.

Ze was diep in slaap toen Audrey haar twee uur later wakker schudde. Door de lange werkdag was ze zo moe dat ze even niet wist waar ze was. Totdat ze Audreys gezicht wist te plaatsen en weer helder was. Was het luchtalarm misschien afgegaan? Nee, ze hoorde niks toen ze rechtop ging zitten. 'Wat is er?' vroeg ze verward.

'Er is iemand voor je beneden. De nachtwaker klopte net op onze deur om dat te zeggen.'

'Midden in de nacht?'

Audrey knikte. Ze wilde Lizzie niet bang maken, maar ze moest natuurlijk meteen denken aan die ochtend dat er in Annapolis twee officieren voor de deur hadden gestaan.

Lizzie pakte haar badjas. 'Zou ik me moeten aankleden?'

Audrey schudde haar hoofd. 'Dat lijkt me op dit tijdstip echt niet nodig.' Ze had een heel naar voorgevoel, maar hoopte uiteraard dat het niks ergs was. Alleen klopte goed nieuws nooit midden in de nacht op de deur.

Lizzie haastte zich in haar badjas en op pantoffels naar beneden. Met haar golvende blonde haar zag ze er ondanks het tijdstip fris en vief uit. Er zaten twee officieren in de 'huiskamer', de ruimte waar mannenbezoek was toegestaan. Hoewel ze wist dat er Amerikaanse officieren op de basis waren gestationeerd voor de coördinatie van geallieerde missies, viel het haar pas in tweede instantie op dat ze Amerikaanse uniformen droegen. De ene was kapitein bij de luchtmacht, de andere een tweede luitenant.

Ze stonden op toen ze binnenkwam. Ze salueerde en wist vervolgens niets te zeggen.

'Luitenant Hatton,' zei de kapitein voorzichtig. 'Het spijt ons vreselijk dat we op dit uur langskomen, maar volgens uw commandant begint u soms om vier, vijf uur 's ochtends met uw werkdag en het leek ons beter om hier niet tot morgenavond mee te wachten.'

Hij gebaarde haar te gaan zitten. Dat deed ze, bang voor wat er komen ging. Werd ze om een of andere reden naar huis gestuurd? Had ze een onvergeeflijke fout begaan? 'Is er iets gebeurd?'

De kapitein wisselde een blik met de tweede luitenant en nam het woord weer. 'Ik vrees dat we slecht nieuws voor u hebben. Uw broer, luitenant Gregory Hatton, is eerder vandaag gesneuveld door een verrassingsaanval van de Japanners op het ziekenhuis in Nieuw-Caledonië. Er zijn meerdere doden te betreuren. Uw broer was een van hen toen hij zijn patiënten probeerde te helpen. We wilden het u zo snel mogelijk laten weten. Helaas kunnen we u gezien de omstandigheden en het risico van de bootreis geen buitengewoon verlof verlenen. Uiteraard mag u zo veel mogelijke vrije dagen opnemen als u nodig hebt, maar helaas moeten we u verzoeken wel hier in Engeland te blijven.'

Ze knikte, niet in staat iets te zeggen. Ze probeerde het tot zich te laten doordringen, maar ze weigerde het te geloven. Het kon niet waar zijn. Greg zou er altijd zijn. Hij was haar grote broer. Hij was een arts. Hij was klaar met zijn geneeskundestudie. Hij kon niet dood zijn.

'Wilt u misschien een glas water, luitenant?' vroeg de tweede luitenant. Ze schudde haar hoofd. Wat had ze nou aan water? Haar broer was dood. 'Wilt u dat we iemand voor u roepen? Een van de verpleegsters van uw eenheid?'

Ze waren duidelijk een beetje bezorgd, maar ze hadden haar dan ook midden in de nacht wakker gemaakt en een bom op haar leven laten vallen. 'Weten mijn ouders het al?' was het enige wat ze kon uitbrengen.

'Ja, ze zijn een paar uur geleden op de hoogte gesteld.'

'Zou ik ze kunnen bellen?'

'Ja, dat valt te regelen,' antwoordde de kapitein op zachte toon. 'Als u wilt, kunt u ze nu meteen bellen. Het is in Boston nog vroeg in de avond.'

'Ja, dat wil ik graag,' zei ze heel zachtjes.

Hij liep naar het kantoortje. Lizzie wist dat het nummer van haar ouders bekend was, want zij waren natuurlijk ook haar contact in noodgevallen. De kapitein kwam vijf minuten later terug. 'We kunnen het gesprek nu voor u doorschakelen. Neem zo lang als u nodig hebt. We zorgen ervoor dat u niet gestoord wordt.'

'Dank u wel,' zei ze op fluistertoon en ze volgde hem naar het kantoortje. De kapitein zei iets in de hoorn, de verbinding werd gelegd, waarna hij haar de telefoon gaf en haar alleen liet.

Haar vader nam bijna meteen op, huilend. 'Papa? Papa?

Gaat het een beetje met jou en mama? Ze hebben het me net verteld... Het is zo vreselijk... Zo ontstellend vreselijk. En ik kan niet eens naar jullie toe komen omdat dat blijkbaar te gevaarlijk is.'

'We willen helemaal niet dat je thuiskomt, straks overkomt jou ook nog iets.'

Ze hoorde aan zijn stem hoe aangeslagen hij was en ze wenste dat ze meer kon doen. Toen haar moeder aan de lijn kwam, hoorde ze dat die er zo mogelijk nog erger aan toe was. Ze praatten ruim een kwartier en snikten het alle drie uit. Greg had blijkbaar geprobeerd de patiënten in veiligheid te brengen vlak nadat de eerste vliegtuigen hun bommen dropten. Net als haar ouders kon Lizzie zich een wereld zonder Greg niet voorstellen. Zijn dood was niet te bevatten.

Pas nadat ze had opgehangen en het kantoortje uit liep, zag ze dat beide officieren nog op haar zaten te wachten. Ze bedankte hen, zij condoleerden haar nog een keer, en daarna liep ze met hoofdpijn van al het huilen en in shock naar boven. Audrey was nog wakker en had op haar gewacht. Ze wist het zodra ze Lizzies blik zag. Lizzie zakte snikkend op haar bed neer en Audrey nam haar in haar armen en wiegde haar heen en weer. Lizzie had geen woorden voor hoe ze zich voelde, wat Audrey natuurlijk als geen ander begreep omdat ze het zelf had meegemaakt. Nu was ook Lizzie haar grote broer kwijt door een Japans bombardement.

Lizzie huilde tot ze geen tranen meer had. Audrey ging een kop thee voor haar halen. Het was inmiddels twee uur 's nachts, maar Lizzie kon alleen maar denken aan haar ouders en hun verdriet. Ze had haar vader nog nooit huilend meegemaakt en hij had als een klein jochie geklonken.

'Wat moet ik nou?' Lizzie keek Audrey vragend aan. 'Ik weet het echt niet. Ik kan niet eens naar zijn begrafenis. Volgens de kapitein is dat te gevaarlijk en papa zei ook dat ze niet willen dat ik naar huis kom. Ik moet dus hier blijven. Ze zeiden dat ik vrij mag nemen, maar wat moet ik dan? Volgens mij ga ik liever werken.' Dan kon ze misschien proberen te doen alsof het niet gebeurd was. Alleen was het natuurlijk wel gebeurd. Het was pijnlijk waar. Ze had Henry graag even willen spreken, maar die zat ergens in de rimboe op de Salomonseilanden en was niet te bereiken. Hij zou ongetwijfeld net zo van slag zijn als zij.

Zonder de slaap te kunnen vatten lag ze vervolgens twee uur lang op bed te wachten tot de wekker ging. Audrey hield haar gezelschap. Toen het tijd was, stond ze op en trok haar vliegpak aan.

'Je hoeft echt niet te gaan werken, hè,' opperde Audrey voorzichtig.

Lizzie zag er verfomfaaid uit, maar leek verder wel helder. 'Ik wil niet de hele dag in bed blijven grienen. Dan word ik gek en denk ik toch alleen maar aan Greg. Of aan mijn huilende vader. Als ik naar mijn werk ga, moet ik mezelf in elk geval overeind zien te houden, en ik denk dat dat nu misschien beter is.'

'Doe wat voor jou nu goed voelt,' zei Audrey.

'"Goed" is niet direct het juiste woord. Mijn broer is dood en ik zal hem nooit meer zien.'

'Ja, ik weet het.' En dat was helaas ook echt zo. De

shock, de leegte, het verdriet, het gemis... 'Maar weet je zeker dat je vandaag wilt gaan vliegen?'

'Ik zou niet weten wat ik anders moet. Misschien kan ik dan tenminste nog iemand helpen.'

Audrey had zelf ook een vroege dienst, dus ze kleedden zich allebei aan, waarbij ze Lizzie zo goed mogelijk bijstond, al was dat niet echt nodig. Alleen Lizzies kapsel zag er minder netjes uit dan gewoonlijk, maar dat zag je onder haar pet toch niet. Ze trokken hun schoenen aan en liepen een paar minuten later de deur uit. Audrey week niet van haar zijde tot ze zich voor haar eigen vlucht moest melden en ze met een zwaar gemoed keek naar Lizzie die het trapje van de C-47 Skytrain op liep.

Pru, Charlie en Ed waren net als beide piloten al aan boord. De motoren draaiden, al vertrokken ze pas over een kwartiertje. Lizzie ging zonder iets te zeggen op haar inmiddels vaste klapstoeltje zitten.

Ed keek Pru vragend aan. Ze haalde haar schouders op. Een paar minuten later fluisterde hij: 'Is er iets met haar? Ze ziet eruit alsof ze ziek is of er een flinke slemppartij op heeft zitten.'

'Ik heb geen flauw idee.'

Lizzie babbelde meestal vrolijk wanneer ze aan boord kwam en ze vroeg Reggie altijd naar hun bestemming, maar nu stonden haar ogen dof. Ze stond weer op en liep naar de kast met alle voorraden waar ze zich zo te zien probeerde te herpakken.

Ed kon het niet aanzien en ging met een zorgelijke blik naar haar toe. 'Gaat het wel, Liz? Je hoeft vandaag niet te vliegen als er iets is of je je niet zo lekker voelt.' Hij wilde zich niet met haar zaken bemoeien en zij wilde er duidelijk niets over kwijt.

'Ik moet vandaag vliegen. We hebben werk te doen.' Ze keek hem recht aan, maar haar stem klonk anders.

'Goed, oké, als je het echt zeker weet...' Hij had zich al omgedraaid toen hij als aan de grond genageld bleef staan door wat ze vervolgens zei.

'Mijn broer Greg is gisteren omgekomen. Dat zijn ze me vannacht om twaalf uur komen vertellen. Hij was arts. Het ziekenhuis waar hij werkte is door Japanse gevechtspiloten onder vuur genomen en hij heeft dat niet overleefd.' Ze bleef als een standbeeld staan, totdat hij haar na een korte aarzeling in zijn armen nam. Ze begon te huilen en klampte zich aan hem vast alsof haar leven ervan afhing. Hij zei niets en hield haar alleen maar heel stevig vast.

'O, wat afgrijselijk, Lizzie. Wat volkomen afgrijselijk. Wil je echt niet uitstappen?' fluisterde hij. Ze hadden het allemaal al eens meegemaakt, de meesten in elk geval. Hij kon er nu alleen maar voor haar zijn, meer kon hij niet doen. 'Ik kan vragen of iemand je terugbrengt.'

Ze keek hem aan en schudde vastberaden haar hoofd. 'Ik wil bij jou zijn en ik moet werken.' Ze wist dat dat het enige was waardoor ze niet zou doordraaien en terwijl ze het zei, besefte ze ook dat ze echt bij hem wilde zijn. Omdat hij het net als Audrey snapte.

Hij pakte een doekje en maakte het een beetje nat. Lizzie drukte het tegen haar ogen, depte haar gezicht ermee, gooide het in een emmer en knikte. Hij leidde haar voorzichtig terug naar haar stoel, waar ze haar riemen vastklikte.

Pru keek Ed vragend aan toen hij weer ging zitten. Hij keek terug en schudde zijn hoofd bijna onzichtbaar. Ze snapte meteen wat hij bedoelde; het was een blik waar ze allemaal maar al te bekend mee waren. De blik die het allerergste betekende. Ze wist niet wie het was, wel wat er was gebeurd. Voor de tweede maal in nog geen tweeënhalf jaar tijd werd het tapijt onder Lizzie vandaan getrokken. Het was een wrede speling van het lot, op de wreedst mogelijke manier.

Ed hield Lizzie de rest van de dag goed in de gaten en wilde zich er vooral tijdens hun eerste stop van vergewissen dat ze voorzichtig en alert was. Straks had Lizzie zelf nog medische hulp nodig... Het lukte haar om de manschappen de benodigde zorg te bieden en toen alle gewonden veilig aan boord waren, legde Pru een hand op Lizzies schouder en omhelsde haar even.

Ze vlogen die dag vier missies. Lizzie maakte een afgepeigerde indruk toen de laatste patiënten van de dag onder begeleiding van Charlie in ambulances werden afgevoerd. Ed liep met haar mee terug en omhelsde haar nog een keer heel stevig voordat ze naar binnen gingen. Audrey stond in de hal te wachten en had het slechte nieuws al aan de anderen verteld.

Lizzie keek Ed doordringend aan voordat hij vertrok en bedankte hem. Meer zeggen lukte haar niet, maar ze wist dat ze het die dag zonder hem nooit had gered.

Hij knikte en legde zijn hand even tegen haar wang. 'Je weet me te vinden als je me nodig hebt. Laat het me alsjeblieft weten als ik iets voor je kan doen.' Maar ze wisten allebei dat hij dat niet kon. Niemand kon haar nu helpen. Greg was dood en daar kon niets of niemand iets aan veranderen.

Audrey sloeg haar arm om haar vriendin heen en liep met haar mee naar boven. Lizzie ging zonder haar vliegpak uit te trekken op bed liggen en snikte het uit totdat ze eindelijk in slaap viel. Audrey legde een deken over haar heen en deed het licht uit.

11

In de weken na Gregs dood week Ed niet van Lizzies zijde. Als ze hem nodig had, was hij altijd in de buurt, maar zonder opdringerig te zijn. Hij, Audrey en de andere verpleegsters hielden haar met hun medeleven op de been en zorgden zo dat ze kon functioneren. Ed wist haar ervan te overtuigen om toch ook een paar dagen vrij te nemen. Ze belde haar ouders op de dag van de begrafenis. Door de bommen was er geen lichaam om te begraven. De dienst werd gehouden in St. Leonard's; de grafsteen op het familiegraf zou later worden bijgewerkt. Ze begreep dat haar ouders hun best deden om verder te gaan, maar elke dag was een bezoeking en ze waren doodsbang dat Henry of Lizzie ook iets zou overkomen.

Toen Lizzie zich eindelijk weer iets sterker voelde, begon ze in haar eentje missies te vliegen. Dat betekende dat ze de enige verpleegster aan boord was en zich dus extra goed moest concentreren. En dat hielp zowaar. Ze miste Ed, Pru, Charlie en Reggie wel, maar ze was trots op en blij met haar eigen team. Ed en zij spraken elke dag na het werk af en gingen dan meestal naar de pub of de fish-and-chipstent. Ed was voor haar een soort zuurstof geworden. Hij blies haar als het ware zijn eigen kracht en moed in.

Eind mei liepen ze op een zwoele avond na het eten terug toen hij haar kuste. Het voelde volkomen vanzelfsprekend en natuurlijk, alsof het niet eens de eerste keer was. Ze hadden allebei het idee alsof het in de sterren had gestaan dat ze elkaar zouden ontmoeten.

Audrey was blij voor Lizzie. Zijzelf ging nu al een paar maanden uit met Geoff, de RAF-piloot. Er was geen sprake van verliefdheid of lichamelijke aantrekkingskracht, laat staan hartstocht. Hij had haar na de film een keer gezoend, maar ze had niet in vuur en vlam gestaan en haar hart was niet overgeslagen. 'Misschien zijn we gewoon voorbestemd om vrienden te zijn,' had ze een keer gezegd. 'Dat zou best kunnen,' had hij geantwoord. Ze wilden geen van beiden toekomstplannen maken en deden het rustig aan. Ze wisten natuurlijk niet wat het leven na de oorlog voor hen in petto had, dus ze genoten van elkaars gezelschap en gingen meestal om de week uit eten of naar de film, als hij vrij had en zij het niet te druk had. Ze konden het goed met elkaar vinden en de afspraakjes waren altijd gezellig. En dat was voor hen allebei genoeg. De andere verpleegsters plaagden haar ermee, maar dat vond ze niet erg. Ze had graag dezelfde gevoelens voor Geoff gekoesterd als Lizzie voor Ed had, maar dat was gewoon niet zo. Lizzie vond het op haar beurt jammer voor haar vriendin en hoopte dat ze nog eens iemand anders zou ontmoeten.

Ongeveer een maand na Gregs dood liepen Lizzie en Ed na hun werk terug toen hij haar met iets overviel. Hij liep er al een hele tijd mee rond en had het er ook al met Pru over gehad. Zij vond het een goed idee en had gezegd dat hij het met Lizzie moest bespreken. Ze hadden het immers over van alles, over het verleden en het heden, over hun dromen en hun ergste nachtmerries. Alleen de toekomst was vanwege de oorlog en alle onzekerheid een teer punt. En toch hadden ze, zonder ernaar op zoek te zijn, alsnog hun zielsverwant gevonden.

Hij bleef stilstaan en keek haar aan. 'Als we deze ellende allebei overleven,' zei hij kalmpjes, 'zullen we dan samen geneeskunde gaan studeren? Ik heb nog geen idee hoe ik dat moet betalen, maar mijn moeder redt het tegenwoordig aardig goed. Ze heeft na het uitbreken van de oorlog een goede betrekking gevonden en al mijn broers en zussen zijn inmiddels het huis uit en verdienen hun eigen geld.' Twee van zijn broers waren afgekeurd voor militaire dienst en hadden door het tekort aan jonge mannelijke arbeidskrachten snel een baan gevonden. Zijn andere drie broers zaten allemaal in het leger en waren gelukkig nog ongedeerd. Een van zijn zussen was getrouwd met de zoon van de dorpsslager toen hij met verlof was; zijn familie had voor hen allebei een goede baan weten te regelen. Eds andere zus zat in het klooster. Daardoor had hij na de oorlog dus opeens minder familieverplichtingen. 'Ik heb gehoord dat er na de oorlog veteranenbeurzen komen en hoe dan ook meer opleidingsmogelijkheden. Met mijn werkervaring kan ik op een ambulance gaan rijden, maar als ik deze godvergeten oorlog overleef, heeft dat misschien een reden. Behalve dan natuurlijk dat wij elkaar hebben leren kennen en dat ik van je hou. En dan wil ik dit toch ook nog even duidelijk zeggen, Lizzie: dat het bijna misdadig zou zijn als jij geen geneeskunde ging studeren. Je hebt meer aanleg voor het vak dan welke arts ook.'

'Ha, moet je horen wie het zegt,' antwoordde ze grijnzend. 'En daarna? Samen ergens als arts werken?' Het klonk geweldig, maar ook een beetje onrealistisch. 'Maar waar moeten we dan studeren? Als arts mag je uitsluitend werken in het land waar je bent opgeleid.' Lizzie dacht vooral aan de praktische kant van de plannen, en nu Greg er niet meer was moest ze voor haar ouders echt terug naar Boston.

'Hé, ben je die neef van me in Boston soms vergeten?' plaagde hij. 'Waarin zou je je trouwens willen specialiseren? Of wil je misschien gewoon huisarts worden?'

Ze antwoordde niet meteen. 'Ik dacht eerder aan kindergeneeskunde. Dat lijkt me na dit alles wel een fijn, optimistisch vakgebied. En jij?'

'Ja, zoiets zat ik ook te denken. Mij spreekt verloskunde om dezelfde redenen aan. Ik teken er direct voor als ik hierna nooit meer een bloedend, aan flarden gescheurd mannenlichaam hoef te zien dat onherstelbaar is beschadigd.'

Lizzie had de indruk dat haar vader er na de oorlog niet meer zo fel op tegen zou zijn als ze geneeskunde wilde studeren, maar eerst moesten ze ervoor zorgen dat ze allebei in leven bleven. Het was nog te vroeg om plannen te maken. Er waren te veel onzekerheden en ze wilden het lot niet tarten.

Er gingen al enige tijd geruchten dat er voor de Franse kust een grote invasie op stapel stond, maar het plan was uiterst geheim en niemand kende de details. De C-47's waren te log en te zwaar om op het strand te landen, en dat betekende dat de gewonden met hospitaalschepen moesten worden geëvacueerd. Er schenen zelfs al een paar hun kant op te komen, maar die waren nog niet gesignaleerd.

Vijf dagen na Lizzie en Eds min of meer vrijblijvende gesprekje over een geneeskundestudie, lagen Audrey en Lizzie te slapen toen de nachtwaker op alle kamerdeuren in het gebouw bonsde. Er klonk een luid alarm en iedereen stond dan ook binnen een paar minuten op de gang in afwachting van instructies. Voor de kust lag nu inderdaad een hospitaalschip voor anker, dat eerder die nacht was aangekomen en zojuist door de Duitsers was gebombardeerd. Het was aan het zinken en er waren zo veel mogelijk hulptroepen nodig om de gewonden van het schip en uit het water te redden. Het was de bedoeling dat de C-47's zo dicht mogelijk bij de kust zouden landen en de gewonde manschappen snel naar het ziekenhuis zouden overbrengen. Volgens de bevelvoerend officier stond het schip in brand en maakte het in rap tempo water. De Luftwaffe was duidelijk op de hoogte geweest van het transport en had het ondanks het zichtbare rode kruis rücksichtslos gebombardeerd. Een tweede hospitaalschip dat op weg was geweest naar Southampton was op volle zee gebombardeerd.

Lizzie trok pijlsnel haar vliegpak aan en zette het samen met tientallen andere verpleegsters op een lopen naar de startbaan of het ziekenhuis. Op een gegeven moment zag ze Pru voorbijrennen, terwijl ambulances met een noodgang wegreden. Ze ging ervan uit dat de hospikken ook allemaal waren gewaarschuwd. Emma en Audrey stonden al klaar op de startbaan, net als veel andere bekende gezichten. Lizzies team was al snel compleet. De C-47's stegen een voor een op, bleven laag vliegen en bereikten na een korte vlucht de kust. En toen zagen ze het hospitaalschip en de honderden mannen in het water. Er schenen vijftienhonderd zieken en gewonden aan boord te zijn geweest, exclusief de bemanning. Het schip maakte slagzij en juist op dat moment zagen ze in de verte een paar Duitse gevechtsvliegtuigen naderen. Nadat die hun bommen hadden gelost, waren het dek en het water eromheen bezaaid met doden. Het was een ontstellend bloedbad.

Reggie probeerde uit het zicht te blijven tot de Duitsers weg waren en landde daarna in een veld zo dicht mogelijk bij het water. Ambulancepersoneel en militairen die met vrachtwagens waren gekomen, grepen draagbaren en spoedden zich naar de waterkant. Er voeren al reddingsboten van de marine om het schip heen om zo veel mogelijk drenkelingen uit het water en van de reddingsvlotten te vissen. Omdat de tanks van het schip niet leeg waren, vonden er nog steeds explosies plaats. Op het strand was het een grote georganiseerde chaos van ambulances die af en aan reden. In het water bevonden zich zowel reddingswerkers als gewonden en doden.

Ze werkten tot het ochtendgloren door en probeerden zo veel mogelijk manschappen te redden. Dat waren er niet veel. Uiteindelijk waren er slechts 390 overlevenden; 1400 anderen haalden het niet. Het schip zonk voor zonsopgang; er stegen nog urenlang rookpluimen op uit de golven. Van het schip dat onderweg was geweest naar Southampton overleefden slechts 84 mannen het. Het ziekenhuis barstte uit zijn voegen en alle vliegtuigen werden ingezet om die ochtend nog eens honderden patiënten naar andere militaire bases over te brengen. Lizzie vloog vier keer op en neer en verloor die ochtend meerdere patiënten, van wie er veel onherkenbaar waren verbrand.

Lizzie zag Ed die middag na een loodzware dienst pas weer in de mess. Iedereen was uitgeput, smerig en woest over de meedogenloze aanval. Het was een verschrikkelijke tragedie en een enorme overwinning voor de Duitsers. Ed kwam samen met Bertie, Reggies copiloot, bij Lizzie zitten, en Pru voegde zich even later ook bij hen.

'Gaat het?' vroeg Ed. Lizzie knikte. Ze was verslagen en verdrietig en was met haar gedachten bij alle ouders die die dag bezoek zouden krijgen van officieren. Voor manschappen met een lagere rang werd het nieuws per telegram gemeld, maar het resultaat was hetzelfde: hartverscheurend nieuws voor degenen die van al die militairen hadden gehouden die er nu niet meer waren. Lizzie snapte nu zelf maar al te goed hoe dat voelde.

'Ik heb nog nooit zoiets afgrijselijks gezien.' Ed had een woeste blik in zijn ogen.

'Ik hoop vooral nooit meer zoiets te zien,' fluisterde Bertie. Het was oorlog op z'n ergst en wreedst.

Iedereen had de rest van de dag vrij. Ze waren te uitgeput om nog een missie te vliegen en er werden die dag geen manschappen van het front geëvacueerd. De verpleegsters die in het ziekenhuis dubbele diensten draaiden, zaten in groepjes met elkaar te praten. Lizzie bood aan om een dienst mee te werken. Ed ging naar bed om een paar uur bij te slapen.

De geheime invasie van Normandië begon exact een week later, op 6 juni 1944. De gewonden werden op schepen voor de kust gestabiliseerd en daarna naar een voor de C-47's geschikte landingsplek aan de Britse kust overgebracht. Het merendeel van de eerste hulp vond plaats in het militair hospitaal van de marine in Southampton. Vanaf daar werden de patiënten vervolgens naar andere ziekenhuizen in Engeland vervoerd, deels via de lucht. Het leger, de luchtmacht en de marine werkten nauw samen voor D-day, waarbij elk legeronderdeel zijn eigen taken en verantwoordelijkheden had. Vlak voor de Franse kust lag een enorme vloot torpedobootjagers, kruisers en slagschepen die de Duitse stellingen bestookten. Het doel van de landing was Parijs te bevrijden, Noord-Frankrijk te heroveren en de Duitse bezetters terug te dringen. Omdat het om een landing via de lucht en het water ging, met alle bijbehorende oorlogshandelingen, waren er geen verpleegsters bij de operatie betrokken – dat was te gevaarlijk. De legerartsen en hospikken werden op het strand net zo vaak beschoten als andere militairen. Er sneuvelden onbeschrijflijk veel manschappen. De gewonden werden waar mogelijk ter plekke geholpen op een veilig stuk strand, terwijl een volgende golf landingsvaartuigen alweer nieuwe manschappen uitbraakte. Als het kon werden de gewonden met diezelfde landingsvaartuigen onmiddellijk in veiligheid gebracht. Er waren zelfs speciaal uitgeruste landingsvaartuigen met plek voor maar liefst 147 draagbaren, waar de gewonden in rijen boven elkaar lagen. Het was een unieke en onvoorstelbaar grootschalige operatie, maar het betekende helaas ook dat alle militaire hospitalen op het Britse vasteland al snel overbezet waren. Zeventien dagen na de invasie werden er vanaf de Franse kust nóg gewonden geëvacueerd.

De MAET-verpleegsters draaiden wekenlang dubbele diensten. Overdag voerden ze hun gebruikelijke vliegmissies uit en haalden gewonden op van de frontlinie. Daarna draaiden ze extra ziekenhuisdiensten vanwege het grote aantal patiënten. Zelfs de gangen stonden vol met brancards omdat er nergens anders plek was. Het ziekenhuis veranderde in één grote mierenhoop van verpleegsters, artsen, hospikken en verpleeghulpen die handen tekortkwamen en de enorme hoeveelheid patiënten zo goed en zo kwaad als het ging oplapten. Ook Louise werd van haar krijgsgevangenendienst ontheven om in het ziekenhuis aan de slag te gaan. Voor het eerst behandelde ze geallieerde militairen zonder dat haar huidskleur ertoe deed, en dat was voor haar niet minder dan een doorbraak.

Alex rende verwoed van bed naar bed, waarbij er om de paar meter wel iemand om hulp smeekte en vroeg of ze alsjeblieft iets tegen de pijn kon doen. Veel mannen hadden brandwonden in hun gezicht en over hun hele lichaam, geamputeerde ledematen of waren doorzeefd door granaatscherven. Vanuit militair oogpunt was de invasie weliswaar geslaagd, maar het was ten koste gegaan van een godsgruwelijk aantal levens.

Alex was al uren in touw toen een man op een brancard haar arm vastgreep terwijl ze langs hem snelde op weg naar een soldaat verderop die om morfine smeekte. Ze zag dat zijn ene – erg lange – been in het gips zat en dat de brancard te klein voor hem was. 'Ik kom zo bij je, echt, beloofd. Maar ik moet die jongen eerst een injectie geven, hij wacht al uren.'

'Hé, een landgenoot,' antwoordde hij met een verbaasde grijns, zonder haar arm los te laten. 'Ik dacht dat iedereen hier Brits was,' voegde hij er met een diepe stem aan toe.

'Nee, hoor, niet iedereen.' Ze wurmde zich los, haastte zich naar de andere militair, gaf hem een morfine-injectie en was binnen een paar minuten zoals beloofd weer bij de Amerikaan terug.

'En hoe kom jij hier?' Hij had donker haar, warme bruine ogen en een verweerd, mannelijk gezicht. Behalve het gebroken been zag ze brandwonden op zijn armen en schouders. Toch klaagde hij niet, terwijl hij bovendien op de te korte brancard onmogelijk lekker kon liggen.

'Ik ben verpleegster.' Ze glimlachte, maar wilde eigenlijk meteen door naar de rest van haar patiënten. Ze had er dertig in totaal, allemaal van de Amerikaanse marine of het Korps Mariniers. Een paar waren ernstig gewond en stonden op de lijst om zo snel mogelijk naar huis terug te gaan. Alleen hadden de Duitsers een maand daarvoor nog eens twee hospitaalschepen tot zinken gebracht, dus dat kon niet op stel en sprong.

'Maar hoezo dan in Engeland?' Hij zat duidelijk verlegen om een praatje, alleen had ze daar echt geen tijd voor.

'Ik ben via het verpleegsterskorps van de Amerikaanse luchtmacht gedetacheerd bij de RAF. We doen hier de medische evacuatievluchten,' antwoordde ze. 'En nu zorg ik dus ook even voor jullie nadat jullie zo moedig waren om even een uitstapje naar Normandië te maken.' Ze glimlachte naar hem.

'Heb je toevallig een sigaret voor me?'

Ze schudde haar hoofd. 'Niet bij me. Je mag hier in de gang ook niet roken. Je weet wel, brandgevaar en zo.'

'Zou je dan misschien een peuk voor me kunnen regelen en me ergens naartoe kunnen brengen waar ik wel mag roken?' Hij had een ondeugende blik in zijn ogen, maar hij was ondanks zijn ruige uitstraling verre van onbeleefd. Dat hij niet klaagde vond ze opvallend, vooral omdat ze de hele nacht met huilende, kermende gewonden was geconfronteerd, van wie sommige het uitschreeuwden van de pijn. Helaas hadden sommige mannen zulk ernstig letsel en zulke zware brandwonden dat ze maar weinig voor ze kon betekenen.

Ze aarzelde, maar zei toen: 'Ik hoop over een uur klaar te zijn met mijn medicijnronde. Ik zal kijken wat ik voor je kan doen. Om te beginnen zou ik graag een iets langere brancard voor je regelen.'

'Ik ben allang blij dat ik niet meer op dat strand lig. Toen ze me naar een landingsvaartuig sleepten, ben ik bijna door twee tanks en een bulldozer overreden.'

Haar gezicht vertrok. 'Jakkes, dat klinkt akelig.' Ze had inderdaad gehoord dat soldaten gewond waren geraakt en soms zelfs gedood door al het zware materieel dat aan land moest worden gebracht. De stranden waren bezaaid geweest met lichamen.

'En waar kom je vandaan?' vroeg hij.

'New York.'

'Aha. Daar komt dat chique accent dus vandaan.'

Alex trok bijna een grimas omdat mensen in Engeland het niet leken te horen en haar Amerikaanse collega's er gelukkig nooit iets van zeiden. Pru had hetzelfde probleem met Britten. Emma had destijds ook meteen haar conclusies getrokken toen ze haar bekakte accent hoorde. 'Och, dat valt best mee, hoor,' luidde haar vage antwoord, terwijl ze aanstalten maakte om verder te gaan met haar medicijnronde.

'Hoe heet je?' Hij wilde echt graag even praten.

'Luitenant White,' luidde haar formele antwoord.

Hij schoot in de lach. 'Aangenaam, ik ben onderofficier derde klasse Dan Stanley, uit Pittsburgh.'

Hij wilde blijkbaar graag dat ze zich hem zou herinneren, alsof hij het nodig had om meer dan een anonieme patiënt te zijn, een kapot lichaam zonder naam.

'Aangenaam, onderofficier,' zei ze grijnzend. 'Maar ik moet nu helaas echt weer door met mijn werk, want anders heb ik straks dertig ontevreden patiënten die nog steeds heel erge pijn hebben.'

'Heb je ook een voornaam?' Het was een brutale maar geen vrijpostige vraag.

'Alex. Weet je toevallig of er hier nog andere mannen uit je eenheid liggen?' Ze vroeg zich af of ze hem kon laten verplaatsen, zodat hij dienstmakkers had met wie hij kon praten. Hij was helder en klaarwakker en kon duidelijk wel wat gezelschap gebruiken.

'Nee, die zijn naar een ander ziekenhuis gebracht. Ik ben ze kwijtgeraakt toen ik op het strand mijn been brak. Ze hebben me vanaf het schip meteen hiernaartoe gebracht.

En wie weet was dat uiteindelijk wel het beste wat me had kunnen overkomen,' zei hij met een glinstering in zijn ogen.

Ze ging niet op zijn opmerking in. 'Nou, als ik nog een sigaret vind, kom ik 'm straks wel even brengen.' En daarna liep ze snel weg voordat hij haar nog een vraag kon stellen.

Het duurde nog anderhalf uur voordat ze alle medicijnen had uitgedeeld, maar ze was het verzoek van de onderofficier niet vergeten en ze sprak een hospik aan van wie ze waarschijnlijk wel een sigaret kon bietsen.

Hij keek haar verbaasd aan. 'Mag jij tijdens je dienst dan roken?'

Ze lachte. 'Nee nee, ik heb mijn eerdere pauze overgeslagen en die peuk is voor een van mijn patiënten.'

Hij overhandigde haar grijnzend een sigaret en een lucifersdoosje.

Ze liep door de gang terug naar de marineofficier op de brancard. Hij was nog wakker en lag naar het plafond te staren.

'Daar ben je weer!' Er verscheen meteen een brede grijns op zijn gezicht.

'Ja, en ik ga dat verband nu meteen verschonen,' zei ze op professionele toon.

'Maar dat hebben ze net al gedaan.' Hij keek teleurgesteld.

Ze rolde zwijgend de brancard door de gang, nam voorzichtig een vrij scherpe bocht naar links, liep nog een gang door en stopte aan het eind. Er waren nergens andere patiënten en ook geen behandelkamers te zien. Alex toverde de sigaret en de lucifers uit haar zak.

‘Dat noem ik nou nog ’s een gewiekste actie!’ zei hij schaterend. Hij stak de peuk dankbaar tussen zijn lippen en probeerde hem liggend aan te steken, wat er nogal onhandig en gevaarlijk uitzag.

Alex pakte de lucifers van hem over voordat hij nog meer brandwonden zou oplopen. ‘Hé, als je jezelf in brand steekt, kom ik voor de krijgsraad en sturen ze me naar huis. En ik hou van mijn werk. Meestal tenminste, met name als ik vlieg.’

‘Dank je wel voor de peuk. Ik ging ervan uit dat je me zou vergeten.’

Die kans was niet groot, want hij had een uitgesproken persoonlijkheid en ondanks zijn verwondingen gevoel voor humor. Hij was op dat strand ongetwijfeld door een hel gegaan, maar hij leek opvallend goed geluimd en dankbaar dat hij nog leefde.

‘En wat doe je in het echte leven, Alex? Als je dus niet hier aan het werk bent.’ Hij wilde haar leren kennen maar wilde ook dat iemand hém leerde kennen. Dat iemand zou weten dat hij bestond, als een soort bewijs dat hij nog leefde. Terwijl zij vond dat hij ondanks de verschrikkingen van D-day juist iets heel vitaals uitstraalde.

‘Dan ga ik naar feestjes en maak ruzie met mijn moeder,’ zei ze grijnzend. ‘Maar eerlijk gezegd ben ik in het “echte” leven ook gewoon verpleegster. Zo ben ik hier beland. Ik heb een tijdje in San Francisco gezeten voor het leger en me toen vrijwillig aangemeld om hiernaartoe te komen voor de MAET-eenheid. Dat is zeg maar een soort luchtambulance waarmee we gewonden van de frontlinie evacueren.’

'Gevaarlijk werk.' Hij was zichtbaar onder de indruk.

'Soms wel, ja,' bekende ze. 'Ik heb tot nu toe geluk gehad.'

'Ik ook. En al helemaal omdat ik jou heb ontmoet.' Zijn sigaret was op. Ze pakte hem uit zijn hand, drukte de peuk uit op de zool van haar schoen en stopte hem in de zak van haar schort. Daarna keerde ze de brancard en rolde hem voorzichtig terug naar zijn oorspronkelijke plek.

'Dank je wel,' zei hij met een blije glimlach.

Ze zette de brancard op de rem. 'Geen dank. Als ik jou was, zou ik trouwens echt proberen een tijdje te slapen. Ik kom als ik met mijn dienst klaar ben nog wel even bij je kijken.'

'En wanneer is dat?'

'Om middernacht. En nee, dan breng ik je niet naar de pub voor een pint en een peuk,' zei ze streng. Hij schoot in de lach. Dan Stanley leek haar van het type ruwe bolster, blanke pit, en ze snapte niet helemaal hoe het kwam, maar ze mocht hem wel.

'Niet te hard werken, hè,' riep hij haar na toen ze achteromkeek en naar hem wuifde.

Ze had nog een paar ernstig gewonden bij wie ze langs moest en toen ze eindelijk klaar was en even bij hem langsging, lag hij op zijn rug te snurken. Ze liep met een brede grijns naar de balie om zich af te melden. Hij was die avond een welkom lichtpuntje geweest. Een van haar patiënten had het niet gered en de meeste waren er heel slecht aan toe. Ze vermoedde dat onderofficier Stanley binnenkort naar Amerika terug kon. Dan was de oorlog voor hem in elk geval afgelopen en kon hij zijn gewone leven weer oppakken. Sommige patiënten moesten waarschijnlijk nog maanden in het ziekenhuis blijven en meerdere operaties ondergaan. Hun leven zou hoe dan ook nooit meer hetzelfde zijn. Andere mannen waren voor altijd verminkt. Ze wist dat Dans conclusie klopte: hij had inderdaad geluk gehad.

Het was maar een klein eindje lopen naar het slaapgebouw en het was een prachtige zomernacht in juni. Je zou zomaar kunnen denken dat alles goed was, maar de patiënten en alle verpleegsters die voor hen zorgden wisten wel beter, en dat maakte het moeilijk om te geloven dat het ooit nog goed zou komen met de wereld.

12

Alex ging de volgende dag voordat ze aan haar avonddienst begon even naar onderofficier Stanley om zijn humeur op te peppen. Ze had er al een hele werkdag op zitten met haar evacuatieteam. Iedereen draaide sinds D-day dubbele en soms zelfs driedubbele diensten, maar er kwam langzaam maar zeker wat meer lucht omdat de lichtgewonden naar hun eenheden terugkeerden en de ernstig gewonden zodra ze de reis aankonden naar huis werden verscheept. De marine stuurde eigen mensen naar het militair hospitaal om de vinger aan de pols te houden en ze deden zelfs hun eigen triage. Tot ontzetting van het medisch personeel keurden ze mannen voor actieve dienst goed terwijl ze er veel te slecht aan toe waren om weer te gaan vechten. Helaas bleken ze zo ontzettend nodig aan het front dat de marine het zich niet kon veroorloven ze naar huis te sturen.

Alex trof onderofficier Stanley zowaar op zaal aan, en zelfs in een heus bed. Hij had zich met hulp en ondanks het gips kunnen scheren en douchen. 'Ik zie dat je bent verhuisd.' Ze stak hem stiekem een sigaret toe.

Die borg hij breed grijnzend meteen op in het borstzakje van zijn ziekenhuispyjama. 'Dank je wel.'

'Hoe gaat het?'

'Beter nu ik jou zie, maar ik heb vanochtend helaas slecht nieuws gekregen. Ze sturen me zodra ik weer op de been ben terug naar het front. Waar dat tegen die tijd dan ook mag liggen.'

Alex was verbaasd en geschokt. 'Je wordt met derdegraadsbrandwonden en een gebroken been niet naar huis gestuurd?'

'De marine is niet snel onder de indruk. Ze verwachten dat ik over een paar weken weer kan lopen. Maar ik ben er inderdaad niet blij mee. Ik vecht al tweeënhalf jaar in Europa. Dat is lang, hoor. Van mij mag die oorlog nu weleens voorbij zijn.'

'Ja, van wie niet,' zei Alex. 'Maar je bent hier echt nog wel een poosje. Dat gips moet nog zeker zes weken blijven zitten.' Dat betekende dat hij tot half of eind juli in het ziekenhuis lag.

'Ah, nou, tegen die tijd ben ik vast wel weer klaar voor de strijd. Laat me dan nog maar een Duitser of twee doden voordat ik naar huis ga. Ze hebben ons al genoeg ellende bezorgd.'

De geallieerde opmars naar Parijs verliep traag door de felle tegenstand van de Duitsers. Op het Normandische platteland werd om bijna elk dorp en elke stad gevochten, met veel hulp van het Franse verzet.

'Maar zo kan ik voordat ik weer naar het front moet jou in elk geval nog vaak zien.' Hij keek haar met een blik vol verlangen aan, en zo doordringend dat het leek alsof hij in haar ziel wilde kijken. Het gaf haar een beetje een ongemakkelijk gevoel, maar aan de andere kant was het ook moeilijk te weerstaan. Ze moest aan zichzelf toegeven dat ze hem aantrekkelijk vond, maar ze snapte nog steeds niet precies waarom. Hij was niet direct knap te noemen, maar straalde wel iets krachtigs uit terwijl hij duidelijk ook een zachte kant had. Hij maakte haar vaak aan het lachen en stak niet onder stoelen of banken dat hij haar aantrekkelijk vond. Daarbij was ze het niet gewend dat een man zo direct was.

'Wat doet je vader eigenlijk?' vroeg Dan Stanley op een dag. Hij was nieuwsgierig en had de indruk dat ze intelligent was en van goeden huize kwam.

'Bankier.' Ze geneerde zich nu een beetje, maar hij stelde directe vragen en verwachtte dat ze die ook gewoon beantwoordde.

'En heb je hier een vriend? Of thuis?'

Dat vond ze een veel te persoonlijke vraag, en toch antwoordde ze gewoon weer. 'Nee. Daar hebben we het hier te druk voor.' Al was dat niet helemaal waar, want Ed en Lizzie waren inmiddels echt een stel.

'Dat snap ik niet helemaal. Je bent een erg mooie jonge vrouw. Ik kan me niet voorstellen dat je geen hordes mannen achter je aan hebt lopen.'

Ze grinnikte. 'Ik ben een verpleegster, beste onderofficier, geen filmster. Ik werk aan boord van een luchtambulance. We halen met elke vlucht vierentwintig gewonden van het front op en we vliegen meerdere vluchten op een dag. Momenteel draai ik hier nu ook nog eens extra nachtdiensten. Eerlijk gezegd ben ik bekaf tegen de tijd dat ik klaar ben met mijn werk. Al zullen die nachtdiensten natuurlijk niet eeuwig nodig zijn.'

'Ik werk voor ons familiebedrijf, een vleesgroothandel,' zei hij, zonder dat ze daarnaar had gevraagd. 'We leveren vooral rundvlees aan toprestaurants en hotels. Niet erg tot de verbeelding sprekend, maar wel lucratief. Mijn familie verdient er in elk geval een goeie boterham mee. Mijn vader is de eigenaar, ik run het bedrijf. We hebben in Philadelphia een van de beste slagerijen van de stad. De goedlopende groothandel zit in Pittsburgh. Maar dat klinkt in jouw oren vast allemaal heel plat.'

Daarmee sloeg hij de spijker op de kop, want dat was precies wat ze had gedacht. Ze voelde zich nu net haar moeder en schaamde zich vreselijk voor die hooghartigheid. Wat maakte het nou uit hoe hij zijn geld verdiende? Maar toen ze hem zich vervolgens probeerde voor te stellen op een van de feestjes van haar ouders schoot ze onwillekeurig bijna in de lach.

'Had ik gelijk toen ik iets over dat accent van je zei? Iets zegt me dat er behoorlijk blauw bloed door jouw aderen stroomt,' zei hij met een vaag handgebaar naar haar armen.

Ze keek hem doordringend aan en vroeg: 'Doet dat ertoe?'

'Nee,' zei hij eenvoudig. 'Maar misschien voor jou of je ouders wel.' Ook nu legde hij zijn vinger precies op de zere plek.

'Nou, voor mij zeker niet. Het is niet meer dan een excuus voor elitaire dikdoenerij, achterhaalde tradities en onfatsoen. En dat is echt niks voor mij.'

'Dan ben je een rebel, of een moderne vrouw.'

'Misschien allebei wel een beetje.' Hoewel ze er nooit op die manier over had nagedacht.

'Ben je daarom in dienst gegaan? Om te bewijzen dat je anders bent dan je ouders?'

'Dat speelt mee, ja. Maar ik deed het vooral omdat ik iets voor mijn land wilde doen.'

'Dat siert je,' zei hij. 'Want dat had je niet hoeven doen. Je had ook thuis kunnen blijven en net als je moeder gewoon naar feestjes en partijen kunnen blijven gaan.'

'Ja, maar zo ben ik niet. Ik kom op voor zaken waarin ik geloof. En dat zijn dus niet de normen en waarden van mijn ouders. Ik vind andere dingen veel belangrijker, zoals deze oorlog winnen. En neem maar van mij aan dat ik mijn uiterste best doe om dat te bespoedigen.' Ze wierp hem een beetje een vreemde blik toe. 'Waarom vertel ik je dit eigenlijk allemaal?'

'Omdat ik je ernaar vroeg en omdat je oprecht bent. Je bent een fascinerende vrouw, Alex. Dat vond ik al toen ik je hier voor het eerst zag. Bovendien kom je je beloftes na, want je bent me die allereerste sigaret toen komen brengen. En elke keer dat je zei dat je bij me langs zou komen, kwam je ook.'

Daar ging ze niet op in. 'Het moet voor jou heel zwaar zijn om zo ver van huis te zijn, en dan ook nog gewond,' zei ze op zachte toon. 'Alles wat ik over Normandië heb gehoord, klonk afschuwelijk. Je moet heel moedig zijn.'

'Nee, hoor, niet echt,' zei hij eerlijk. 'Je doet gewoon wat er van je gevraagd wordt, en dat doe je dan zo goed mogelijk. De rest wijst zichzelf.'

'Ja, zo denk ik ook het liefst. Alleen is geluk hebben in het leven wel zo makkelijk. Mijn ouders treffen het en hebben het heel goed. Mijn zus trouwens ook. Alleen hebben ze dat zelf niet door. Ze zijn nergens dankbaar voor. Terwijl ik me elke ochtend weer gelukkig prijs.'

'Dat gevoel had ik al toen ik je voor het eerst sprak.'

'Ja, maar dat zou weleens kunnen veranderen als ik nu niet mijn medicatieronde ga doen. Want dan blijven mijn patiënten pijn lijden en wordt de hoofdzuster boos.'

'Ik geniet van onze gesprekjes,' zei hij met een schuchtere glimlach. 'Ik denk vaak aan je. En het kan me niks schelen wat je achtergrond is of wie je bent. Ik vind je aardig. Dat wilde ik je graag even zeggen. Ik vind het leuk om je te plagen met die hete aardappel in je keel, maar ik vind het totaal niet belangrijk. Ik ben niemand, gewoon een slager uit Pittsburgh met een gebroken been.'

Zijn achtergrond kon haar ook niets schelen. Hij had iets heerlijk mannelijks, eigenlijk vond ze hem een soort grote knuffelbeer. Ze wist dat haar ouders niets van hem zouden moeten hebben, maar daar had ze lak aan. Ze maakte nu deel uit van een heel andere wereld, en een heel waarachtige wereld bovendien.

Het werd al gauw een fijn ritueel. Elke avond ging ze voor haar dienst eerst bij hem langs, tijdens de pauzes kletsten ze meestal, en ze kwam hem als ze klaar was altijd gedag zeggen. Ze stond versteld van zijn lengte toen zijn gips er eindelijk af mocht. Hij was net geen twee meter lang en deed haar nu helemaal aan een reuzeteddybeer denken. Op haar vrije dag stelde hij voor om samen te gaan lunchen. Ze voerden een geanimeerd gesprek over honkbal, waar hij een groot liefhebber van was, en zij vertelde hem over haar medische evacuatiewerk en dat ze na de oorlog ander verpleegwerk wilde gaan doen. Hij had een oudere broer voor wie hij geen goed woord overhad, die nog nooit had gewerkt voor de kost en alleen maar profiteerde van het familiekapitaal. Uit zijn verhalen begreep ze dat Dan zelf een keiharde werker was.

'Is het goed als ik nadat we Parijs in handen hebben – en dat gaat echt binnenkort gebeuren – en we die verdomde nazi's eindelijk terug naar hun eigen land hebben gebonjourd, hier terugkom voor jou?'

'Als ik er dan nog ben,' zei ze voorzichtig. Ze vond hem veel leuker dan ze had verwacht, als mens maar ook als man. Ze had hem hoog zitten omdat hij geen kapsones had en geen spelletjes speelde. Dat hij zo'n harde werker was vond ze fijn; hij had haar inmiddels van alles over hun bedrijf uitgelegd. Hij was drieëndertig. Zij was vierentwintig, maar iedereen werd door de oorlog sneller oud.

'Misschien kun je na de bevrijding zelfs naar Parijs komen voordat we allemaal weer naar huis gaan? En ik kan in New York natuurlijk ook bij je langskomen.'

Alex grinnikte toen ze dat voor zich zag. Haar moeder zou een toeval krijgen als ze Dan Stanley zou ontmoeten, de eigenaar van een vleesgroothandel uit Pittsburgh. Terwijl ze zich niet kon herinneren dat ze ooit eerder zo'n aantrekkelijke man had ontmoet. Hij was een mannenman, door en door oprecht en puur.

'Je zou mijn familie vreselijk vinden,' zei ze.

'En zij mij vast ook, maar is dat belangrijk voor jou, Alex?'

'Ik denk het niet. Volgens mij vinden ze mij ook vrij vreselijk. Ze keuren alles af wat ik doe en vinden me maar een rare.'

'Hebben ze enig idee wat je hier doet?' vroeg hij. 'Want ik heb wat rondgevraagd over jouw eenheid. Jullie worden de Flying Angels genoemd. En zo te horen is dat inderdaad precies wat jullie zijn. Ik heb je nog nooit in actie gezien in de lucht, maar je was hier voor mij ook een engel. Omaha Beach was geen pretje. Toen ik daar op het strand lag, dacht ik echt dat ik er was geweest. Tot ik hier in het ziekenhuis wakker werd en jou ontmoette. Op dat moment dacht ik dat het misschien voorbestemd was, omdat ik jou anders nooit had leren kennen. Ik heb nog nooit een vrouw ontmoet met wie ik echt iets wilde. Ik heb het altijd te druk gehad met het familiebedrijf uitbouwen tot iets waar we allemaal trots op kunnen zijn. En dat ben ik ook echt. Maar toen kwam jij in mijn leven. De vrouwen die ik ken, wilden altijd iets van me. Er was altijd een verborgen agenda. En verdomme, jij wilt gewoon helemaal niks van me! Je bent gewoon puur wie je bent, een engel in vlieguitrusting. Ik zou het heel jammer vinden als we elkaar uit het oog verloren en zou in Amerika graag nog eens met je afspreken. Het is voor mij geen enkel probleem om naar New York te komen. We zouden bijvoorbeeld een keer naar een wedstrijd van de Yankees kunnen gaan. Dan trakteer ik je daarna op een etentje in een heel goed restaurant. Enkele van onze beste klanten zitten in Manhattan: het Plaza Hotel, het Pierre, de 21 Club.'

Pas toen besefte ze hoe groot zijn bedrijf werkelijk was. Hij had net een paar absolute toprestaurants genoemd.

Blijkbaar had hij eerder niet willen opscheppen. Hij genoot van haar gezelschap, gewoon omdat hij een man was en zij een vrouw, hij een slager en zij een verpleegster in plaats van hij als de succesvolle zakenman en zij als de voormalige debutante.

Ze kwam hem uitzwaaien toen hij samen met vier anderen terug naar het front moest. De havenstad Cherbourg was inmiddels in geallieerde handen. Caen was door geallieerde bommen grotendeels verwoest, waarna de Duitsers zich hadden terugtrokken. Zijn eenheid zat nu ergens op het schiereiland Cotentin.

'Zorg alsjeblieft goed voor jezelf,' drukte ze hem op het hart. 'Ik ga er namelijk van uit dat ik je of in Parijs of in New York weer zie. En let een beetje op dat been van je.'

'Zorg jij ook maar goed voor jezelf,' zei hij zacht. 'En kijk tijdens je vliegmissies uit voor die moffen.' Toen ze knikte, boog hij zich omlaag, nam haar in zijn sterke armen en kuste haar. 'Hou je haaks, Alex. We hebben als we straks allebei weer in Amerika zijn een hoop moois om naar uit te kijken.'

Ze zwaaide de bus met een intens blij gevoel uit. Ze voelde zich jong en vol leven, en voor het eerst sinds lange tijd ook echt weer een jonge vrouw. Hopelijk overleefden ze de oorlog allebei. Nu had ze opeens iets om naar uit te kijken en hoefde ze niet langer op te zien tegen de terugreis. Wat haar ouders te zijner tijd ook van hem mochten vinden, Dan Stanley voelde voor haar als de ware. Hopelijk haalden ze de eindstreep allebei gezond en wel en konden ze na de oorlog snel afspreken.

Het was inmiddels eind juli, bijna twee maanden na de geallieerde invasie, en de Duitsers sloegen die zomer keihard terug met nieuwe bommenregens op Britse steden en het platteland. Ook in Yorkshire vielen nu bommen, zelfs vlak bij Pru's ouders. Pru maakte zich erge zorgen, want tot nu toe hadden ze als familie geluk gehad; haar broers waren ongedeerd en haar ouders maakten het goed.

Omdat de Luftwaffe zo ongenadig hard terugsloeg, werden er nu soms twee verpleegsters op een vlucht gezet en kregen ze vaker dekking van eigen gevechtsvliegtuigen. Dat was deels geruststellend, hoewel hun missies door de intensievere gevechten merkbaar gevaarlijker waren geworden. Emma en Pru werden tot hun blijdschap vaak samen ingeroosterd. Die dag waren ze net aan hun tweede missie begonnen, met twee hospikken die ze niet kenden, omdat Ed net als Lizzie een vrije dag had kunnen krijgen.

Ze hadden dekking van twee gevechtsvliegtuigen en waren al een flink eind op weg toen een van de motoren opeens een raar *tjak-tjak-tjak*-geluid maakte. Reggie tuurde naar alle metertjes en keek eerst zijn copiloot aan, en toen Pru.

'Wat is er?' vroeg ze, omdat hij nogal ontzet keek.

'De rechtermotor is uitgevallen.' Nog geen twee minuten later keek hij haar weer aan. 'We storten neer, Pru.' Hij instrueerde de bemanning om hun parachutes te pakken en gaf hun positie in code door aan de twee gevechtspiloten, wetend dat die het aan de basis zouden melden. Daarna gaf hij een handsignaal aan een van de piloten en meteen daarna verloren ze in rap tempo hoogte. Pru keek naar de angstig kijkende Emma, die haar parachute vastgespte, en ze bedacht intussen dat een ander C-47-team nu hun gewonden moest oppikken. Ze pakte nog snel een van de rugzakken met een noodvoorraad bestaande uit proviand, een veldfles met water en een pistool. De hospikken volgden haar voorbeeld. Reggie schreeuwde dat hij de kist niet meer onder controle had. De copiloot had de laaddeur al geopend, waarna Reggie iedereen instrueerde om een voor een te springen. Pru liet Emma voorgaan en sprong bijna onmiddellijk na haar. Ze ging ervan uit dat de hospikken vlak na haar sprongen, zodat ze niet te ver van elkaar zouden terechtkomen. Omdat ze zich dicht bij de gevechtslinie bevonden, moesten ze bovenal zien te voorkomen dat ze op een Duitse patrouille stuitten.

Emma wachtte relatief lang tot ze aan haar trekkoord trok, maar toen ze dat uiteindelijk deed, opende de parachute zich met een ruk, waarna ze rustig naar een open plek ver van de boomtoppen zweefde. Tijdens de training had ze dit onderdeel afschuwelijk gevonden, maar ze maakte een zachte landing, kon de parachute snel opvouwen en wist hem onder een paar struiken te verstoppen. Ze hoorde geen schoten in de buurt, wel zware artillerie in de verte.

Pru kwam dicht bij Emma neer en vooral harder, maar wist zich ook snel van haar parachute te ontdoen. Ze legde een vinger tegen haar lippen en wees naar de bosrand. Emma knikte. Het vliegtuig was verderop in een weiland neergekomen. Een van de vleugels was beschadigd, maar er volgde gelukkig geen explosie. Iedereen wist dat ze zich gauw moesten verspreiden en de andere bemanningsleden hadden dat blijkbaar al gedaan, want Emma en Pru hadden geen idee waar ze waren gebleven. Ze besloten naar het bos te lopen en hoopten maar dat dat de juiste richting was. Als het goed was, waren de Britse linies niet ver, maar ze bevonden zich hoogstwaarschijnlijk nog in bezet gebied en konden dus elk moment worden opgepakt. Ze liepen stevig door en hadden toen het begon te schemeren nog steeds nergens een huis of boerderij gezien. Niet dat ze daar hadden durven aankloppen, want ze wisten nog altijd niet waar ze waren. Omdat ze de hele dag nog niets gegeten hadden, stopten ze toen het donker was en pakten wat van de mondvoorraad en namen een paar slokken water. Pru vermoedde dat ze de volgende dag weer een flinke tocht voor de boeg hadden, dus ze moesten zuinig aan doen. Blijkbaar waren ze vlak bij een weg, want ze hoorden die nacht een Duitse patrouille.

Inmiddels wist iedereen op de basis wat er gebeurd was via de gevechtspiloten die het allemaal hadden zien gebeuren en het onmiddellijk hadden gemeld aan de MAET-commandant. Iedereen maakte zich vreselijke zorgen. Er was al maanden geen toestel neergestort. Gelukkig hadden de gevechtspiloten kunnen vertellen dat er op de grond geen schoten waren gelost nadat iedereen uit het vliegtuig was gesprongen. Nu konden ze niets anders doen dan gespannen afwachten totdat de bemanning ergens opdook.

Halverwege de volgende dag bleek dat de piloten en de hospikken in een huis vlak bij de grens waren aangekomen. Ze werden opgepikt en waren die avond alweer veilig terug. Maar Emma en Pru waren spoorloos. Toen dat twee dagen later nog steeds zo was, drie hele dagen nadat het vliegtuig was neergestort, werden ze door het ministerie van Oorlog officieel als vermist opgegeven. Pru's ouders werden op de hoogte gesteld. Weer twee dagen later vermoedde hun eenheidscommandant dat de kans nu toch wel heel groot was dat ze door een Duitse patrouille waren opgepakt, want anders hadden ze inmiddels echt wel een teken van leven gegeven. Er was een verkenningsvliegtuig naar het gebied gestuurd en de andere C-47's hielden de streek tijdens hun missies ook in de gaten, maar er was geen spoor van de twee vrouwen.

Lizzie, Audrey, Alex en Louise waren net als alle anderen in hun eenheid doodongerust dat Emma en Pru nu waarschijnlijk de eerste verpleegsters in Duitse gevangenschap waren. Zes dagen na het neerstorten moest de luchtmacht met een aan zekerheid grenzende waarschijnlijkheid vaststellen dat de twee vrouwen dood waren of in een krijgsgevangenkamp zaten, en in dat laatste geval waarschijnlijk al ergens ver in Duitsland. Iedereen was in shock en in de rouw.

Lizzie werd bijna misselijk elke keer dat ze eraan dacht. Ed voelde zich verschrikkelijk schuldig. Lizzie en hij huurden af en toe niet al te ver van de basis voor een paar uur een kamer in een hotelletje om elkaar te kunnen verwennen. Waarom had hij nou uitgerekend die dag vrij genomen?! En toch ging het normale werk gewoon door. Op de achtste dag liepen Lizzie en Ed na in de mess te hebben gegeten net naar buiten toen ze een boerenkar met balen hooi aan zagen komen, wat op de basis geen alledaagse verschijning was. Hij stopte een eindje verderop, waarna er twee verfomfaaide figuren afsprongen. Ed staarde even naar ze, slaakte een kreet en begon te schreeuwen: 'Ze zijn terug! Ze zijn terug!' Lizzie rende keihard naar ze toe. Overal kwamen mensen aangesneld en binnen een paar minuten leek het halve verpleegsterskorps zich voor het gebouw te hebben verzameld.

Emma en Pru meldden zich bij de commandant terwijl ze een uur in de wind stonken en er als schipbreukelingen uitzagen. Ze bleken een flink eind door Frankrijk te zijn gelopen en waren ten slotte bij de kust beland, waar ze door een vader en zoon in een vissersbootje het Kanaal over waren gesmokkeld. En daar hadden ze van een boer een lift gekregen naar Down Ampney.

Maar hoezo hadden ze dan zo ver gelopen, wat was er gebeurd? wilde iedereen weten.

'Ach, we hadden wat onenigheid over de kaart,' zei Pru grijnzend, met een zijdelingse blik naar een beschaamd kijkende Emma. 'Leerpunt: spring niet uit een vliegtuig met een jonge vrouw uit East End, want die is nog nooit op het platteland geweest.'

'Ja nou, potdomme zeg, ik ben een vroedvrouw, geen ontdekkingsreiziger,' verdedigde Emma zich.

Het belangrijkste was dat ze veilig waren en er niets ergs was gebeurd. Ze hadden alleen maar honger, waren moe en vies, en hun gezicht en handen zaten onder de schrammen omdat ze zich vaak onder struiken hadden moeten verstoppen. Iemand bracht ze twee borden met eten, waar ze omringd door de hele groep uitgehongerd op aanvielen.

'Ik moet bekennen dat ik wel even vreesde dat we er waren geweest,' zei Pru. 'Er waren meer Duitse patrouilles dan er taxi's zijn op Leicester Square, maar we hadden waarschijnlijk goede beschermengelen, want ze hebben ons nooit gezien. We hebben wel veel en vaak onder struiken gelegen of ons in bosjes schuilgehouden, maar we hebben het gered.'

Hoewel ze al twee dagen niets hadden gegeten, wisten ze dat ze zich niet meteen moesten volproppen en de anderen lieten hen na een tijdje alleen zodat ze konden bijkomen van hun beproeving. Na een douche sliepen ze allebei de klok rond. Hoewel hun tocht doodeng was geweest, waren ze niet in paniek geraakt en gewoon stug blijven doorlopen. Maar ze hadden allebei pas opgelucht durven adem te halen toen ze het strand zagen.

Ze meldden zich de volgende dag allebei volkomen kalm op de startbaan, alsof er niets gebeurd was. Ed verwelkomde ze met een stralende glimlach; hij had de avond ervoor nog lang in Lizzies armen zitten snikken van opluchting, zo blij als hij was dat ze veilig terug waren.

'Hé, komt er nog wat van of hoe zit dat?' vroeg Pru op broodnuchtere toon. Reggie schudde grinnikend zijn hoofd. De deuren werden gesloten, ze maakten hun gordels vast en het toestel taxiede alweer over de startbaan. Die dag vlogen ze gewoon weer allemaal samen en bovendien met een luchtescorte. Bij hun eerste stop van de dag konden ze snel en probleemloos vierentwintig gewonden ophalen.

Pru keek Emma grijnzend aan nadat ze met hun kostbare vracht weer veilig op de basis waren geland. 'Wel een fijnere vlucht dan de vorige keer, hè?'

Emma haalde achteloos haar schouders op. 'Ach ja, deze kon er best mee door. Maar ik vond de vorige echt zo slecht nog niet.' Ze schoten allebei in de lach en liepen gearmd de hangar in voor een kop koffie. Daarna vlogen ze samen met hun vaste bemanning naar de volgende bestemming; ze hadden een drukke dag voor de boeg.

13

In augustus leken de Duitsers met nog meer bombardementen te willen bewijzen dat ze alles onder controle hadden of zelfs weer de overhand. Franse steden en industriegebieden werden zwaar beschadigd en op het platteland vonden heftige man-tegen-mangevechten plaats. Met als gevolg dat de evacuatievluchten nog meer gewonden te verstouwen kregen en ze er soms meer dan vierentwintig meenamen. Ze konden het niet over hun hart verkrijgen om mannen achter te laten en niet iedereen hoefde immers plat te liggen. En als ze echt niet meer gewonden konden meenemen, vlogen ze als de situatie het toeliet nog een keer op en neer.

Toen Pru op een zomeravond na haar werk terugliep had ze zes missies op een dag gevlogen, met alleen korte tankpauzes. Haar overall was smerig en zat vol bloedvlekken en ze snakte naar een douche en haar bed. Binnen in de hal wenkte de beheerder haar en zei dat er iemand voor haar was. Ze zag een lange, dunne RAF-officier in de sjofele gezamenlijke huiskamer zitten. Hij keek ernstig. Pru aarzelde even voordat ze de moed wist op te brengen om naar hem toe te lopen. Ze salueerde, waarna hij haar vroeg te gaan zitten. Omdat ze wist wat dat betekende, bereidde ze zich op het ergste voor. Hij deed snel zijn verhaal, alsof hij een sabel recht in haar hart stak.

Phillips toestel was neergeschoten bij een grootschalig geallieerd bombardement in de zogenoemde Zak van Falaise. De Duitsers hadden daar fel tegenstand geboden. De geallieerden waren die nacht achttien bommenwerpers kwijtgeraakt. Phillip was een van de moedige jachtvliegers geweest die de andere toestellen escorteerden, en ook hij was neergehaald. De RAF had die middag bevestigd gekregen dat Phillip en de rest van de bemanning het niet hadden overleefd. Ze waren een van de vele statistieken geworden in een oorlog die broers en vaders opeiste, evenals geliefden, echtgenoten en zoons. Pru was nu een van die vele nabestaanden, terwijl ze als familie tot nu toe geluk hadden gehad. De officier condoleerde haar en vertrok net zo stilletjes als hij gekomen was, als een engel des doods die bij overlevenden langsging en noodlot in zijn spoor achterliet.

Ze wilde zo snel mogelijk naar huis en kreeg te horen dat ze drie dagen verlof mocht opnemen. Haar ouders wisten het inmiddels ook. Pru kon het niet opbrengen om eerst te bellen, ze had geen idee wat ze moest zeggen. Niet dat ze onbekend was met de dood – ze maakte het bijna dagelijks mee – maar ze werd nooit geconfronteerd met de moeders, vaders en andere nabestaanden. Langzaam liep ze naar boven, waar haar vriendinnen haar meteen opvingen. Ze was in shock en Emma en een paar anderen hielpen haar met inpakken. Er reden nog maar weinig treinen en zeker niet volgens de dienstregeling. Niet-essentiële reizen werden hoe dan ook afgeraden. Misschien zou ze op het station lang moeten wachten, maar er ging die avond vast nog wel een trein naar het noorden. Bovendien had ze als officier voorrang. En verder moest ze maar vooral hopen dat ze veilig in Yorkshire aankwam, want de Duitsers namen het spoor vaak onder vuur.

Een uur later liep ze na door iedereen te zijn omhelsd nog steeds half verdoofd de deur uit. Iemand met een auto bracht haar naar het station. Ze herinnerde zich naderhand niet eens meer wie. Het enige waaraan ze kon denken was dat haar broertje dood was. Hij had bijna vijf jaar lang de ene gevaarlijke missie na de andere gevlogen, net als hun oudste broer Max. Alleen was zijn vliegtuig ditmaal na een eerste schotensalvo in de lucht geëxplodeerd. De officier had haar verteld dat zijn lichaam niet kon worden gerepatrieerd. Pru hoopte maar dat het snel was gegaan; ze wist zeker dat Phillip tijdens het neerstorten anders keihard zou hebben gevloekt.

Op het station bleek dat er om acht uur een goederentrein naar York ging. Ze staarde tijdens de reis nietsziend naar buiten, denkend aan haar kleine broertje die ze nu dus echt nooit meer zou zien. Max was de oudste en de verstandigste van hun drieën. Phillip was de doerak. Hij had haar altijd zover weten te krijgen om in de hoogste boom te klimmen en haar altijd de schuld gegeven als hun ouders erachter kwamen dat ze iets stouts hadden gedaan. Er was een tijd geweest dat ze daar vreselijk slecht tegen kon, maar dat was overgegaan toen ze allemaal iets ouder waren.

Ze kwam om één uur 's nachts aan in York. Ze had niemand van haar komst op de hoogte gesteld, dus ze liep met haar koffertje door het donker naar huis. Niet dat ze dat erg vond. Zo kon ze zich proberen te herpakken voordat ze haar ouders onder ogen moest komen. Tijdens de wandeling van ruim vijf kilometer vroeg ze zich af of Max verlof zou hebben gekregen. Hopelijk wel. Ze had hem al maanden niet gezien en had behoefte aan zijn stevige armen om haar heen. Hij zou ongetwijfeld net zo aangeslagen zijn als zij.

Omstreeks twee uur 's nachts zag Pru eindelijk dan toch de contouren van het grote landhuis opdoemen. Door de verduisteringsgordijnen was er alleen een vaag schijnsel achter de ramen van de salon te zien. De voordeur was zoals altijd ook nu niet op slot en eenmaal binnen hoorde ze dat haar ouders inderdaad nog op waren. Ze zaten bij een smeulend haardvuur; het tochtte altijd in huis, zelfs in de zomer. Haar moeder draaide zich naar haar om. Max zat naast haar. Haar vader was in een leunstoel bij de haard met zijn kin op de borst in slaap gesukkeld. In het vage schijnsel van de kooltjes viel het Pru opeens op hoe oud haar ouders waren geworden. Al gold dat in zekere zin voor iedereen in het land. De ontberingen en het verdriet van vijf jaar oorlog stonden op ieders gezicht geëtst. Max kwam overeind en omhelsde haar heel stevig. Hij was het evenbeeld van hun vader, waar op een rare manier een troostende werking van uitging; het schepte een soort gevoel van continuïteit.

'Ik hoopte al dat jij er zou zijn.' Ze hielden elkaar heel stevig vast en haar woorden werden gedempt door zijn jas. 'Hoe gaat het met ze?' fluisterde ze. Maar dat wist ze meteen toen ze haar moeder groette en het ontstellende verdriet in haar ogen zag. Toch was haar moeder ook weer niet echt veranderd, want ze straalde de kracht, rust en vastberadenheid uit dat ze zich hierdoor niet zou laten kisten. Wat er ook gebeurde, Pru kon op hen rekenen. Net als zij wist ze dat ze altijd voor hen zou klaarstaan. Pru sloeg haar armen om haar moeder heen, waarna ze allebei zachtjes begonnen te huilen. Constance droogde haar tranen al gauw weer, ging wat rechterop zitten maar bleef Pru's hand stevig omklemmen. Max sloeg hen gade, de twee vrouwen in zijn leven die hij bewonderde omdat ze allebei zo moedig en sterk waren. Dat straalden ze ondanks hun verdriet nu nog steeds uit.

'Ik heb dominee Alsop gesproken,' zei Constance. 'Phillips afscheidsdienst is over twee dagen, zodat Max en jij erbij kunnen zijn.' Pru vroeg zich stilletjes af hoeveel van dit soort begrafenissen ze nog aankonden. Het waren er zo ontzettend veel. Al die jonge mannen van boerderijen en landhuizen in de omgeving, die ze van vroeger kende en destijds zo saai had gevonden... Saai waren ze niet meer. Ze waren er gewoonweg niet meer. Gesneuveld in een van de vele veldslagen met namen die ze nooit zou vergeten. Gesneuveld op plekken in Europa en Noord-Afrika die ze niet kende, maar die de afgelopen vijf jaar het oorlogsnieuws hadden beheerst.

Haar moeder maakte Thomas voorzichtig wakker zodat ze met z'n allen naar boven konden gaan. 'Ah, je bent er weer even,' was het enige wat haar vader zei. Niet dat hij daar ook maar een moment aan had getwijfeld, net zoals hij had geweten dat Max thuis zou komen. Ze waren moeilijke zaken in het verleden altijd samen aangegaan en deden dat nu ook. Pru gaf haar moeder nog een kus en wenste haar ouders welterusten. De deur van de ouderlijke slaapkamer ging zachtjes dicht, waarna Max en Pru door de gang naar haar kamer liepen.

'Gaat-ie?' vroeg hij.

Ze zag in zijn ogen hoe intens verdrietig hij was. 'Ja, hoor, we redden het altijd, nietwaar?' Max knikte instemmend. 'Ik kan me gewoon niet voorstellen dat hij straks na de oorlog niet terugkomt.' Max knikte weer, streek met een teder gebaar even over haar lange bruine haar en liep vervolgens naar zijn eigen kamer.

Pru trok haar nachtjapon aan, deed het licht uit en bleef een tijdje over de maanverlichte velden uitkijken. Het was hier altijd zo rustig en fijn geweest, ze had zich hier altijd zo veilig gevoeld. Totdat de oorlog uitbrak. En nu was het nergens nog veilig, was niets nog heilig, was niets nog zeker en wist je nooit of je morgen een dierbaar iemand zou verliezen. Ze verlangde naar het moment dat ze hier weer gewoon samen met haar ouders en Max kon zijn. Maar er kon nog van alles gebeuren, ze kon nog veel meer mensen verliezen, nog meer verdriet en verlies voor de kiezen krijgen. Hoelang moest ze nog sterk blijven? Ze dacht weer aan Phillip, en op datzelfde moment schoof er een wolk voor de maan.

Max stond in zijn eigen kamer ook naar de maan te kijken, terwijl de tranen stilletjes over zijn wangen rolden. Hij dacht aan hoe zwaar het was voor vrouwen, die altijd maar sterk moesten zijn en hun omgeving troostten, en hoe eenzaam voor mannen.

Constance was de volgende ochtend al op toen Pru beneden kwam. De ontbijttafel was keurig gedekt. Pru was niet anders gewend, al deed haar moeder het tegenwoordig zelf, want ze hadden bijna geen personeel meer. De butler was in het eerste jaar van de oorlog aan longontsteking overleden en bijna alle jonge mensen waren vertrokken. Toch wist haar moeder ervoor te zorgen dat alles er zo veel mogelijk als vroeger uitzag.

'Hoe gaat het met papa?' Terwijl ze het vroeg, bedacht Pru waarom ze zich toch altijd vooral zorgen maakte over de mannen, maar op de een of andere manier leken die in zware tijden brozer te zijn.

'Dat komt wel goed.' Het was voor hen allebei een vreselijke schok, maar een uitzondering vormden ze niet. Alle bekenden in het dorp en hun vrienden in Londen waren al geconfronteerd met rouw. Niet dat ze die vrienden trouwens nog veel zagen. Yorkshire voelde sinds het uitbreken van de oorlog toch net iets veiliger. Bovendien had Constance de zorg voor alle evacués, wat haar de komende tijd ook afleiding zou bieden en ze eerder als een zegen dan een last beschouwde. De kinderen hadden eerder die ochtend in de vroegere personeelskeuken al met de oppasmeisjes ontbeten. Daarna waren ze naar buiten gegaan voor een paar klusjes in de tuin. Ze zouden later die middag nog bij het meertje gaan wandelen, dezelfde plas waar Pru en haar broers vroeger zo graag hadden gespeeld. Hun gouvernante was destijds bang geweest dat ze zouden verdrinken en ze kregen altijd een standje als ze er stiekem alleen naartoe gingen. Daar hadden ze zich echter nooit door laten weerhouden.

Max kwam de eetkamer binnen, keek met een zorgelijke blik naar zijn moeder, schonk zichzelf koffie in en ging bij hen zitten. Ondanks alles leek het niet slecht met Constance te gaan. Dat verbaasde hem op zich ook niet echt. 'En papa?' vroeg hij. Al zijn zorgen kwamen in die twee woordjes tot uitdrukking. Hun vader was natuurlijk niet meer de jongste, maar aan Constance zag je dat minder. Zij liep kaarsrecht, met stevige passen en had altijd een gezonde blos op haar wangen omdat ze zoveel buiten was. Vandaag had ze haar kwetsbare kant kunnen laten zien, maar ze deed niet anders dan anders.

'Maak je over hem nou maar geen zorgen. Natuurlijk komt het hard aan, maar we mogen ons gelukkig prijzen dat we van iedereen die we kennen de laatsten zijn.' Nu hoorden ze erbij, hoe pijnlijk ook, en Phillip was echt een gouden kind geweest. 'Ik begin me zo langzamerhand alleen wel af te vragen of het ooit nog ophoudt.'

'We geven de strijd nooit op, mam, als je dat mocht bedoelen,' antwoordde Max op vastberaden toon. 'Wat er ook voor nodig is, we blijven vechten. Volgens Churchill duurt het nog ongeveer een jaar.'

'Ik mag toch hopen van niet.' Ze maakte opeens een uitgeputte indruk.

Max nam een slok van zijn koffie. 'Hoe gaat het eigenlijk met jouw missies, Pru?' Hij vroeg zijn moeder niet om suiker, wetende dat daar bijna niet aan te komen was. 'Jullie noemen jezelf toch de Flying Angels?' Zijn plagerige blik kwam haar prettig bekend voor; gelukkig bleven sommige dingen zelfs onder deze omstandigheden hetzelfde.

'Nee, zo noemen anderen ons,' luidde haar bedeesde

reactie. 'Wij zien onszelf gewoon als verpleegsters.'

'Nou, ik hoorde dat jullie geweldig werk doen. Twee van mijn vrienden hebben dat helaas aan den lijve ondervonden en ze waren daar zeer over te spreken. En met helaas bedoel ik hun letsel, niet dat ze door jullie zijn geëvacueerd. Een van hen beweerde dat jullie echt reddende engelen zijn. Waarschijnlijk ijlde hij toen nog, want als jij erbij zit, zijn jullie waarschijnlijk eerder vliegende duivels.' Hij grijnsde naar haar, net toen hun vader de kamer in kwam. Max stond uit respect op. Thomas' gezicht zag eruit alsof hij zelf net een zware strijd had geleverd, maar hij liep met rechte rug naar zijn vaste plek aan het hoofd van de tafel. De rest van het ontbijt verliep in stilte. Constance besmeerde toast met jam uit eigen boomgaard voor haar man. Boter was ook op rantsoen en Thomas hield niet van de smaak van margarine, waar overigens net als boter moeilijk aan te komen was.

Hun ouders gingen na het ontbijt even wandelen. Ze wilden Phillips dienst bespreken en liepen naar de begraafplaats op het landgoed om een geschikte plek voor zijn graf te zoeken. Pru en Max gingen in de zon in de tuin zitten. Ondanks de vreselijke aanleiding voelde het fijn om weer samen thuis te zijn. Max was niet ver van Pru's basis gestationeerd, maar hij had nooit tijd om langs te komen, dus ze zagen elkaar nooit. Later kuierden ze over het pad naar het meertje waar ze allebei zoveel herinneringen aan hadden. Pru keek omhoog naar de bomen waarin ze had geklommen om aan haar broers te ontkomen of hen te tergen. Ze herinnerde zich ook dat ze meer dan eens gewoon met kleren en al in het water was gesprongen.

'Je was altijd al moediger dan wij, hè,' grinnikte Max op een gegeven moment. 'Wij deden net alsof, maar jij had echt lef. Phillip heeft dat een keer tegen me gezegd. Ik had er nooit bij stilgestaan, maar hij had wel gelijk.'

'Och, dat weet ik niet, hoor. En ik weet niet of ik nu zo moedig ben. Je doet gewoon wat je moet doen om de klus te klaren. Ik heb een paar weken geleden wel een ietwat lange wandeling gemaakt in bezet Frankrijk, zoals je waarschijnlijk weet. Een van de motoren begaf het en ons toestel stortte neer. Het kostte ons acht dagen om terug te keren.'

Het verbaasde hem niet dat ze er zo achteloos over vertelde, maar hij maakte zich niettemin zorgen om haar. 'Was de hele crew zo lang vermist?'

'Nee, alleen ik en een van de andere verpleegsters, de rest kon eerder al een veilige plek bereiken. Een verdomd dappere meid trouwens. We werken al een tijdje samen. Ze kan totaal niet kaartlezen, maar ze is verrekte goed in haar werk en niet voor één gat te vangen. Emma is een enorm felle tante. En dan heeft ze ook nog vuurrood haar!' Ze dacht met een glimlach terug aan de acht dagen dat ze samen op de vlucht waren geweest.

'Aha, dus nog een vliegende duivel,' grinnikte Max.

Pru grijnsde. Het was een beetje raar om te lachen terwijl Phillip er niet meer was en ze voelde zich bijna een beetje schuldig. 'Absoluut. Maar dus bijzonder geschikt als je achter de vijandelijke linies bent verdwaald. Ik heb geen idee hoe het ons is gelukt, maar we hebben alle Duitse patrouilles weten te ontwijken en uiteindelijk heeft een visser ons het Kanaal overgezet. We stonken bij thuiskomst een uur in de wind.'

'Klinkt enig.' Hij vermoedde dat ze hem niet het hele verhaal vertelde en alle gevaren en risico's onderweg verzweeg. 'Ben je ook ingezet tijdens de actie in Normandië?' Ze mochten niet te veel van elkaars werk weten, maar deze vraag kon nu geen kwaad.

Ze schudde haar hoofd. 'Nee, want er waren geen plekken om te landen. Ze hebben de gewonden per boot naar Engeland geëvacueerd en toen naar ons overgebracht. Geen fijne bedoening. De ziekenhuizen lagen tjokvol. Dat is nu trouwens nog het geval en D-day is alweer twee maanden geleden.'

'Ja, wij zijn daar ook een paar man kwijtgeraakt. Maar het heeft het tij gekeerd, dus het was het waard.'

Ze vroeg zich af wie besloot dat het het waard was en hoeveel mannen je moest willen opofferen om het tij te keren. 'Ik hoop het maar,' antwoordde ze.

Op het pad terug naar huis kwamen ze halverwege hun ouders tegen, die zo te zien gehuild hadden.

Phillips begrafenis was verdrietig, maar wel precies zoals het hoorde: plechtig, eerbiedig, liefdevol, aangrijpend en niet langer dan nodig. Alle buren waren er, die allemaal ongeveer even oud waren als Thomas en Constance. Het was een eenvoudig maar prachtig eerbetoon aan een geliefde zoon die zijn leven voor koning en vaderland had gegeven. Hij werd erg gemist en zou nog lang in ieders herinneringen voortleven.

Max bracht Pru de volgende dag terug naar Down Ampney. Hij moest zelf ook die kant op en had een auto kunnen lenen. Dat was fijner en bovendien veiliger dan wachten op een niet volgens de dienstregeling rijdende goederentrein. In het begin zeiden ze niet zoveel, allebei denkend aan hun broertje. Op een gegeven moment vroeg Pru Max of hij een vriendin had.

'Nee, dat voelt raar genoeg toch niet helemaal eerlijk. Je weet nooit wat er kan gebeuren.'

Zo dacht Pru er ook over. 'Denk je dat Phillip iemand had?' Ze was nieuwsgierig maar had dat soort zaken nooit met hem besproken.

'Honderden.' Hij lachte. 'Ik ken hem niet anders dan met een liefje. Het duurde nooit langer dan een week of twee omdat hij dan alweer op diegene uitgekeken was, maar in die twee weken was hij wel smoorverliefd.' Haar broertje kennende klonk dat inderdaad heel aannemelijk. Het was zo verdrietig om te bedenken dat dat nu allemaal verleden tijd was. Zijn leven was veel te vroeg afgebroken, hoewel hij ten volle had geleefd en iedereen die hij kende blij had gemaakt. Al met al was dat toch best een mooie nagedachtenis.

Max zette haar voor het slaapgebouw af en beloofde dat hij haar zo snel mogelijk nog eens zou opzoeken.

'Echt lief dat je dat zegt, maar dat doe je toch niet,' zei ze met een glimlach. 'Want we hebben het allebei altijd te druk.' Ze wist dat hij net als zij bijna nooit vrij had. 'Maar laten we wel ons best doen om naar paps en mams te gaan. Ze houden zich kranig, maar ze hebben ons nodig. Nu meer dan ooit.' Ze wist dat er een barstje in hun pantser was ontstaan, en de tijd was niet in hun voordeel.

Hij gaf niet meteen antwoord. 'Maar wij hebben elkaar ook nodig, Pru. Ik zeg het niet vaak, maar je bent een fijne zus, weet je dat? Zorg alsjeblieft goed voor jezelf. En doe geen al te wilde dingen met die vliegende duivels van je. En maak ook niet te vaak ommetjes door vijandelijk gebied.' Dat verhaal zat hem nog steeds niet lekker, al had ze er luchtig over gedaan. Hij wist dat ze hem had willen geruststellen, wat typisch Pru was en bij haar bewonderenswaardige lef hoorde.

'Jij ook,' zei ze met zachte stem. 'Je weet dat je niet de held hoeft uit te hangen, hè? Zorg gewoon dat je het er levend van afbrengt.'

'Zorg jij daar dan alsjeblieft ook voor,' antwoordde hij op ernstige toon. 'Hou je goed, Pru. Ik kom echt binnenkort weer langs om te zien hoe het met je gaat, want dat horen grote broers te doen.' Ze omhelsde hem en hij kuste haar op de wang. Hij prees zichzelf gelukkig met een zus als zij. Pru was een edelmoedige jonge vrouw, met het hart op de juiste plaats. Daarbij was ze moediger dan alle vrouwen én mannen die hij kende. Hij zou best iets meer op haar willen lijken. Ze was een voorbeeld voor anderen, deed nooit ergens moeilijk over en ging gewoon stug door.

De geallieerden waren half augustus een flink eind richting Parijs opgerukt, maar de Duitsers boden nog altijd zeer fel weerstand. Het verzet vocht met man en macht terug. Veel verzetsstrijders moesten dat met de dood bekopen, maar hun acties logen er dan ook niet om. Ze maakten wapenfabrieken, munitiedepots en treinsporen onklaar om de vijand waar het maar kon en op elke mogelijke manier te verzwakken. De geallieerden steunden het verzet op hun beurt zo veel mogelijk; de Britten stuurden soms eigen militairen om verzetsmensen uit Duitse handen te redden. De

Duitsers leken erop te zijn gebrand om alle leden van het verzet te doden voordat ze zelf de aftocht moesten blazen.

Met Parijs in het vizier en een oplopend aantal gewonden werd er een steeds groter beroep gedaan op het MAET. Op een avond in augustus werden er een paar verpleegsters gepolst voor een uiterst vertrouwelijke missie. Louise Jackson was een van hen en besloot meteen dat ze het wilde doen. Niemand deed moeilijk over haar huidskleur, want ze was niet bang aangelegd en een van de beste verpleegsters van de eenheid. En dat was toevallig precies wat ze voor deze missie zochten.

Louise stond om één uur 's nachts dan ook alert en klaarwakker op de startbaan, bereid om te doen wat nodig was. Er gingen twee andere verpleegsters mee, een Australische en een Britse met wie ze eerder had samengewerkt. Ze werden vlak voor vertrek door een officier gebrieft en kregen nogmaals te horen dat het een uiterst gevaarlijke missie was. De Duitsers hadden een groep van negen gewonde verzetsstrijders omsingeld en de Britten hadden toegezegd te helpen om ze daar weg te krijgen. Een van de verzetsstrijders op wie de Duitsers het gemunt hadden, was namelijk een van de allerbelangrijkste leden van het Franse verzet. Het Duitse opperbevel wilde hem per se in handen krijgen, dood of levend. Deze Tristan, want zo werd hij genoemd, was bovendien zwaargewond. Louise twijfelde geen moment en stapte net als alle anderen aan boord.

Ze vlogen linea recta naar Frankrijk. De piloot vloog laag, de dropping verliep goed en daarna liepen ze met z'n vijven – drie verpleegsters en twee hospikken – door ruig terrein naar de overeengekomen ontmoetingsplaats, een boerderij in de Alpes-Maritimes. Ze zwegen het grootste deel van de tocht. Niemand had iets bij zich waaraan te herleiden viel dat ze voor het Britse leger werkten, maar ze wisten allemaal dat spionnen direct gefusilleerd werden. Louise, de Australische verpleegster en een van de hospikken spraken Frans, maar geen van hen kon voor een Fransman of Française doorgaan.

Louises hart begon sneller te kloppen toen ze drie uur later bij de boerderij aankwamen. Het was een oud gebouw, opgetrokken uit rode baksteen, met erachter een stal. Voor het hoofdgebouw scharrelden wat geiten en schapen rond. Toen ze het erf op liepen, begon er een hond te blaffen. De twee hospikken liepen voorop. Ergens ging een deur open. Er verscheen een jonge man in een overall, met een peuk in de ene hand en een spade in de andere. Daardoor wisten ze dat dat hun contactpersoon was.

'We komen voor je grootvader,' zei een van de hospikken in het Frans. Ze konden inderdaad best voor bezoekers doorgaan, hoewel er in hun knapzakken medische benodigdheden zaten. De verzetsstrijders waren twee dagen eerder gewond geraakt bij een aanslag op een trein met Duitse troepen. Het was een geslaagde verzetsactie in de zin dat ze behoorlijk wat Duitsers hadden weten uit te schakelen, inclusief een flink aantal officieren, maar twee van hun eigen mensen waren zwaargewond geraakt. En niet zomaar verzetslieden, maar belangrijke agenten voor de Britten. Ze moesten zo snel mogelijk het land uit worden gesmokkeld, maar hun letsel was te ernstig om te kunnen reizen en als ze achterbleven, zouden ze zeker worden gemarteld en gedood. Met name de leider van de groep was er zo erg aan toe dat hij niet kon worden verplaatst.

De jonge man liep naar een schuurtje achter de stal terwijl de 'bezoekers' langs de dieren liepen, alert op eventuele onverwachte, verdachte bewegingen. Maar er gebeurde niets. Ze kwamen in een donkere, stoffige ruimte met aftands landbouwmaterieel. De jongen veegde wat aarde op de grond weg, waarna er een luik tevoorschijn kwam. De twee hospikken schoten hem zwijgend te hulp, waarna de hele groep een voor een in de opening verdween. De laatste persoon klapte het luik weer dicht. Via een trap en daarna een smalle tunnel kwamen ze uit in een goed verlichte ruimte waar zich meerdere mensen bevonden. Het rook er bedompt, naar sigaretten en zweet. Verderop zat nog een deur. Het licht kwam van een generator en er zaten een paar luchtgaten in het plafond, precies onder een paar struiken op het erf. Het zag er ingenieus en uiterst efficiënt uit. De plek bleek al een hele tijd te worden gebruikt als de voornaamste commandopost voor het verzet in Zuid-Frankijk. De Duitsers hadden die ondanks herhaaldelijke pogingen nooit weten te vinden.

Er waren een tiental mannen en twee vrouwen. Een van de vrouwen legde in aanmerkelijk goed Engels uit dat de twee zwaargewonde strijders in de andere kamer lagen. Een van hen was sinds die ochtend niet meer bij bewustzijn, en dat terwijl ze binnen vierentwintig uur voldoende moesten zijn aangesterkt voor de reis. De zes andere gewonde mannen en een van de vrouwen waren er gelukkig minder erg aan toe. Twee verpleegsters en een van de hospikken kwamen meteen in actie en stelden vast dat ze allemaal ernstige brandwonden hadden die niet waren schoongemaakt, gedesinfecteerd en verbonden, simpelweg omdat er geen verband was. Een van de mannen had een erg akelige wond waar vroeger zijn ringvinger had gezeten. Ze bleven allemaal stoïcijns stil terwijl ze geholpen werden, terwijl ze ongetwijfeld behoorlijk veel pijn hadden.

Louise liep met de tweede hospik door naar de andere kamer. De bewusteloze man lag op een sjofele matras. Een eindje van hem vandaan lag op deken een tienerjongen met een zo te zien nare buikwond. Hij was het dichtst bij de explosie geweest. De wond was ontstoken en hij had hoge koorts. Louise begreep meteen dat dit het hart van het verzet was en dat de bewusteloze man de leider was. Ze vroeg zich alleen ook meteen af of hij het überhaupt lang genoeg zou redden om zich nog zorgen te maken over wat er gebeurde als de Duitsers hem te pakken kregen. Maar wat er ook met hem zou gebeuren, de nazi's zouden de anderen hoe dan ook doodschieten.

De hospik ontfermde zich over de jongen, die zachtjes jammerde toen zijn wond werd verbonden. Toch meldde de hospik al snel dat hij weer naar de andere kamer ging omdat de jongen al wat was opgeknapt en nu vooral moest rusten.

Louise knielde naast de bewusteloze man neer en deed haar knapzak open. Ze maakte de knoopjes van zijn hemd los en zag dat zijn borstkas en armen vol granaatscherven zaten. Daar had ze instrumenten voor bij zich en omdat het pijn zou doen, was het goed dat hij niet bij bewustzijn was. Nadat ze de scherven had verwijderd, maakte ze de wonden schoon, deed er penicillinepoeder op, verbond ze, gaf hem twee injecties met een ontstekingsremmer en legde een infuus met antibiotica aan. Vervolgens verbond ze de kogelwond in zijn kuit. Zijn voetzolen lagen open en onder zijn deels kapotte kleren had hij net als de rest van de groep zowel eerste- als tweedegraadsbrandwonden. Ze maakte alles voorzichtig schoon, verbond de wonden en bleef toen zwijgend naast hem zitten wachten tot hij wakker werd.

Een van de verzetsstrijders uit de andere kamer kwam even kijken wat ze aan het doen was en hoe het met de leider ging. Hij keek tevreden en had de indruk dat ze een uiterst competente verpleegster was. Ze was in elk geval meteen in actie gekomen.

'Hoe heet hij?' fluisterde ze nadat de Fransman haar een tijdje had gadegeslagen.

Hij gaf niet meteen antwoord. 'We noemen hem Tristan.'

'Ja, dat weet ik, maar het is echt belangrijk dat ik zijn naam weet. Alsjeblieft.'

Na weer even te hebben geaarzeld, fluisterde hij: 'Gonzague.'

Ze knikte en begon zachtjes tegen de gewonde man te praten alsof hij haar kon horen. De jonge Fransman vertrok en liet haar weer alleen. Ze depte Gonzagues voorhoofd met een koel, vochtig doekje en streek het daarna over zijn volle bruine baard, zijn hals en zijn ongedeerde arm. Vervolgens wreef ze zijn handen over elkaar om de bloedsomloop op gang te brengen. Een uur later hoorde ze hem kreunen, waarna hij knipperend en langzaam zijn ogen opendeed.

'Je bent veilig, Gonzague. Je gaat het redden,' zei ze in het Frans. Hij probeerde kreunend het been met de schotwond te bewegen. De kogel was er voor haar komst door iemand anders uitgehaald en dat was duidelijk niet al te zachtzinnig gebeurd.

'Wie ben je?' Zijn stem klonk hees, meer als een soort piepende zucht.

'We zijn hiernaartoe gekomen om jullie te helpen. Je bent in Gastons boerderij.' Ze gebruikte de codenaam voor de locatie. 'Oom George heeft ons gestuurd,' voegde ze eraan toe, waarmee ze naar de Britten verwees. Hij probeerde overeind te komen, maar merkte dat dat niet lukte. 'Probeer maar niet te bewegen,' zei ze snel. 'We helpen je later wel overeind. Jullie gaan hier morgen weg, dus je moet vannacht op krachten zien te komen.' Hij knikte en viel weer in slaap. Ze gaf hem nog een injectie tegen de pijn. Toen hij twee uur later weer uit zichzelf wakker werd, gaf ze hem een beetje water.

Hij keek haar fronsend aan. Zijn lichaam voelde iets minder loodzwaar aan en zijn wonden leken niet meer in brand te staan. 'Hebben ze jou hierheen gestuurd?' Ze knikte. 'Je zou hier niet moeten zijn.'

'Jij ook niet.' Ze glimlachte naar hem. 'Bovendien ben ik een verpleegster.'

'Het is gevaarlijk om hier te zijn en mij te helpen.' Hij had het ditmaal in het Engels gezegd.

Ze knikte. 'Dat weet ik. Maar jij had dringend hulp nodig en je vrienden willen graag dat je blijft leven en je hier weg zien te krijgen.'

Hij haalde zijn schouders op alsof dat er niet toe deed en

gewoon bij zijn werk hoorde. Hij was al zo vaak gewond geraakt. De Duitsers hadden hem zelfs al eens opgepakt, maar hij had weten te ontsnappen. Hij was al twee jaar ondergronds actief en had in het hele land verzetsacties uitgevoerd. 'Ben je niet bang?' Hij keek vanaf zijn matras naar haar op en geloofde haar toen ze haar hoofd schudde. Ze intrigeerde hem, en niet alleen omdat ze er zo mooi en exotisch uitzag.

Ze keek hem heel kalm aan. Na een tijdje controleerde ze of ze de verbanden moest verwisselen en nam ze zijn pols op.

'Je gaat eraan als ze je hier vinden,' zei hij. 'Je moet echt heel voorzichtig zijn als je hier weer vertrekt. Ben je alleen?'

Ze schudde haar hoofd weer. 'Nee, we zijn met z'n vijven. De anderen zorgen voor de andere gewonden.' De tienerjongen was een paar uur eerder al naar de andere ruimte verplaatst. De hospik die even later bij Louise kwam kijken of ze hulp nodig had, zei dat hij zat te eten, wat een goed teken was en duidelijk aangaf dat hij aan de beterende hand was.

Zelf had ze de hele dag nog niets gegeten omdat ze haar patiënt niet alleen had willen laten voor het geval zijn toestand opeens verslechterde. Ze had van de verzetsmensen die af en toe even kwamen kijken wel iets te eten gekregen, maar meer dan een broodkorst, een trosje druiven en een perzik was het niet geweest.

'Hoe gaan jullie hier straks dan weg?' Gonzague was rusteloos en maakte zich zorgen, terwijl zij kalmpjes naast hem zat en hem nog wat te drinken gaf.

'Via dezelfde weg als we hier gekomen zijn. Maak je daar nou maar geen zorgen over.'

Hij bleef haar verrukt aankijken. 'Je bent een engel uit de hemel die ons is komen helpen.'

'Je hebt vrienden op verre plekken.' Hij knikte, wetend over wie ze het had. Tristan was een verzetslegende en had belangrijk werk verricht voor geallieerde inlichtingendiensten.

Hij dommelde weer in slaap. Toen hij veel later wakker werd, zag ze meteen dat de koorts was gezakt en dat hij er veel beter aan toe was.

Hij kon rechtop zitten en keek haar bijzonder intens aan. 'Ben je arts?' Hij herinnerde zich vaag dat ze daar iets over had gezegd.

'Nee, ik ben een verpleegster bij een speciale eenheid.' Ze zei niet welke, en ze wisten allebei dat het beter was als hij dat niet wist.

'Ben je voor deze missie gevraagd?'

Ze knikte en zag opeens dat hij heel knap was toen hij grijnsde. Dat hij er ongeveer vijftien jaar ouder uitzag dan hij was, kwam doordat hij er nu zo slecht en gehavend aan toe was.

'Hoe heet je?' Hij vond haar mateloos fascinerend.

'Louise. Louise Jackson.' Het kon vast geen kwaad als hij dat wist.

'Ben je Amerikaanse?' Ze knikte. 'En je bent dus gestationeerd in Engeland. Dus ze zijn alsnog gekomen.' Er verscheen een tevreden blik op zijn gezicht, maar hij keek haar vrijwel meteen weer recht en doordringend in de ogen. 'Op een dag kom ik naar je toe, Louise Jackson.

Om je persoonlijk te bedanken. Je redt mijn land door me nu te redden. Wat je hier nu doet is voor veel mensen van groot belang. Voor heel Frankrijk zelfs. We zijn nog met velen, hoewel minder dan voorheen. Maar Frankrijk zal uit zijn as herrijzen. En daarna kom ik naar je toe, waar je ook bent.'

Ze vond het een tikkeltje hoogdravend klinken en nam aan dat hij ijlde door de pijn en de ontsteking.

Wat hij niet zei, was dat hij nog nooit zo'n mooie en zachtmoedige vrouw had ontmoet. 'Zit je in het leger?' Hij kon zijn nieuwsgierigheid niet bedwingen en was helder genoeg om vragen te stellen. Hij mocht dan zwaargewond zijn, hij had een ijzeren gestel.

'De luchtmacht,' zei ze na even te hebben nagedacht of ze dat kon prijsgeven.

'Je ziet er niet uit als een militair.'

'Schijn kan bedriegen.' Ze glimlachte. 'Denk je dat je kunt opstaan?' Ze wilde dat hij zo stevig mogelijk op zijn benen stond voordat hij weg moest. Dat zou tijdens de reis het verschil tussen leven of dood kunnen betekenen. Toen ze hem overeind hielp, zakte hij door de verwondingen en het bloedverlies bijna meteen door zijn knieën. Ze zei hem op haar te steunen en liep met hem naar de muur en weer terug. 'En Gonzague, even voor de duidelijkheid, dit is niet mijn reguliere protocol bij zulke verwondingen als jij hebt,' verontschuldigde ze zich, 'maar we moeten je echt snel op de been zien te krijgen.'

'Goh, zo ben ik al jaren niet meer genoemd.' Hij grijnsde. 'Graaf Gonzague Antoine de Lafayette tot uw dienst.' Hij probeerde een buiging te maken en viel weer bijna.

'Bewaar dat opscheppen maar voor een andere keer, er is werk aan de winkel. Ik heb liever dat je hier vertrekt als een boer die weer op de been is dan als een gevallen graaf.' Het kon haar niets schelen dat hij van adel was, ook zonder dat te weten vond ze hem intrigerend. Ze liet hem na samen een paar rondjes door de kamer te hebben gelopen weer zitten. 'Ik zal je vlak voor jullie vertrekken nog een morfine-injectie geven. Dat zal zeker helpen.'

'Je bent echt een engel, hè?'

Ze zei dat hij beter weer kon gaan liggen omdat de zon al bijna opkwam, al konden ze dat onder de grond natuurlijk niet zien. 'Doe je ogen gewoon maar even dicht en rust uit. En niet meer praten. Spaar je krachten, die ga je straks heel hard nodig hebben.' Daar hingen zijn overlevingskansen zelfs van af. Leunend tegen de wand van een vochtige put, hield ze de wacht.

Toen een van zijn mannen een tijdje later kwam kijken hoe het ging, zag hij dat ze allebei sliepen. Hij was blij dat hun leider was opgeknapt en had ze een hele tijd horen praten. Een van de andere mannen had gezien dat Gonzague met haar hulp zelfs had kunnen lopen.

Weer ietsje later kwamen ze Louise waarschuwen dat ze over een uur vertrokken. Ze knikte, stond op en controleerde Gonzagues verbanden en beenwond voorzichtig om hem niet te wekken. Een halfuur later maakte ze hem wakker, gaf hem een morfine-injectie en een andere injectie om zijn been plaatselijk te verdoven. 'Dan loop je makkelijker en trek je minder de aandacht. Want ze zullen op zoek zijn naar iemand die moeizaam loopt. Probeer vooral krachtig en zelfverzekerd over te komen, maar je kunt best op een van je mannen steunen,' instrueerde ze.

'Ik wilde dat ik jou kon meenemen.' Hij leek het echt te menen en ze betrapte zichzelf op de gedachte dat ze dat ook best zou willen. Ze had nog nooit zo'n interessante man ontmoet en verdronk werkelijk in die felblauwe ogen die zich in de hare boorden. 'Misschien denk je nu dat je me hierna nooit meer zult zien. Maar we gaan elkaar weerzien, Louise, dat beloof ik je. Ik ga je terugvinden en dan kom ik naar je toe. Als ik na afloop van deze nachtmerrie nog leef, vind ik je terug, waar je ook bent. En los van of ik dit overleef, ben ik je heel veel verschuldigd. Zolang ze me niet doden, zal ik dat nooit vergeten.'

'Zorg alsjeblieft dat ze je niet doden,' zei ze zachtjes. 'Er zijn veel mensen die op je rekenen.' Dat wist ze door de manier waarop zijn mannen voor hem zorgden en door wat de Britten voor hem deden. 'En ik zou je graag nog eens terugzien,' voegde ze eraan toe, en dat meende ze net als hij volmondig. Ze had nog nooit zoiets meegemaakt, nog afgezien van het feit dat ze een belangrijke verzetsman had moeten oplappen om ervoor te zorgen dat hij heelhuids aan de nazi's kon ontkomen.

Op dat moment leunde hij voorover en trok haar met een krachtig maar tegelijkertijd teder gebaar naar zich toe en kuste haar op een manier waarvan ze nu al wist dat ze die nooit meer zou vergeten. Ze keek hem naderhand met tranen in haar ogen aan en hoopte vurig dat hij het zou redden. Als het bij deze ene ontmoeting bleef, zou ze de rest van haar leven van hem dromen. Want uiteindelijk was zij een jonge zwarte verpleegster uit North Carolina die voor de luchtmacht werkte en hij een ongeveer tien jaar oudere witte Franse verzetsheld van adel. Hij werd door alle Duitsers in de wijde omgeving gezocht, zodat ze hem direct voor een vuurpeloton konden zetten. De kans dat ze hem ooit nog eens zou zien, was heel erg klein. In haar hoofd wist ze dat, maar in haar hart wenste ze dat het anders kon zijn. Hun ontmoeting had iets sprookjesachtigs wat ze tot in het kleinste detail in haar hart wilde koesteren.

Een van zijn mannen kwam hem halen. Het was nu echt tijd om te gaan. Iedereen juichte toen hij zelfstandig lopend de grote ruimte betrad. Louises injecties hielpen duidelijk, want hij bewoog veel soepeler dan eigenlijk zou moeten kunnen. De pijn zou later misschien dubbel en dwars terugkomen, maar op dit moment maakte hij een gezonde indruk en dat zou levensreddend kunnen zijn. Ze voegde zich stilletjes bij haar team en keek van een afstandje toe. Hij liep samen met de mannen en de twee vrouwen naar de ladder. De afspraak was dat Louises team nog een uur zou wachten, waarna twee leden van het verzet zouden terugkomen om hen naar de plek te leiden waar een Brits transportvliegtuig ze die avond zou oppikken. Tegen die tijd zat Gonzague – als alles tenminste goed ging – ergens in de bergen in een vrachtwagen die hem naar de noordelijker gelegen Zwitserse grens bracht. Hij besteeg de ladder als laatste en voordat hij de ondergrondse ruimte verliet, draaide hij zich nog een laatste keer om. Zijn doordringende hemelsblauwe ogen vonden de hare. Hij zei niets, maar ze herinnerde zich maar al te goed hoe zijn lippen net hadden gevoeld. Hij knikte, terwijl hij aan hetzelfde als zij dacht en haar er met zijn blik van probeerde te doordringen dat hij zich aan zijn belofte zou houden. Dat hij na dit alles naar haar toe zou komen, waar ze ook was. En toen was hij weg.

14

Louises team keerde na hun zware opdracht veilig terug op de basis. Het vliegtuig dat ze kwam ophalen, had enige moeite gehad met landen omdat er Duitse gevechtsvliegtuigen in de buurt waren, maar de piloot wist de kist na een paar scheervluchten veilig aan de grond te zetten.

Parijs werd vijf dagen later bevrijd. Er sneuvelden bijna vijfhonderd verzetsstrijders, terwijl Louise en haar team heel ergens anders in Frankrijk negen van hen hadden gered. Maar de bevrijding van Parijs – wat op zich een heuglijk en geweldig wapenfeit was – betekende nog niet dat iedereen opeens opgelucht kon ademhalen. Integendeel, mensen waren oorlogsmoe en op van de zenuwen, want het duurde allemaal zo verschrikkelijk lang. In Europa werd al vijf jaar gevochten. Amerika deed pas drie jaar mee en de strijd werd weliswaar niet op Amerikaans grondgebied uitgevochten, maar Amerikaanse troepen streden in Europa en Azië zij aan zij met de andere geallieerden. Telkens opnieuw werd gezegd dat de oorlog nu echt binnenkort voorbij zou zijn, maar het bleef bij mooie woorden. Telkens weer kwam er nog een afschuwelijke veldslag en moest er nog een volgende grens worden overgestoken. En tegenover elke overwinning stonden zware nederlagen en kostbare verliezen.

Phillip was er al twee maanden niet meer en Pru wilde graag weer eens naar haar ouders in Yorkshire, maar had sinds haar rouwverlof in augustus geen enkele vrije dag meer gehad. Ze wist dat Max ook elke dag had moeten werken en geen tijd had gehad om bij haar langs te komen. Iedereen werkte non-stop. Ze schreef haar moeder wel regelmatig. Constance klonk in haar brieven terug dapper en kranig, maar er zat ook een onmiskenbare onderstroom van verdriet in.

Pru had haar moeder net weer een brief gestuurd en vloog die ochtend een missie naar de omgeving van Argonne, waar het Amerikaanse 12e Evacuatiehospitaal een gewondentransport had aangevraagd. Ed stond ingeroosterd, maar omdat Lizzie op de een of andere manier een vrije dag had weten te krijgen, had hij daar ook een verzoek voor ingediend. Zo konden ze elkaar eindelijk weer eens zien. Hij had zich ervoor verontschuldigd, maar Pru zei dat ze het niet erg vond en dat hij gewoon lekker van zijn vrije dag moest gaan genieten en vooral niet aan zijn werk moest denken. 'Dan viert iemand hier het leven tenminste nog.' Dat kon ze van zichzelf helaas niet zeggen. Ze was nog steeds verdrietig om haar broer, maar probeerde dat niet al te zeer te laten merken. Iedereen rouwde immers wel om iemand. Bovendien was haar vrolijke, positieve houding niet alleen haar handelsmerk, maar in haar ogen ook onmisbaar voor een verpleegster. Ze gunde Ed en Lizzie tijd met elkaar. Die twee waren zo verliefd dat iedereen in hun omgeving daar vanzelf ook vrolijk van werd.

Het was herfst en er hing die ochtend een lage mist, maar Reggie wist ze veilig de lucht in te krijgen. En boven het wolkendek was de lucht strakblauw. Alleen zag hij ook meteen twee Duitse jachtvliegtuigen recht op hen afkomen. Hij probeerde aan ze te ontkomen. Omdat ze nog geen gewonden aan boord hadden, speelde hij een soort tikkertje door telkens even in en dan weer uit de wolken te duiken. Net toen hij dacht dat hij ze had afgeschud verscheen er opeens een derde toestel vlak boven hen. En dat opende direct het vuur. De andere twee toestellen kwamen al snel weer zo dichtbij dat de piloten Reggie zelfs konden zien zitten. En ook zij schoten, en raak. De romp van de C-47 werd als eerste doorboord met voltreffers, daarna schoten ze de vleugels aan flarden. Het toestel dook met een rookpluim achter zich aan omlaag en door de volle brandstoftank volgde er een explosie zodra het de grond raakte.

De copiloot had voordat hij door een kogel werd geraakt de basis nog via de radio kunnen melden dat ze werden aangevallen. Uit zijn bericht bleek dat Reggie toen al dood was, dat een van de hospikken geraakt was door een voltreffer en de hoofdverpleegster ook was uitgeschakeld. En dat was het allerlaatste radiocontact geweest.

Een verkenningsteam ging later die dag op zoek naar het wrak. Ze troffen dicht bij de locatie die de copiloot had doorgeven een zwartgeblakerde krater aan. Op enkele brokstukken na was er niets van het toestel over. De vijf bemanningsleden waren of door de explosie of daarvoor al gedood. Er waren geen andere passagiers aan boord geweest, maar ze hadden Argonne dan ook nooit bereikt. Het team vloog zwijgend terug en meldde op de basis dat de Luftwaffe er inderdaad in was geslaagd de C-47 neer te halen. De namen van de gesneuvelden werden doorgegeven aan de eenheidscommandant en het ministerie van Oorlog. Iedereen vernam het slechte nieuws al gauw. In de mess en op het prikbord in de hal van het slaapgebouw hingen lijsten met alle oorlogsslachtoffers. Daar stonden hun namen nu ook tussen.

Emma zat die avond, omringd door vriendinnen in haar slaapkamer – de slaapkamer waar Pru gisteren nog had geslapen – hartverscheurend te snikken. Het was voor het eerst in lange tijd dat er weer een evacuatievliegtuig was neergeschoten. Het moreel kelderde elke keer dat dat gebeurde. Bovendien had iedereen in hun eenheid Pru gekend en was ze een zeer geliefde collega. Emma's hart kromp ineen wanneer ze zich voorstelde hoe Pru's ouders zich moesten voelen nadat ze nog geen twee maanden daarvoor al een zoon waren verloren. En Max, die nu geen broer en geen zus meer had. 'Ze was de enige van haar soort mensen die het helemaal niets kon schelen dat ik uit East End kom. Pru had geen greintje snobisme in haar lijf,' zei Emma snotterend. 'Alleen maar een heel erg groot hart.' En toen stortte ze zich weer snikkend in de armen van een van haar vriendinnen, die zelf ook meteen volschoot.

Emma kreeg de volgende dag het verzoek om Pru's spullen in te pakken zodat die naar haar ouders konden worden opgestuurd. Dat deed ze natuurlijk, maar ze wist bijna niet waar ze het moest zoeken van verdriet. In de onderste lade van het dressoir met Pru's spullen vond ze een roodleren dagboekje met ezelsoren, waar ze haar af en toe in had zien schrijven. Niet vaak, omdat ze er weinig tijd voor had, maar er stond toch best wat in. Emma las een paar stukjes en besloot het op haar bed te leggen voor later. Ze wilde het graag lezen en kon het best op een later tijdstip naar Pru's familie opsturen. Omdat ze niet wisten dat het bestond, zouden ze het ook niet missen. Toen ze er die avond voor ging zitten, vielen er een paar foto's uit. Blije foto's van verjaardagsfeestjes en etentjes waar Emma zelf ook op stond, net als al hun vrienden. Er waren nog aparte foto's van Ed en eentje van Reggie in de cockpit. Ook hij was er niet meer. Waarschijnlijk zou vooral Max het dagboek op prijs stellen, want het besloeg Pru's luchtmachtperiode. Sommige dingen waren voor hem vast grappig om te lezen. Emma had met hem te doen, maar ze kende hem noch Pru's ouders, dus het straks plompverloren naar hem opsturen leek haar een beetje ongepast.

Ed was al even lamgeslagen als Emma en voelde zich ook nog eens verschrikkelijk schuldig dat hij uitgerekend die dag vrij had genomen. Net als die keer dat hun toestel motorpech had gehad en Pru en Emma acht dagen door bezet Frankrijk hadden gedwaald. Maar ditmaal was de hele bemanning dood, en hij niet. Hij kon het zichzelf echt niet vergeven. Nadat hij het nieuws had gehoord, had hij eerst lange tijd in Lizzies armen liggen snikken, en later die avond was hij stomweg ladderzat geworden. Waarom was hij niet aan haar zijde doodgegaan? Waarom was hij gespaard? Die vragen bleven maar door zijn hoofd spoken.

Emma was de eerste die hem dat uit het hoofd wist te praten. 'Ed, daar gaan wij niet over, dat is niet aan ons.' Ze probeerde door te dringen tot de poel van schuldgevoelens waarin hij kopje-onder dreigde te gaan. 'Zulke dingen gebeuren nu eenmaal. Op een dag ben je simpelweg op de verkeerde plek. Of op de goede... Maar dat is aan God. Hij beslist dat. Niet wij.'

'Ze was vijfentwintig potdomme! Ze verdiende het niet om te sterven. Ik heb nog nooit zo'n door en door goed iemand gekend. Ze was altijd aardig tegen iedereen, altijd gul en vergevingsgezind. Waarom zij?' jammerde hij.

'Blijkbaar was het haar lot. En morgen kan het noodlot jou treffen. Dat weet niemand.' Ze bedacht dat Phillip, Pru's broer, vierentwintig was geweest toen hij sneuvelde.

'Maar ik had het moeten zijn, niet zij!' brieste hij.

'O, en wat voor nut zou dat hebben gehad? En Lizzie dan? Zij heeft jou net zo goed nodig. Denk je eens in hoe zij zich nu zou voelen als jij aan boord was geweest. Nou? Ze is een broer en haar eerste vriendje al kwijtgeraakt! Had ze jou dan ook nog moeten verliezen?'

Hij schudde zijn hoofd, want die woorden drongen wel tot hem door.

Emma bedacht tegelijkertijd dat Pru's ouders nu twee kinderen kwijt waren. Daardoor moest ze opeens weer aan het dagboek denken. Ze las er later die avond verder in en moest zowel lachen als huilen om wat er over haarzelf in stond. Pru schreef dat ze zo'n lol hadden samen en dat ze Emma zo geweldig vond. Emma miste haar nu nog meer. Door Pru's aantekeningen over haar familie besefte ze hoeveel Pru van hen had gehouden en dus ook hoeveel het dagboek voor hen zou betekenen. Ze nam zich weer voor het zo snel mogelijk uit te lezen en dan meteen op te sturen. Alleen was ze 's avonds na haar werk steeds zo moe en viel ze vaak al lezend in slaap. Dus nadat Pru's andere persoonlijke spullen door de RAF waren opgestuurd, bleef het dagboek op Emma's nachtkastje liggen.

Iedereen zei dat het door de opmars van de geallieerden nu vast en zeker gauw vrede zou zijn. Het maakte ook wel degelijk uit dat er na de invasie in Normandië nu nog meer Amerikaanse grondtroepen meevochten. Parijs was al bevrijd en de Duitsers verloren in heel Europa terrein. Alleen niet snel genoeg. De Luftwaffe bleef meedogenloos bombarderen. De nazi's gaven zich helaas niet zomaar over.

Emma zei naderhand dat het leek alsof de voorzienigheid blijkbaar de ergste rampspoed tot het laatst had bewaard. Want in november, drie weken nadat Pru en haar hele bemanning waren omgekomen, gebeurde hetzelfde met Audreys vlucht. Hun toestel explodeerde in de lucht. Iedereen aan boord was op slag dood, ook de vierentwintig gewonden die ze net hadden opgepikt. Negenentwintig mensenlevens waren in één klap weggevaagd.

Lizzie dwaalde als een soort spook door het slaapgebouw, niet in staat het te bevatten. Ditmaal troostte Ed haar, zoals zij dat drie weken eerder na Pru's dood andersom had gedaan. Cynisch genoeg sneuvelde Audrey op de dag dat het in Amerika Thanksgiving was. De oorlog had Lizzie niet alleen haar beste vriendin afgenomen, maar eerder ook al haar geliefde en haar broer. Het vrouwenkorps van de luchtmacht was gelukkig al lange tijd niemand kwijtgeraakt, maar nu dus opeens Pru en Audrey vlak na elkaar. En dat kwam keihard aan. De hele eenheid was in rouw, ook omdat Audrey net als Pru zo'n intens goed mens was geweest. Haar hele leven had in het teken van anderen gestaan, om te beginnen bij alles wat ze voor haar moeder had overgehad. Alleen waren er bij Audrey anders dan bij Pru geen familieleden die om haar rouwden; zij was al alleen op de wereld geweest. Haar vriendinnen en de andere verpleegsters met wie ze samenwerkte, waren haar steun en toeverlaat geweest. Voor hen was haar dood dan ook een zware slag.

Omdat er geen stoffelijke overschotten restten, opperde iemand om op de begraafplaats van de basis een gedenksteen te plaatsen voor alle slachtoffers. Lizzie besloot bovendien op Eds aandringen naar de commandant te gaan en iets over Audreys achtergrond te vertellen. Ze vond het zo'n droevig idee dat er van Audreys hele familie niemand meer was. Hoewel ze wist dat zij haar vriendin nooit zou vergeten, wilde ze graag dat haar vaderland Audrey evenmin zou vergeten. Audreys ouders, broer en grootvader lagen op de militaire begraafplaats in Annapolis, zou dat niet ook haar laatste rustplaats moeten zijn? Aangezien ze uit een vooraanstaande legerfamilie kwam en Audrey zich in de strijd had onderscheiden, stemde de luchtmacht ermee in om het nodige te regelen en er zo nodig voor te betalen.

Lizzie vroeg zich na dat gesprek opeens af hoe Audrey er financieel had voorgestaan. Ze had er nooit over nagedacht, maar ze wist dat Audrey het ouderlijk huis had aangehouden en dat het leegstond. Audrey had ook meermaals gezegd dat ze na de oorlog niet terug wilde naar Annapolis omdat het verdriet daar te voelbaar was. Ze had het weleens gehad over verhuizen naar New York, of anders misschien Boston, mocht Lizzie daar weer gaan wonen.

Toen ze later aan Ed vroeg wat er bij gebrek aan erfgenamen met iemands huis gebeurde, glimlachte hij wrang. 'Dat moet je echt niet aan mij vragen. In mijn familie heeft niemand ooit iets geërfd omdat iedereen zo arm is als een kerkrat. Dus je vraagt het aan de verkeerde. Ik heb geen flauw idee.' Hij keek Lizzie teder aan en was blij voor haar dat de commandant zo positief had gereageerd op het voorstel om Audrey in Annapolis te begraven. De militaire begraafplaats was inmiddels op de hoogte gesteld en Lizzie had gehoord dat Audrey in Engeland hoe dan ook postuum een hoge onderscheiding kreeg. Het ereteken kon in de grafsteen worden verwerkt of op de begraafplaats komen te hangen, maar de ceremonie en de onderscheiding zelf waren uiteraard van latere zorg. Lizzie was er vrij zeker van dat ook het Amerikaanse leger Audrey postuum zou onderscheiden. Het was een schrale troost, maar in elk geval zouden Audreys verdiensten voor haar land nooit worden vergeten.

Een maand later, een paar dagen voor Kerstmis, kreeg Lizzie antwoord op de vraag wat er met het huis in Annapolis zou gebeuren. Ze was een paar laatste spullen aan het inpakken die ze in de onderste la van het dressoir in hun kamer had gevonden, toen ze op een envelop stuitte. Er stond alleen maar AAN WIE DIT LEEST op, maar ze herkende Audreys handschrift meteen. Ze aarzelde en maakte de envelop toen toch maar open, want er was niemand anders aan wie ze die kon sturen. In de envelop bleek een testament te zitten dat Audrey vlak na haar eerste vliegmissie zelf had opgemaakt. Er stond in dat ze terdege besefte dat het oorlogstijd was en dat haar werk voor de luchtmacht gevaarlijk was. Ze noemde twee waardevolle bezittingen: een rekening bij een bank in Maryland en haar ouderlijk huis in Annapolis.

Lizzie kon haar ogen niet geloven toen ze verder las. Audrey schreef dat ze, mocht ze de oorlog onverhoopt niet overleven, al haar aardse bezittingen naliet aan haar vriendin Elizabeth Hatton, die ze als haar zus beschouwde. Alleen al het huis, dat in een goede buurt stond, zou behoorlijk veel waard zijn. Plus dan nog het geld dat Audreys moeder haar dochter had nagelaten, waar Audrey bijna niets van had uitgegeven. Onderaan het testament stond nog een PS, namelijk dat de bank in het bezit was van een kopie van het testament en dat die in het geval van haar dood als executeur-testamentair zou optreden.

Lizzie trok een warme jas aan en haastte zich naar Ed toe, want Audreys testament was ongelooflijk nieuws voor hun toekomstplannen.

Hij kwam net terug van de pub met een paar vrienden en liep met haar mee naar een plekje waar ze rustig konden praten. 'Is er iets gebeurd?' Ze gaf hem Audreys envelop. Zijn gezicht lichtte op toen hij het testament las. 'Dat is geweldig, Liz! Wat een ongelooflijk gul gebaar! Zelfs na haar dood denkt ze nog aan anderen. Ze was echt dol op je.' Niet dat hij daar ooit aan had getwijfeld, maar hij was blij voor haar want Lizzie had het huis in Annapolis aan hem beschreven en het klonk als een fijn appeltje voor de dorst.

'Maar Ed, besef je wel wat dit betekent?'

'Ja, dat je een huis plus een goedgevulde bankrekening krijgt. Maar eh, wil je eigenlijk wel in Annapolis gaan wonen?' Hij wist niet eens waar het lag, alleen dat het niet dicht bij Dublin was.

'Nee. Dat wilde Audrey na de oorlog zelf trouwens ook niet. Het is een flink geldbedrag en het huis kan ik verkopen. Dit betekent vooral dat we allebei medicijnen kunnen gaan studeren,' zei ze met een stralende glimlach. 'Nu heb ik mijn vaders toestemming niet meer nodig. Nu kan ik het gewoon zelf betalen!'

Breed grijnzend omhelsde hij haar. 'Wat geweldig, Liz! Maar dat kan ik onmogelijk van je aannemen. Ze heeft het jou nagelaten, niet aan ons allebei. Ik ben na de oorlog echt van plan om uit te zoeken welke veteranenmogelijkheden er straks in Ierland zijn.'

'Maar ik zou het fijn vinden als je met mij meekomt naar Amerika,' antwoordde ze.

Daar had hij zelf natuurlijk ook al over nagedacht. Hij wilde zijn neef vragen hoe ingewikkeld het was om naar Boston te emigreren en of hij hem misschien wilde sponsoren. 'Laten we eerst maar zorgen dat we er allebei tegen die tijd nog zijn,' zei hij op ernstige toon. Iedereen was behoorlijk van slag door wat er met Pru en Audrey was gebeurd. Het was een wrede geheugensteun dat elke dag hun laatste kon zijn. Hoe dan ook zou het zonder die twee een droeve Kerstmis worden. 'Misschien kan mijn neef me helpen met het regelen van de benodigde papieren om naar Boston te verhuizen.' Mocht Lizzie om een of andere afschuwelijke reden de oorlog niet overleven, dan was Boston natuurlijk van de baan. Daar hadden ze het vaker over gehad. Dat ze het lot niet wilden tarten en daarom geen toekomstplannen maakten zolang het nog oorlog was. En ze waren niet de enigen die er zo in stonden.

'Ik wil alleen terug naar Boston als jij meegaat,' zei ze ferm. 'En daar dan samen geneeskunde gaan doen. We zijn allebei veteranen en dankzij Audrey kunnen we daar nu ook gaan studeren.'

'Ho ho, rustig aan,' reageerde Ed. 'Laten we eerst die godvergeten oorlog tot een goed einde brengen. Dan maken we daarna plannen. Of doe je me nu soms een aanzoek?' plaagde hij. Hij had weleens met die gedachte gespeeld, maar zijn bijgeloof gaf toch elke keer weer de doorslag.

'Nee, dat mag jij doen als het straks vrede is.'

'Hoe gaat je vader trouwens reageren? Iedereen in jouw familie is arts en ik ben gewoon een simpele jongen uit Dublin.'

'Je hebt meer levens gered dan mijn vader en ik weet zeker dat jij op een dag een geweldige arts gaat zijn,' zei ze grijnzend.

Hij vond het fijn dat ze in hem geloofde en dat het haar helemaal niets uitmaakte wat zijn achtergrond was en dat ze het vroeger thuis bepaald niet breed hadden gehad. Audrey was al net zo geweest. En Pru en Alex trouwens ook. Al die meiden hadden een groot hart en waren ruimdenkend. Dat was hij van huis uit in Ierland niet gewend.

Emma had hetzelfde in Engeland, waar je voor de rest van je leven veroordeeld was tot de sociale klasse waarin je was geboren. Het idee om met Lizzie naar Amerika te gaan en helemaal opnieuw te beginnen, klonk dan ook als een aantrekkelijk vooruitzicht. Maar eerst moest er echt een einde komen aan die verrotte oorlog.

Lizzie ging terug naar haar eigen kamer en borg de envelop veilig op in een van de lades van haar dressoir. Denkend aan Audreys onvergetelijke kerstcadeau viel ze al snel in slaap.

De eenheid was door het wegvallen van Pru en Audrey twee goede, ervaren verpleegsters kwijt. En zo gebeurde het dat de commandant Louise een paar dagen voor kerst op kantoor ontbood en haar meldde dat ze werd overgeplaatst. Haar dagen van zorgen voor niet-witte patiënten en Duitse krijgsgevangen waren voorbij, ze zou eindelijk gaan vliegen. Het werd niet met zoveel woorden gezegd, maar Louise begreep de reikwijdte van het besluit. Het betekende dat haar huidskleur er niet meer toe deed, terwijl ze in Engeland toch al beduidend minder last had van discriminatie. De rassenbarrière was nu dan toch echt geslecht. Ze was een van hun beste verpleegsters, en dat wisten haar meerderen ook, en ze had drie maanden daarvoor tijdens die ingewikkelde missie in Frankrijk bewezen wat ze in haar mars had. Ze hadden er na hun terugkeer nooit meer iets over vernomen, dus ze wisten niet of de negen mensen die ze in de boerderij hadden gered ook echt veilig in Zwitserland waren aangekomen.

Maar Louise vroeg het zich wel af. Had haar belangrijke patiënt het gered, of was de hele groep opgepakt en vermoord? Ze had nooit meer iets van Gonzague zelf gehoord. Niet dat ze dat had verwacht. Ze vermoedde dat het een van die zeldzame eens-maar-nooit-weer-momenten in het leven was. Een Franse verzetsstrijder in oorlogstijd, die beweerde van adel te zijn, die uit het niets in haar leven was verschenen, haar verpleegkundige zorg nodig had gehad en haar als een prins in een sprookje had gekust. Ze verwachtte niet dat hij ooit nog een teken van leven zou geven, maar ze koesterde de herinnering.

En nu zou ze vanaf 1 januari eindelijk gewonden gaan evacueren van het slagveld. Ze popelde om het aan haar ouders te vertellen. Ergens vond ze het ook een soort gerechtigheid, omdat ze al die tijd zo haar best had gedaan en zich uitstekend van haar werk had gekweten. Het nare eraan was alleen wel dat ze ging vliegen omdat Pru en Audrey dat niet meer konden doen. Toch was ze door het dolle heen toen ze het aan de anderen vertelde, alsof ze er nu pas echt bij hoorde en een van hen was. Iedereen was blij voor haar. Wat ze alleen niet wisten – en ook nooit zouden beseffen – was hoeveel Louise had moeten doen om te bewijzen dat ze net zo goed was in haar werk en op hetzelfde recht had als wat de witte verpleegsters een vanzelfsprekende beloning vonden voor hun inzet en vaardigheden. Maar uiteindelijk, hoewel het veel langer had geduurd en ze er veel voor had moeten doen, was het het waard en smaakte de overwinning zoet.

15

Emma had Pru's dagboek vlak voor kerst uit. En toen las ze het op een vrije dag nogmaals en in één ruk uit. Er stond zoveel fijns in. Haar eigen naam kwam er vaak in voor, net als die van Pru's ouders en haar broer, maar Pru schreef ook over de zaken die haar aan het hart gingen. Haar hele wezen sprong van de pagina's af. Zelfs als je Pru niet kende, zou je door haar dagboek meteen weten wie ze was en waar ze voor stond.

Stiekem wilde Emma het best zelf houden en Pru's familie in het ongewisse laten dat het bestond, maar zo oneerlijk en egoïstisch zou ze nooit kunnen zijn. Ze wist dat Pru zou willen dat haar ouders en haar oudste broer het lazen. Het dagboek was niet van haar, het was van Pru's familie. Haar kleren en andere persoonlijke bezittingen waren door de luchtmacht opgestuurd, maar ze vond het te kil en onpersoonlijk om het dagboek nu gewoon op de post te doen.

Ze bedacht opeens dat ze met Kerstmis twee dagen vrij had en niemand had om het mee te vieren. Net als Audrey had ze immers geen familie meer. Ze was sinds haar vijftiende al een wees. Daarvoor had ze alleen een dronken moeder gehad, dus de feestdagen associeerde ze niet met fijne familiedingen. Meestal werkte ze, omdat iemand anders dan een dag vrij kon nemen, iemand aan wie een feestdag beter besteed was.

Lizzie vierde Kerstmis met Ed. Louise had zich opgegeven voor een extra dienst in het ziekenhuis. Alex had hetzelfde gedaan, maar dan op de psychiatrische afdeling. Emma bedacht dat ze iets bijzonders voor Pru wilde doen. Ze kocht mooi zilverkleurig cadeaupapier, pakte het dagboek in en nam zich voor om op de 24e de trein naar Yorkshire te nemen. Door de onbetrouwbare dienstregeling en eventuele bombardementen zou het waarschijnlijk eeuwen duren voor ze er was, maar dat maakte niet uit. Ze had nergens waar ze moest zijn en zag het al helemaal voor zich: ze zou aanbellen, vragen naar Pru's moeder – oftewel Lady Pommery, over wie ze zoveel had gehoord en nu dus ook gelezen – en haar het mooi ingepakte dagboek van Pru als kerstcadeau overhandigen. Ze wist zeker dat Pru het een fantastisch gebaar zou vinden. Elke keer dat ze eraan dacht, kreeg ze vanzelf een glimlach op haar gezicht. Zelfs het vooruitzicht dat het kon betekenen dat ze kerstavond moest doorbrengen op een houten bankje ergens op een perron, schrok haar niet af.

Op 24 december stond ze dan ook al om zeven uur 's ochtends op het dichtstbijzijnde treinstation. Na twee uur wachten kwam er een trein naar het noorden. Hij maakte meerdere tussenstops en stond halverwege nog ergens een uur lang stil op een zijspoor, maar om vijf uur die middag stapte ze uit in York. Ze vond een meneer op leeftijd die haar best met de auto naar Pommery Manor wilde brengen. Hij weigerde daar geld voor aan te nemen, zette haar keurig voor het landhuis af en wenste haar prettige feestdagen.

Met het kostbare cadeau tegen haar borst geklemd, belde ze aan bij het imposante huis, waar de verduisteringsgordijnen al dicht waren. En toen kwam er niemand. Daar stond ze dan in haar dikke uniformjas en met haar pet op, omdat ze het tijdens de reis niet te koud had willen hebben. Via een open raam op de eerste verdieping hoorde ze kinderstemmen en gelach, dus er moest iemand thuis zijn. Uiteindelijk, na tien minuten in de kou te hebben gewacht terwijl ze zich steeds koortsachtiger afvroeg wat ze nu moest doen, deed een lange, jonge man in uniform de deur open. Emma gokte meteen dat het Pru's oudere broer Max was, want hij leek sprekend op haar. Hij keek haar verbaasd aan en vroeg of hij haar kon helpen.

'Zou ik Lady Pommery misschien even kunnen spreken?' vroeg Emma beleefd, terwijl ze haar East End-accent probeerde te verdoezelen. Ze voelde zich opgelaten want het was haar meteen opgevallen dat hij net zo'n verzorgde, aristocratische manier van praten had als Pru. 'Ik heb een pakje voor haar,' voegde ze eraan toe. 'Van haar dochter.'

Hij schrok zichtbaar en deed de deur meteen verder open. 'Kom alsjeblieft even binnen,' zei hij met een glimlach. 'Ik vrees dat Lord en Lady Pommery niet thuis zijn, ze eten bij vrienden. Wat voor soort pakje is het als ik vragen mag?' Blijkbaar zag hij niet dat ze iets zilverkleurigs in haar hand had, waar ze zelfs nog een smal lintje in dezelfde kleur omheen had gedaan zodat het er extra feestelijk uitzag.

Ze aarzelde even terwijl ze daar in de grote hal stond en stak het pakje naar hem uit. 'Ik… ik was een goeie vriendin van Pru. We hebben onze training samen gedaan, we zaten in dezelfde eenheid en waren kamergenoten. Ze was me ontzettend dierbaar. We hielden allemaal van haar en we missen haar verschrikkelijk,' zei ze, struikelend over haar woorden en vechtend tegen de tranen. 'Ik heb haar dagboek gevonden toen ik haar spullen inpakte. Ze schrijft zo mooi, en er staat zoveel in over iedereen van wie ze hield. O ja, ik heb het dus inderdaad gewoon gelezen… Maar ik denk echt dat haar moeder het fijn zal vinden om te lezen en ik wilde het als een soort kerstcadeautje van Pru aan haar geven.'

'Logeer je hier in de buurt? Anders zou je morgen wellicht kunnen terugkomen? Ik weet zeker dat mijn moeder je zeer dankbaar zal zijn.'

Hij klonk heel aardig, terwijl hij overduidelijk ook probeerde in te schatten wie ze was. Zou hij haar accent hebben opgepikt en daar het zijne van denken? 'Nee, ik logeer hier niet in de buurt,' antwoordde Emma een tikkeltje beschaamd. 'Ik heb gewoon de trein hiernaartoe genomen omdat ik het dagboek graag persoonlijk aan haar moeder wilde overhandigen. Ergens heb ik het idee dat Pru dat een fijn idee zou vinden.'

Hij kneep zijn ogen tot spleetjes en zag nu pas het rode haar dat onder haar pet uitstak.

'Sorry, ik ben Emma Jones.' Ze stak hem haar hand toe.

'Aha, de felle tante!' riep hij met een brede grijns uit. 'Mijn zus heeft me afgelopen zomer over je verteld toen ze hier was na ... na het overlijden van Phillip. Ze was dol op je!' Hij gebaarde naar de salon en vroeg of hij haar jas kon aannemen. 'Kom binnen, alsjeblieft. Ga lekker zitten. Je zult het wel ijskoud hebben na die treinreis.' Hij was volkomen verbluft dat ze het dagboek zelf was komen brengen en nam het pakje nu pas van haar aan, terwijl zij haar jas uittrok. Er brandde een heerlijk vuur in de open haard en hij wees haar nogmaals naar een stoel terwijl hij het ingepakte dagboek op een tafeltje in de hoek legde. Emma hoopte maar dat hij niet zou vergeten het straks aan zijn moeder te geven. 'En wil je na die lange reis niet iets eten?' Ze rammelde inderdaad van de honger, maar durfde dat niet te zeggen. 'En ik wil toch even zeggen dat Pru je dus schertsend een enorm felle tante noemde, hè.' Ze moesten er allebei om grinniken. 'Ze had je heel hoog zitten. Ik begreep dat jij de afgelopen tijd haar allerbeste vriendin was.'

Ze zwegen allebei even, opgaand in hun eigen herinneringen. 'Ik sta er echt op dat ik je iets te eten voorzet,' zei hij met dezelfde warme glimlach als zijn zus had gehad en die bij zijn ogen begon. 'Helaas kan ik je alleen een paar sneue worstjes en een vrij oneetbare aardappelsoep aanbieden, maar ik wilde net zelf ook een hapje gaan eten. Het menu is door de rantsoenering tamelijk beperkt, maar mijn moeder heeft vandaag scones gebakken en er is huisgemaakte jam.' Het klonk zo uitnodigend dat ze zijn aanbod niet wilde afwijzen, en ze lustte ook echt wel wat. Hij ging haar voor naar een ouderwetse, grote keuken en ging zelf aan de slag. Hij deed haar erg aan Pru denken: praktisch, nuchter, hartelijk, bescheiden, met tegelijkertijd ook iets ondeugends.

Ze aten aan de keukentafel en de tijd vloog voorbij. Hij vertelde haar allerlei grappige verhalen over hoe Pru vroeger was geweest en zij vertelde nogmaals hoe fijn het was geweest om het dagboek te lezen.

'Mijn moeder zal het geweldig vinden, en ik ga het zelf natuurlijk ook lezen. Ik heb vijf dagen verlof, vanwege Kerstmis en zo. Al is dat dit jaar niet zo heel feestelijk. Gelukkig hebben we de kinderen als afleiding. Daar heeft Pru je vast ook over verteld.'

'Ja, dat heeft ze zeker,' antwoordde Emma grijnzend. Op dat moment hoorde ze de voordeur opengaan en al snel weer met een dreun dichtvallen. Een paar tellen later kwam Max' moeder de keuken in, een elegante vrouw met een keurig grijs kapsel, gekleed in een bontjas en een zwartfluwelen jurk.

Ze wierp Emma een warme glimlach toe en keek Max enigszins schuldbewust aan. 'Sorry, ik wist niet dat je iemand had uitgenodigd,' zei ze. 'Och nee, mijn hemel, je hebt haar toch niet die belabberde soep en gruwelijke worstjes van meneer Jarvis voorgezet?'

'O, maar de scones waren verrukkelijk.' Emma voelde zich nu een beetje een indringer, al vond ze Pru's moeder meteen aardig. Max was ook al zo hartelijk. Dus al was ze dan een ongenode gast, ze was blij dat ze helemaal naar Yorkshire was gereisd.

'Mam, dit is Emma Jones,' zei Max, 'een heel goede vriendin van Pru. Ze waren kamergenoten op de basis en hebben samen gevlogen. Ze is helemaal met de trein hiernaartoe gekomen om je iets heel bijzonders te brengen. Het ligt in de salon, het is Pru's dagboek.'

Ook Pru's moeder was verbluft dat Emma het helemaal was komen brengen.

'Het voelde niet goed om het gewoon op de post te doen,' legde Emma uit.

'Echt ongelooflijk aardig dat je die moeite hebt genomen. Waar logeer je?' vroeg Lady Pommery.

'Nergens. Ik neem de trein straks weer terug.'

'Dat meen je toch zeker niet? Daar komt niks van in. Op kerstavond? Je moet hier minstens vanavond blijven logeren. We hebben genoeg plek. De tweede verdieping is het domein van de kinderen. En die zullen je morgen vrees ik ook al vroeg wakker maken met hun kabaal, maar op de eerste verdieping is het best aangenaam toeven. Och, meisje, je moet echt blijven logeren, hoor. Je kunt het ons niet aandoen om nu weg te gaan.'

En dat gezegd hebbende liep ze de keuken uit. Max zette de vuile vaat in de gootsteen, waarna ze zich bij zijn ouders in de salon voegden. Lord Pommery zat met een pijp in zijn lievelingsstoel bij de haard. Hij stond op en begroette Emma beleefd.

Lady Pommery was al verdiept in het dagboek, maar keek met vochtige ogen naar Emma op. 'Ik vind het zo ontstellend lief dat je dit bent komen brengen. Moet je morgen werken? Ik mag hopen van niet, het is tenslotte Kerstmis.'

'Ik hoef inderdaad niet te werken, nee.'

'Dan moet je echt blijven logeren. Ik zou het vreselijk

vinden als je vanavond nog dat hele eind in een of andere akelige trein terug moet. Straks vat je nog kou.'

Emma aarzelde. 'Nee, ik kan echt beter gaan.'

'Nee, echt niet,' zei Max zachtjes. 'Pru zou willen dat je bleef.'

Emma keek hem aan en had het gevoel dat hij daar weleens gelijk in kon hebben. Ze liet zich overreden en ging bij de haard zitten, waar ze nog minstens een uur lang praatten. Pru's ouders excuseerden zich nadat Lady Pommery Max had gezegd welke logeerkamer Emma kon gebruiken.

'Het spijt me dat ik dit zo plompverloren op kerstavond ben komen brengen,' zei Emma toen ze weer alleen waren. 'Ik wilde Pru's dagboek echt alleen even afgeven.'

Max keek peinzend voor zich uit. 'Weet je, ergens heb ik het merkwaardige gevoel dat Pru, waar ze ook is, dit heeft bekokstoofd. Ze hield van jou en ze hield van ons, en we hielden allemaal van haar. Snap je wat ik bedoel? Pru zou denk ik graag willen dat wij bij elkaar zouden zijn, zeker met Kerstmis.' Emma wist precies wat hij bedoelde. 'Mijn losbandige oudste broer zou daarentegen iets heel anders in gedachten hebben gehad. Die zou het liefst in Londen achter een of andere mooie dame aan zitten. Of misschien wel meerdere. Hij vond Yorkshire maar saai en bedaagd. Pru en ik vonden het hier heerlijk, maar Phillip wilde hier eigenlijk al vanaf zijn achttiende zo min mogelijk zijn. Waar is jouw eigen familie trouwens?'

'Nergens. Mijn vader is in de vorige oorlog gestorven, toen ik nog niet geboren was, en mijn moeder overleed toen ik vijftien was. Ik woon sinds mijn achttiende op mezelf. Ik ben de verpleegstersopleiding gaan doen, ben vroedvrouw geworden en toen in dienst gegaan. En zo ben ik dus bij de luchtmacht en het MAET beland. Pru was echt als een zus voor me,' voegde ze er zachtjes aan toe.

'Datzelfde zei ze over jou.' Wat ze hem net had verteld over haar achtergrond en dat ze er al zo jong en zo lang helemaal alleen voorstond, had hij niet verwacht. Emma was dus ietsje ouder dan Pru. Zelf vierde hij binnenkort zijn achtentwintigste verjaardag, alleen voelde hij zich door de oorlog helaas veel ouder.

Het vuur in de haard doofde uit en het werd in de kamer al snel te koud. Max ging Emma voor naar boven en bracht haar naar de logeerkamer. Die was groot en comfortabel en zo te zien al lange tijd niet gebruikt. Emma vond het fijn dat Lady Pommery Pru's dagboek mee naar boven had genomen. Het was inderdaad een goed idee geweest om het zelf te gaan brengen, en ze had er niet eens rekening mee gehouden dat het zo'n gezellige avond zou opleveren. Daar had ze meer van genoten dan ze had verwacht, maar Pru's familie was dan ook heel hartelijk. Ze viel met haar gedachten nog steeds bij Pru bijna onmiddellijk als een blok in slaap.

De volgende ochtend werd ze gewekt door het geluid van opgewonden kinderstemmetjes die zo te horen met hun oppas de trap af denderden. Ze trok snel haar uniform weer aan en voegde zich bij hen in de keuken. En daar zat ze met een snoezig meisje op schoot spelletjes te doen toen Max een poosje later binnenkwam. Hij was nog net zo onberispelijk gekleed als de avond ervoor en ze vond hem best een beetje intimiderend. Want hij was niet alleen knap en stijlvol, maar had bovendien zo'n typisch aristocratische uitstraling. Plus dat hij vanaf het moment dat hij haar had ontmoet ook nog eens de vriendelijkheid zelve was geweest.

'Och jee toch, hebben de monstertjes je echt zo vroeg wakker gemaakt? Sorry!' Hij kwam aan tafel zitten en nam een van de andere kleintjes op schoot. Een van de oppasmeisjes zette koffie en ze kletsten ondanks de kakofonie om hen heen heel gezellig. Ze waren het erover eens dat de koffie tegenwoordig eigenlijk niet meer te drinken was, maar de paar overgebleven scones vormden niettemin een lekker ontbijt. Max' moeder kwam even later binnen en zei tegen de kinderen dat de Kerstman cadeautjes had achtergelaten in de hal. Ze volgden haar alsof ze de rattenvanger van Hamelen was. Max vertelde dat zijn moeder alles zelf had ingepakt. Zo te horen aan het lawaai was het een geslaagde bedoening. Emma bewonderde Lady Pommery's bijzondere gave om anderen een fijne dag te bezorgen terwijl ze zelf onlangs twee kinderen was verloren.

Constance bedankte Emma later nog een keer omstandig voor het dagboek en zei dat ze het al half uit had. 'Jullie waren me wel een stel boefjes, zeg. Die streken die jullie uithaalden met de andere verpleegsters!' plaagde ze haar.

'We hebben samen inderdaad een hoop lol getrapt.'

'Pru was als klein meisje al goed in plezier maken,' mijmerde Constance hardop. 'Dat waren nog eens fijne tijden. Dat is tegenwoordig allemaal anders en een stuk zwaarder, maar hopelijk is dat binnenkort verleden tijd.'

Emma vond dat ze maar eens moest gaan. Ze wilde niet

te lang blijven en omdat ze de volgende dag weer moest werken en de treinen niet zo vaak reden, kon ze de reis ook beter niet te krap plannen.

Constance omhelsde haar. 'Dank je wel voor je komst, lieve meid, en dank je wel voor dat ongelooflijke cadeau. Je had me niet blijer kunnen maken. En beloof me dat je binnenkort nog een keertje bij ons op bezoek komt en dan iets langer blijft.' Emma knikte en probeerde haar tranen weg te slikken. Ze kende behalve Pru niemand die haar zo liefdevol had behandeld. Ze bedankte Pru's moeder nog een keer voor het fijne bezoek en dat ze had mogen blijven slapen, waarna ze bij Max in de auto stapte. Pru's vader had zich die dag niet laten zien. Volgens Max stond hij tegenwoordig altijd vrij laat op omdat hij de drukke kinderen bij het ontbijt niet goed kon hebben.

Het ritje naar het station verliep grotendeels in stilte. Pas aan het eind zei Emma met zachte stem: 'Dat was echt heel erg fijn. Dank je wel daarvoor.'

'Ik ben zo ontzettend blij dat je naar ons toe bent gekomen en dat je het dagboek niet gewoon op de post hebt gedaan.' Hij vond haar komst echt een soort geschenk van Pru. 'En ik ben heel erg blij dat ik de beroemde felle tante nu heb leren kennen.'

Ze lachten allebei om zijn opmerking en hij omhelsde haar voordat ze naar het perron liep. Daar stond gelukkig een trein klaar. Ze kocht een kaartje en stapte in. Toen de trein het station uit reed, leunde ze zwaaiend uit het raampje en riep '*Merry Christmas*' naar Max.

'Jij ook, Emma, jij ook!' riep hij terug, met een al even brede grijns.

Het was onverwacht een perfecte kerst geworden, bedacht Emma. En dat allemaal dankzij Pru.

Alex kreeg op 24 december een brief van Dan Stanley. Het was voor het eerst sinds zijn terugkeer naar het front dat ze iets van hem vernam. Hij mocht haar niet vertellen waar hij was. Hij klonk aardig, in goeden doen en schreef dat hij veel aan haar dacht. Alex had eigenlijk niet verwacht om na zo lang nog iets van hem te horen, maar ze was blij met de brief. Ze had hem vijf maanden geleden voor het laatst gezien en er was in de tussentijd van alles gebeurd. Om te beginnen waren Pru en Audrey er niet meer. En al was Parijs nu bevrijd, er leek maar geen einde te komen aan die ellendige oorlog. De Duitsers leken over een onbeperkt reservoir bommen voor Groot-Brittannië te beschikken. Het was bijna niet voor te stellen dat Europa nu al voor de zesde maal een kerst in oorlogstijd vierde. Een oorlog die noodgedwongen inmiddels een manier van leven was geworden.

Toch klonk Dan opgewekt in zijn brief en hij stelde voor dat ze wanneer de oorlog eindelijk voorbij was, naar Parijs zou komen om het daar samen te vieren. Het was nogal een voorstel en al durfde ze dat nog niet direct tegen hem te zeggen, ze vond het een leuk idee. Ze wist vrij zeker dat haar ouders een rolberoerte zouden krijgen als ze had verteld dat ze zelfs maar overwoog om in Parijs af te spreken met een man die ze amper kende, maar hé, ze was volwassen en werkte voor de luchtmacht. Als haar ouders hem ooit ontmoetten, zouden ze pas echt een rolberoerte krijgen. Maar hij deugde en ze voelde zich prettig in zijn bijzijn. Veel prettiger dan bij al die vrienden van haar ouders of de in hun ogen geschikte mannen. Bovendien keurden ze hoe dan ook al haar keuzes in het leven af. Als ze na de oorlog weer thuiskwam, was het hoog tijd voor verandering. En misschien zou Dan Stanley wel een van die veranderingen zijn. Tot haar eigen verbazing werd ze helemaal blij van die gedachte.

Lizzie kreeg met kerst eveneens iets onverwachts te horen. Alex had een dienst op de psychiatrische afdeling gedraaid en hoorde dat ene Alfred al het verplegend personeel wijsmaakte dat luitenant Hatton zijn verloofde was. Alfred was de jonge soldaat voor wie ze in San Francisco had gezorgd, die haar zijn eeuwige liefde had verklaard en haar een huwelijksaanzoek had gedaan. Hij leed aan tinnitus, had een oorlogsneurose en een kogelwond in zijn rechtervoet die hij zichzelf waarschijnlijk had toegebracht.

'Misschien wil je dat gerucht een beetje temperen.' Alex dacht daarbij vooral aan hoe Ed zou reageren als het hem ter ore kwam.

'Och jee. Ja, hij heeft me een paar keer geschreven en ik heb een paar opgewekte kattebelletjes teruggestuurd,' legde Lizzie uit. 'De laatste keer dat ik hem zag deed hij me inderdaad een aanzoek, maar dat heb ik natuurlijk afgewezen.' Nu ze eraan terugdacht, vond ze het allemaal nogal gênant. 'Maar hoe is het met hem?'

'Nou, eerlijk gezegd is hij er niet best aan toe. Hij was op Omaha Beach. En volgens mij is er bij hem echt iets geknapt. Ik vermoed dat het leger dat ook donders goed weet. Overdag heeft hij allerlei waanideeën, zoals dat hij verloofd is met jou, en 's nachts heeft hij nachtmerries. Hij beweert dat hij door een Duitse soldaat in zijn voet is geschoten, maar zijn commandant denkt dat hij dat zelf heeft gedaan. En echt, zijn geschreeuw 's nachts ging me door merg en been. Ze willen hem met het eerste het beste hospitaalschip naar Amerika terugsturen, maar zolang er nog geen schip is, moet hij hier blijven. En het is tegenwoordig al zo druk op de afdeling.' Ze kenden allebei heel wat vergelijkbare intens droevige gevallen. 'Ik vraag me af hoe ze jongens zoals hij ooit weer gaan oplappen. De oorlog is voor iedereen zwaar en we hebben allemaal last van nachtmerries over dingen die we ons de rest van ons leven zullen herinneren, maar ik heb het idee dat het bij sommige militairen echt nooit meer overgaat. Hun trauma's zijn simpelweg te groot. Ik vermoed dat Alfred zo'n geval is. Er is volgens mij iets onherstelbaar misgegaan in dat hoofd. O ja, hij zegt trouwens ook dat hij Hitler heeft ontmoet in Berlijn.'

'Och jee. Misschien moet ik toch maar even bij hem langsgaan.' Lizzie had erg met hem te doen.

'Wees alsjeblieft voorzichtig, want hij heeft ze echt niet allemaal meer op een rijtje.'

'Doe ik, maar ik zou het fijn vinden als hij ophoudt met rondbazuinen dat we verloofd zijn.'

'Op zich neemt niemand dat serieus, hoor,' verzekerde Alex haar. 'Net zomin als het feit dat hij Hitler heeft ontmoet.'

'Die arme stakker. Het ging de laatste keer dat ik hem zag ook al niet goed met hem. Hij wilde wanhopig graag dat ik met die verloving zou instemmen. Moet je nagaan,

Ed en ik zijn niet eens verloofd en ik ben toch echt verliefd op hem.' Daar moesten ze allebei om lachen.

'Denk je dat het daar trouwens ooit wel van gaat komen?' vroeg Alex.

Lizzie haalde haar schouders op. 'Na wat er met Pru en Audrey is gebeurd en zolang de oorlog nog niet voorbij is, is alles nog zo onzeker dat we voorlopig geen plannen maken. We willen na de oorlog allebei geneeskunde gaan studeren, maar hij woont in Dublin en ik in Boston.'

'Ach, er gebeuren wel vreemdere dingen,' luidde Alex' bemoedigende reactie. Daarbij dacht ze ook aan haar eigen leven en aan Dan. Ze had niet verwacht hem te ontmoeten, maar het voelde nog steeds goed, hoe verschillend hun achtergronden ook waren.

'Ja, in oorlogstijd is alles vreemd,' zei Lizzie. 'Misschien daarna trouwens ook nog wel, zowel in goede als in slechte zin. Het enige wat ik wel met zekerheid durf te stellen, is dat we nergens op kunnen rekenen zolang we nog hier zijn en de oorlog nog niet is afgelopen.'

Alex knikte instemmend en ging naar haar eigen kamer nadat ze Lizzie welterusten had gewenst.

Lizzie besloot de volgende dag meteen maar een bezoekje te brengen aan Alfred. Hij was er veel erger aan toe dan de vorige keer dat ze hem had gezien. In tegenstelling tot Alex had ze geen ervaring met psychiatrische patiënten, maar het was inderdaad wel duidelijk dat hij ze niet meer op een rijtje had. Hij herkende Lizzie onmiddellijk, maar verdween daarna in de donkere krochten van zijn bovenkamer en vertelde haar in detail over zijn ontmoeting met Hitler en dat een Duitse officier hem in zijn voet had geschoten. In de map naast zijn bed zag ze de aantekeningen over al zijn nachtmerries, dat hij kalmeringsmiddelen kreeg en 's nachts zelfs moest worden vastgebonden. Toen ze hem zei dat hij binnenkort naar huis mocht, ontkende hij dat. Hij ging namelijk als rechterhand van generaal De Gaulle naar Noord-Afrika. Over hun verloving zweeg hij gelukkig, hoewel hij het daar volgens de hoofdverpleegster voortdurend over had en het een obsessie leek. Ze vertelde ook dat hij, zolang hij niet weer enigszins bij zijn verstand was, niet uit het ziekenhuis werd ontslagen en dat de artsen hem in Amerika elektroshocktherapie wilden geven. Lizzie vroeg zich opnieuw af of hij ooit nog zou herstellen. De ontberingen van de oorlog leken hem onherstelbaar te hebben beschadigd. Sommige jongens zoals Alfred konden de afschuwelijke dingen die ze hadden gezien en hadden moeten doen gewoonweg niet verwerken.

Toen ze later nog een keer langsging, dacht hij dat ze zijn moeder was, waarna hij beweerde dat hij Jezus was en zij de heilige maagd Maria. Ze wenste hem voordat ze wegging goede reis naar huis en bezocht hem daarna niet meer. Het had geen zin, want hij herkende haar amper en was maar af en toe helder. Het was vreselijk om te zien en te beseffen hoeveel zielen, lichamen en levens door de oorlog blijvend verwoest waren. Hopelijk konden de artsen hem helpen, maar ze zag het somber in. In de wereld waarin ze leefden, was niets nog zeker en ze hadden allemaal al zoveel verschrikkelijks meegemaakt.

16

Op een avond liep Emma in haar eentje terug naar het slaapgebouw. Het was koud, en ze had tijdens de laatste vlucht haar best moeten doen om alle gewonden een beetje warm te houden. Op een gegeven moment zag ze een gestalte haar kant op komen. Hij droeg een RAF-uniform, maar ze herkende hem niet meteen. Toen zag ze tot haar verbazing dat het Max was. Hij keek heel blij en had zo te zien iets in zijn hand.

'Wat doe jíj hier?' vroeg ze hem met een verbaasde grijns op haar gezicht.

'Ik kwam even op bezoek bij jou.' Hij voelde zich nu hij hier was acuut schuldig dat hij Pru niet vaker was komen opzoeken. Had hij dat maar wel gedaan...

'Zullen we beneden bij ons in het gebouw een kop thee drinken of wil je misschien even naar de pub?'

Hij was duidelijk blij haar te zien en zijn grijns werd nu nog breder. 'Een glas wijn zou wel lekker zijn. Schikt het?'

'Ja, ik kom net terug van mijn laatste vlucht en heb de rest van de avond vrij.'

Na de korte wandeling door de kou was het heerlijk warm in de pub en ze vonden zelfs een tafeltje vlak bij de open haard.

'Maar vanwaar dit bezoekje?' vroeg ze toen Max even later met twee glazen rode wijn terugkwam.

'Omdat mijn moeder vroeg of ik je dit wilde teruggeven.' Tot haar verbazing haalde hij Pru's dagboek tevoorschijn. 'Er staat zoveel over jullie twee in dat ze vond dat jij het moest hebben. Ik vond het trouwens ook erg fijn om te lezen.'

'Jeetje, wat aardig!' Blij stopte ze het dagboek in haar tas. Ze verheugde zich er nu al op om het later in bed weer te kunnen lezen. Door de gevatte en grappige manier waarop Pru alles beschreef had het gevoeld alsof ze er nog gewoon was, iets wat Max ook had ervaren.

'En wat heb jij de laatste tijd zoal uitgevoerd?' vroeg hij nadat ze allebei een slok wijn hadden genomen.

'Mannen teruggebracht van het slagveld. Ik ben die verrekte Duitsers zo zat. We hebben Parijs weer in handen, maar ze geven maar niet op.'

'Dat gaat binnenkort echt wel gebeuren. We bestoken ze elke nacht met een enorme hoeveelheid bommen,' luidde Max' geruststelling.

'Maar dat doen ze bij ons ook. Wanneer houdt het eens op?'

'Heus, die dag komt. Heb je trouwens enig idee wat je dan gaat doen?' vroeg hij.

'Om te beginnen ongeveer een maand lang slapen, en daarna denk ik gewoon weer terug naar de bevallingen in Poplar. Zolang mensen niet snappen waar die baby's vandaan komen hoef ik me geen zorgen te maken over onvoldoende werk.'

Hij schoot in de lach. 'Vind je het leuk werk?'

'Een baby ter wereld brengen heeft iets prachtigs. Zeker na de afgelopen paar jaar.' Sterfte was bijna iets geworden wat bij het leven van alledag hoorde. 'Het verveelt nooit en is altijd weer spannend. Verloskunde is makkelijker dan wat we hier doen. Zelfs een gecompliceerde bevalling is niet te vergelijken met wat ik nu elke dag zie. Natuurlijk kan een bevalling ook verdrietig zijn, maar de mannen die we evacueren zijn zó kapot. Elke vlucht is een race tegen de klok. En dat terwijl een baby een bevestiging van het leven is.'

'Ik snap echt niet hoe jullie het kunnen, die evacuaties.'

'Ach, je vogelt het gaandeweg uit en je hoopt maar dat je het goed doet. Bij mij lukt dat niet altijd, maar Pru was een natuurtalent. Je merkte aan haar ook nooit dat ze bang was. Ze gaf altijd de indruk dat ze precies wist wat ze deed.'

'Uit haar dagboek maak ik op dat ze ook zeer te spreken was over jou.'

'We waren als we samen vlogen echt een goed team, ja. Ze heeft me een paar heel goeie tips gegeven. Maar jij? Wat komt er voor jou na de RAF?'

'Geen idee. De pachtboerderijen van het landgoed runnen? Terug naar de universiteit en rechten studeren? Vlieginstructeur worden?' Veel mensen konden zich geen voorstelling maken van een leven na de oorlog.

'Mensen zeggen steeds dat de wereld nooit meer hetzelfde wordt,' zei Emma op bedachtzame toon. 'Ik vraag me weleens af of dat werkelijk zo is, of dat we over twintig jaar weer in een oorlog verwikkeld zijn. Ze zeggen nu ook dat vrouwen blijvend deel uitmaken van de beroepsbevolking, maar zodra al die mannen terugkomen, willen ze hun banen terug. Dus het zou me niets verbazen als vrouwen dan toch weer thuis de vloer moeten gaan schrobben en baby's moeten baren.'

'Dan geef ik inderdaad liever vliegles,' antwoordde hij lachend.

'Ja, ik dus ook. Een baby ter wereld helpen brengen is geweldig, maar ik weet niet of ik zelf kinderen zou willen.'

'Hoezo niet?'

'Omdat de wereld zoveel onzekerder is geworden.'

Hij knikte instemmend. 'Klopt, ik zal moeten bedenken of ik in Londen of Yorkshire wil wonen. Of ik een herenboerbestaan ambieer, of toch liever iets in de zakenwereld of de advocatuur in de grote stad wil gaan doen. Mijn vaders generatie hoefde daar niet over na te denken. Wij hebben nu een keuze, maar dat is eigenlijk ook best lastig.'

'Ik heb nog nooit op het platteland gewoond,' zei Emma. 'Ik ben echt een stadsmeisje.'

'Ik vraag me af wat Pru zou hebben gekozen,' dacht Max hardop na.

'Ze wilde het liefst in een ziekenhuis in Londen gaan werken. Traumatologie of iets dergelijks.'

'Aha, dus inderdaad in Londen.'

'We wilden samen iets huren,' zei Emma op droevige toon. 'Maar dat wordt zonder haar nu allemaal anders.'

'Ze had geen speciaal iemand in haar leven, hè? Een man, bedoel ik.'

'Nee, dat vond ze te eng. Dan word je verliefd en wordt hij voor je het weet boven Duitsland neergeschoten en dan zit je daar met je gebroken hart.'

'En in plaats daarvan is zij er niet meer en zitten wij hier met een gebroken hart.' Emma knikte. 'Ik mis haar.' Max zag er zo verdrietig uit dat ze zonder erover na te denken haar hand even op de zijne legde.

'Ik ook, maar ze zou het leuk vinden dat wij hier nu zitten en het onder het genot van een wijntje over haar hebben.'

Max knikte, en dacht tegelijkertijd aan zijn broer en dat hij nu opeens enig kind was. 'Als ik straks in Londen woon, wil je dan een keer met me uit eten?'

Ze keek hem verbaasd aan. 'Ja, natuurlijk! Weet je wat ik trouwens ontzettend fijn vond aan Pru? Dat het haar niets kon schelen waar ik was opgegroeid terwijl je meteen aan me hoort waar ik vandaan kom. Dat vond ze totaal niet belangrijk. Toen ik haar ontmoette en we bleken te gaan samenwerken, dacht ik eerst: o god, nee, daar heb je weer zo'n snob. Maar dat was dus helemaal niet zo. Ze gaf geen zier om iemands achtergrond.'

'Ik ook niet,' zei hij met dezelfde warme oogopslag als zijn zus.

Emma bedacht dat zijn moeder ook al zo aardig was geweest; ze had Lady Pommery na kerstavond speciaal nog een bedankbriefje gestuurd. 'Ik denk dat er door de oorlog wel een paar dingen zijn veranderd. Of dat zou in elk geval wel moeten. Zoals het besef dat we het met z'n allen moeten doen.' Terwijl ze het zei, vroeg ze zich opeens af hoe het zou zijn om verkering te hebben met Max.

En alsof hij haar gedachten kon raden, vroeg hij: 'Is het goed als ik nog eens op bezoek kom?' Want dat was natuurlijk de werkelijke reden van zijn komst geweest, het dagboek was niet meer dan een smoesje geweest.

Ze keek hem wederom verbaasd maar ook blij aan. 'Ja, dat lijkt me leuk. Dan kunnen we het samen over Pru hebben.'

'Ja... of over jou. Zo wil ik bijvoorbeeld best iets meer over jouw eigenschappen als felle tante horen.' De glimlach in zijn ogen verspreidde zich over zijn gezicht.

Emma schoot in de lach. 'Ik snap echt niet waarom ze dat zo benadrukte.'

'Omdat je je mening niet onder stoelen of banken steekt. Wat ik overigens erg leuk aan je vind. Je durft uit te komen voor wie je bent, los van wat de buitenwereld daarvan vindt. Je bent net als Pru moedig en je hebt net als zij een goed hart. Ik ken geen enkele andere vrouw die naar Yorkshire zou zijn gekomen om Pru's dagboek te brengen.'

Daar dacht ze even over na. 'Het was het juiste om te doen.'

'Ja, maar de meeste mensen denken daar niet over na, die kiezen automatisch de gemakkelijkste weg. Pru was net als jij en deed altijd het juiste. En daar gaat het om, Emma. Daarom ben je anders.'

'Hm, zo heb ik er nog nooit over nagedacht.'

'Nee, en ook daarin lijk je op Pru. Omdat het voor haar net zo goed vanzelfsprekend was. Daar hoefde ze geen moeite voor te doen. Daarom hield iedereen ook van haar. Heb je zin om anders volgende week al uit eten te gaan? Ik moet morgenochtend vroeg vliegen, anders zou ik je vanavond graag al op een etentje hebben getrakteerd.'

'Dat lijkt me leuk, maar wil je me één ding beloven?'

'En dat is?'

'Blijf alsjeblieft leven totdat deze ellende achter de rug is. Ga niet de held uithangen. Je ouders hebben je nodig. En ik misschien ook wel.'

Hij begon te schateren omdat ze hem nogal schalks aankeek. Haar felrode haar stond na haar drukke werkdag alle kanten op, zonder dat dat haar leek te deren. Ook daarin leek ze op zijn zus. Pru was een plaatje om te zien, maar was daar totaal niet mee bezig en zeker als ze het druk had, kon haar uiterlijk haar niets schelen. 'Ik zal proberen dat in mijn achterhoofd te houden en niks doms te doen.'

'Dank je wel, dat waardeer ik erg,' antwoordde ze.

Nadat Max had betaald liepen ze allebei met een grijns op hun gezicht naar buiten. Hij vond bij haar zijn erg fijn. Ze straalde rust en tegelijkertijd ook plezier uit. Hij vond haar moedige, pittige kant ook erg aantrekkelijk. 'Ik zou jou natuurlijk hetzelfde kunnen vragen,' zei hij toen ze voor het slaapgebouw stonden. 'Probeer alsjeblieft niet te worden neergeschoten of vermist te raken. Volgens mijn zus kun je totaal niet kaartlezen en moesten jullie daarom door half Frankrijk lopen voordat jullie de weg naar huis hadden gevonden.'

'Hé, dat was echt niet allemaal mijn schuld. Maar ja, oké, ik vind plattegronden inderdaad een soort abracadabra,' zei ze beschaamd.

'Nou, waag het niet om nog een keer in Frankrijk uit te stappen, juffie. Straks verpest je onze eetplannen nog.'

Hij klonk nu precies als Pru, en Emma schoot in de lach. 'Ah, nee, hè! Straks blijk je gewoon een tweede Pru te zijn. Die kon me toch stronteigenwijs zijn. Soms haalde ze het bloed onder mijn nagels vandaan.'

'En jij bent dat niet?' zei hij schaterend.

'Nee, ik ben alleen koppig als ik gelijk heb,' corrigeerde ze hem.

'Laat me raden, je hebt meestal gelijk?'

'Altijd zelfs!'

'Ik begin te vermoeden dat jij me nog heel wat kopzorgen gaat bezorgen.'

'Als je gewoon doet wat ik zeg, ben ik heel makkelijk, hoor.'

Op dat moment trok hij haar naar zich toe en kuste haar op de wang. 'Wijsneus. Doe nou alsjeblieft gewoon een beetje voorzichtig en zorg dat je elke dag heelhuids hier terugkomt, goed?'

Ze knikte en gaf hem ook een zoen. 'Afgesproken. En dat geldt voor jou dus net zo goed. Mijn hemel, die godvergeten Luftwaffe... Nou, tot volgende week dan!'

Hij keek haar na terwijl ze de trap op rende. Ze draaide zich voordat ze naar binnen ging nog even om en wuifde naar hem. Daarna liep hij breed grijnzend terug naar de auto die hij had geleend. Hij was gegrepen door haar en keek nu al uit naar hun etentje.

Alex kreeg in april weer een brief van Dan. Hij was conform de regels opnieuw vaag over waar hij was. Ze wist wel dat hij op een schip zat, want hij zei dat ze binnenkort ergens aanmeerden. Hij bracht haar zijn eerdere uitnodiging in herinnering. En als Parijs niet kon, wilde hij proberen om naar Down Ampney te komen. Hoewel Alex Parijs wel zag zitten en de Duitsers al acht maanden uit de stad weg waren, was het nog steeds oorlog. Toch wisten de geallieerden West-Europa stukje voor stukje op de nazi's te heroveren. Er deden steeds meer geruchten de ronde dat de strijd nu écht bijna gestreden was.

En toen was het twee weken later inderdaad eindelijk zover.

Op 8 mei, bijna exact vijf jaar en acht maanden na het uitbreken van de oorlog, was het opeens voorbij. Sirenes loeiden, kerkklokken luidden en overal werd getoeterd. De medische evacuatievluchten gingen nog drie weken door, maar nu zonder het gevaar dat ze door vijandelijk vuur konden worden geraakt. Dat ze geen luchtescortes meer nodig hadden scheelde veel, net als het feit dat de gewonden nu konden herstellen en daarna ook naar huis mochten in plaats van terug naar het front.

Terwijl ze met de luchtambulances zo nog een flink aantal gewonden veilig naar de basis overbrachten, waren ze in afwachting van hun ontslagpapieren. Familieleden wilden dolgraag weten wanneer ze weer thuiskwamen, maar dat was nog niet bekendgemaakt.

Alex kreeg een telefoontje van Dan uit het hotel in Parijs waar hij logeerde. Hij had twee weken verlof en vroeg of ze naar hem toe kon komen. Zo niet, dan scheepte hij over een paar weken in naar New York, dus dan konden ze elkaar in Amerika zien. Hij zei erbij dat hij uiteraard een eigen hotelkamer voor haar kon boeken. Dat was voor haar genoeg om de knoop door te hakken. Ze kon dat weekend vrij krijgen en Emma zei dat ze zo nodig voor haar kon invallen, maar gelukkig hoefden ze bijna geen missies meer te vliegen.

Ze kregen hun laatste dienstbevel op de dag voordat ze naar Parijs afreisde. Op 10 juni zou er een medailleceremonie zijn, mede ter ere van alle verpleegsters die in de strijd waren gesneuveld. Op 15 juni zouden alle Amerikaanse verpleegsters naar huis vliegen.

Lizzie belde haar ouders meteen, die heel erg opgelucht waren. Ze hadden nog niets gehoord van Henry. Hij zat in Okinawa, maar had in zijn brieven gezegd dat hij er vrij zeker van was dat hij binnenkort naar huis kon komen. De Japanners hadden zich weliswaar nog niet overgegeven, maar ook in Azië gloorde er vrede aan de horizon. Toen Alex haar ouders belde, barstte haar moeder tot Alex' verrassing in huilen uit. Louises ouders besloten ter plekke dat ze haar in New York wilden opwachten om samen naar huis door te reizen. Emma was intussen bezig met het zoeken van woonruimte in Londen en had als vroedvrouw gesolliciteerd bij een ziekenhuis. Max had zijn ontslagpapieren nog niet, maar ook hij had besloten een baan in Londen te zoeken, waarschijnlijk bij een bank.

Alex en Dan ontmoetten elkaar in een hotelletje op de Rive Gauche. Hij had zoals beloofd een aparte kamer voor haar geboekt en die vol bloemen gezet. Toen ze die middag over de Champs-Élysées naar de Place de la Concorde liepen waren ze het erover eens dat ze nog nooit zo'n mooie stad hadden gezien. Het herstel na de bezetting verliep rap en er hing net als in de rest van Europa een uitbundige sfeer.

'Volgens mij kom ik ongeveer een week na jou in New York aan,' zei hij terwijl ze zich op de Place du Trocadéro aan het uitzicht op de Eiffeltoren vergaapten en naar een terrasje liepen om het goede nieuws en hun weerzien te vieren. 'En hoe gaat het dan verder?' Hij keek haar hunkerend aan; hij was in de afgelopen maanden vergeten hoe mooi ze was. Ze waren beiden nog in uniform, maar daarmee vielen ze geenszins uit de toon, want het wemelde in Parijs van de Amerikaanse militairen.

'Dan ga ik op zoek naar een baan en woonruimte,' zei Alex grijnzend. 'Alleen weten mijn ouders dat nog niet. Maar ik trek echt niet weer bij hen in. Dan woon ik nog liever in een legerbarak.'

'Ga ik ze ooit ontmoeten?'

'Jazeker.' Daar had ze natuurlijk al over nagedacht. Hun ontmoeting hier in Parijs was een grote stap en de gedroomde plek om te ontdekken hoe hun toekomst eruit kon zien als het tussen hen inderdaad iets werd. Ze wilde hem graag voorstellen aan haar ouders. Niet omdat ze hun goedkeuring zocht, maar omdat ze trots was op wat ze hadden. Hun toestemming had ze allang niet meer nodig, maar ze wilde wel graag dat ze de man ontmoetten die haar hart nu toch echt leek te hebben veroverd. 'Maar ik denk niet dat dat leuk wordt,' waarschuwde ze.

'Gaan ze een hekel aan me hebben?'

'Nee, maar ze gaan er niet blij mee zijn. Mijn vader zal denk ik wel gaan, maar mijn moeder... Dat kan lastig worden. Maar, Dan, het is mijn leven, hè.' Alex wist wat ze wilde, namelijk zodra ze daar allebei aan toe waren samen een leven opbouwen in Pittsburgh. En eigenlijk hoopte ze nu al dat het niet heel lang zou duren voordat het zover was. Weliswaar kenden ze elkaar nog niet goed, maar Dan had beloofd om zo vaak mogelijk naar New York te komen. Daar hadden ze het meteen na haar aankomst in Parijs al over gehad. Ook dat hij zo snel mogelijk nadat ze allebei weer in Amerika waren haar vader om toestemming wilde vragen om zich met haar te verloven.

'Weet je, ik dacht dat Omaha Beach het allerergste was wat ik had meegemaakt,' merkte hij op. 'En nu blijkt het dus juist het allermooiste te zijn. Als ik daar niet naartoe was gestuurd, had ik jou nooit ontmoet en zou dit allemaal nooit zijn gebeurd. Dan zat ik hier nu in mijn eentje op een terrasje in Parijs te kijken naar al die mannen met hun liefjes. Ik moet er niet aan denken hoe eenzaam ik me dan zou hebben gevoeld.' Hij zei het met een glimlach en boog zich naar haar toe om haar te kussen. 'Ik wil je zodra ik in New York aanmeer graag mee uit eten nemen in 21 Club. En waar zullen we voor onze huwelijksreis naartoe gaan?'

Ze schoot in de lach. 'Moeten we ons dan niet eerst verloven?'

'Het lijkt bijna alsof we dat al zijn.'

Het ging inderdaad allemaal zo gemakkelijk, zo vanzelf. Toch wilde ze het niet overhaasten. Omdat ze ook van deze fase wilde genieten en hem beter wilde leren kennen. 'Ja, zo voelt het inderdaad,' zei ze met een dolblije grijns. De vreselijke herinneringen begonnen langzaam te vervagen, al die mannen wier lijden ze had moeten aanzien en al diegenen die het niet gered hadden.

Hij trakteerde haar die avond op een etentje in het Ritz.

Het beroemde hotel-restaurant was tijdens de bezetting het hoofdkwartier van het Duitse opperbevel geweest, maar daar was niets meer van te zien. Parijzenaars behandelden Amerikaanse soldaten toch al als halve heiligen. Mensen kregen vanzelf een glimlach op hun gezicht wanneer ze Dan die mooie vrouw in uniform zagen zoenen. Maar ook dat was geen zeldzaamheid, want werkelijk iedereen op straat leek wel verliefd.

Alex moest na drie dagen weer terug. Hij bracht haar naar het station voor de trein naar Calais, waarna ze de boot naar Engeland nam. Ze zei dat ze nog nooit zo gelukkig was geweest als de afgelopen paar dagen hier met hem. Hij was anders dan alle andere mannen die ze kende. Gelukkig zagen ze elkaar spoedig weer omdat hij naar de medailleceremonie kon komen voordat hij op 12 juni in Southampton zou inschepen. Alex vloog drie dagen later naar New York. Dat gaf haar dus een paar dagen om haar ouders voor te bereiden op zijn komst. Ze wist dat ze ervan uitgingen dat ze gewoon weer thuis kwam wonen en zich zou schikken naar het leven dat zij voor haar in gedachten hadden. Het zou hard aankomen dat ze in plaats daarvan wilde trouwen met een man uit Pittsburgh, die nota bene een vleesgroothandel had. Maar of ze het nu leuk vonden of niet, ze wist dat dit het juiste levenspad voor haar was en hij de juiste man.

Tijdens de terugreis liet ze de afgelopen jaren de revue passeren. Ze zou de verpleegsters met wie ze had samengewerkt en samengewoond gaan missen. Wat ze met Lizzie en Louise, en later ook met Emma had doorgemaakt, was onvergetelijk en bijzonder. Pru en Audrey miste ze nog altijd vreselijk, maar ze zou alle fijne herinneringen nooit vergeten. Ze was samen met hen volwassen geworden.

Alex had met Lizzie afgesproken dat ze een weekendje naar Boston zou komen voordat ze allebei weer aan de slag gingen. Louise hoopte dat ze ook een keertje in North Carolina op bezoek zouden komen. Emma zou in haar eentje in Engeland achterblijven, maar zij had Max nu. Ze hadden het inmiddels al ruim vijf maanden erg fijn samen. Emma ging die zomer tijdens Max' verlof – officieel was hij nog in dienst – een maand lang mee naar zijn ouders in Yorkshire. Ze stonden allemaal aan het begin van een nieuw leven, met nieuwe plannen en hoop voor de toekomst. Er ontbraken stukken van hun leven en er ontbraken belangrijke mensen, maar de vrienden met wie ze zoveel hadden meegemaakt zouden voor altijd bij hun leven horen.

In hetzelfde weekend dat Alex in Parijs was, was Lizzie er stiekem tussenuit geknepen met Ed. Ze hadden een hotelletje geboekt in Brighton en liepen over de promenade. Lizzie stond genietend van de zilte zeelucht over het water uit te staren toen Ed opeens voor haar neerknielde. Hij was het al weken van plan geweest, maar had tot hun weekendje weg willen wachten.

Ze keek hem stomverbaasd aan. 'Wat doe jij nou?'

'Je zei dat ik het pas mocht vragen als de oorlog voorbij was en we allebei nog in leven waren. Nou, dat is nu dus.' Hij keek glimlachend naar haar op. 'Elizabeth Hatton, wil je met me trouwen?'

'Ik, ik... Ja,' zei ze zachtjes. Hij kwam overeind en kuste haar. Toen ze uitgezoend waren, vroeg ze: 'Maar waar gaan we dan wonen?' Ze wilde voor haar ouders echt terug naar Boston. Ze waren immers al één kind verloren en ze kon het hun niet aandoen om naar Ierland te verhuizen.

'Mijn neef gaat me sponsoren.' Ed grijnsde. 'Hij heeft het papierwerk al in gang gezet. Ik wil een naturalisatie aanvragen. O, en ik heb recht op een veteranenbeurs en kan daarmee in Amerika studeren.' Hij zei het heel kalmpjes en kuste haar toen weer.

'Vergeet Audreys erfenis ook niet, hè. En wanneer gaan we trouwen?' vroeg ze schalks.

'Zodra je vader ermee instemt. Mijn neef betaalt mijn vliegticket en ik kan in zijn restaurant aan de slag. Dus ik kan naar Boston komen zodra de RAF me ontslaat. Waarschijnlijk duurt dat wel nog een maand, misschien twee. Maar van mij mag je gerust beginnen met het plannen van de bruiloft.'

Ze wist dat haar ouders geschokt zouden zijn, maar ze was niet van plan hun een keuze te geven. Ed en zij zouden zich allebei aanmelden voor een geneeskundestudie en die samen aangaan. Ze hadden zoveel om naar uit te kijken. Het grootste wonder was misschien nog wel dat ze de oorlog allebei hadden overleefd. Dat was velen niet gegund. Lizzie wist dat Ed daar ook mee zat, want hij had het nog heel vaak over Pru. Zijzelf miste Audrey, met wie ze zoveel had meegemaakt, nog elke dag.

Ze liepen hand in hand terug naar het hotel, waar ze de deur van hun kamer voor een paar uur achter zich dichttrokken. Hier hadden ze vanaf de dag dat ze elkaar hadden ontmoet op gehoopt en van gedroomd. En nu was het allemaal binnen handbereik. Het was verdrietig dat Pru en Audrey er niet waren om hun geluk te delen, maar de herinnering aan hen zou eeuwig in hun hart voortleven.

Alex ging na terugkeer in Down Ampney meteen op zoek naar de anderen. Lizzie bleek net terug te zijn gekomen uit Brighton en was op haar kamer.

'Dan en ik gaan trouwen,' viel Alex met de deur in huis.

'En ik ben verloofd!' reageerde Lizzie, waarna ze allebei begonnen te schateren.

'Hé, wat zijn jullie hier aan het uitspoken, stelletje lellebellen,' zei Emma, die haar hoofd om de hoek van de deur stak. 'Jullie zouden je moeten schamen! Stiekem naar een hotel wegsluipen met die kerels van jullie. Al moet ik toegeven dat het heel erg romantisch klinkt.'

'We gaan trouwen!' meldde Lizzie.

'Met elkaar? Goh, dat wordt nog interessant dan.' Emma was blij voor hen en totaal niet verbaasd.

Louise kwam een paar minuten later binnen. 'Hé, hoe was het in Parijs?' Alex' stralende grijns en de lichtjes in haar ogen waren voldoende antwoord.

'Ze zijn allebei verloofd,' meldde Emma. Ook Louise was blij dat te horen, al miste ze Audrey en Pru nu meteen ook erg.

Ze aten die avond weer eens met z'n allen in de mess. Komende week vlogen ze allemaal hun laatste missies. Daarna was er alleen nog de medailleceremonie en de militaire vlucht terug naar huis. Maar voor die tijd moest er nog van alles worden gedaan, zoals het invullen van een hele lading formulieren. Het gonsde in het slaapgebouw van de drukte: er werden koffers ingepakt, er werd gekletst met vriendinnen die achterbleven en er werden nog wat verloren uurtjes doorgebracht met vrijers. Iedereen hoopte en beloofde dat ze elkaar niet uit het oog zouden verliezen. Sommige vrouwen hadden in Amerika een vriendje dat ze al drie jaar niet hadden gezien. Hoe zou dat gaan? Binnenkort moesten ze hun nieuwe wereld gedagzeggen en terugkeren naar de oude, met het risico dat ze zich daar na alle heftige ervaringen van de afgelopen jaren misschien niet meer thuis voelden. Iedereen was ingrijpend veranderd. Ze waren nu volwassen vrouwen, geen meisjes meer. Ze hadden tijdens de oorlog veel geleerd en het leven thuis was natuurlijk gewoon doorgegaan zonder hen. Er waren nichtjes en neefjes geboren die ze nog nooit hadden gezien. Soms waren ouders overleden, weer andere familieleden waren getrouwd. Ze moesten zich weer bij die wereld zien aan te sluiten terwijl ze die deels of helemaal waren ontgroeid. Mannelijke militairen moesten door hen verwekte baby's achterlaten, en anders proberen de moeder mee te krijgen naar Amerika. Maar dat vergde papierwerk en dus tijd. Intussen vroeg iedereen zich eveneens af of er thuis wel voldoende banen waren voor al die mensen die nu van de oorlog terugkwamen. Hoewel er ook veel te veel mensen nooit meer thuis zouden komen; al die dierbaren die overzee waren gesneuveld, ergens in Noord-Frankrijk, Engeland, Italië, Duitsland of in Azië, zoals Lizzies broer. De wereld zou nooit meer dezelfde zijn.

Louise liep na haar allerlaatste vliegmissie in haar vliegpak over de landingsbaan terug, diep in gedachten verzonken over de vraag of er in North Carolina iets zou zijn veranderd of dat ze weer met dezelfde vooroordelen en restricties te maken ging krijgen. Aan het einde van het tarmac stond een lange man naar haar kijken. Hij was haar toen ze uit het toestel was gestapt ook al opgevallen. Hij had vaag iets bekends. Misschien was het een van de mannen die ze hadden gered en die haar kwam bedanken? Dat deden er wel meer. Toen ze dichterbij kwam, glimlachte hij naar haar. Zodra ze zijn doordringende, hemelsblauwe ogen zag, ging er een schok door haar heen. Die ogen zou ze overal hebben herkend.

'*Bonsoir*, Louise,' zei Gonzague. 'Ik had beloofd dat ik je zou terugvinden. Zoals je ziet hebben we Zwitserland die dag inderdaad veilig bereikt. Je hebt mijn leven gered.'

'Mijn hemel,' was het enige wat ze wist uit te brengen. Ze dacht dat ze droomde toen hij haar in zijn armen nam.

'Ik hoorde dat je binnenkort naar huis gaat.' Hij had discreet wat informatie ingewonnen om haar te kunnen vinden. 'Ik ga binnenkort ook naar huis. Maar wacht, zullen we eerst maar even gaan zitten? We hebben een hoop te bespreken.'

Toen ze zich verderop onder een boom op een boomstronk hadden geïnstalleerd, pakte hij haar hand en kuste die. Maar hij wilde tegelijkertijd van alles van haar weten, zoals wanneer ze precies vertrok, waar ze dan naartoe ging en wat ze daar ging doen. 'Ik weet dat je me niet kent. Maar ik ken jou wel. Ik wist het die nacht onmiddellijk. Alles wat ik hoefde te weten, heb ik toen gezien.'

Die ene nacht was inmiddels tien maanden geleden en toch voelde het alsof het vorige week was geweest. Ze had zichzelf proberen wijs te maken dat ze hem nooit meer zou terugzien, dat het bij een droombeeld zou blijven.

'De Duitsers hebben tijdens de bezetting mijn huis gevorderd. Ik ga straks terug om het weer op te eisen,' legde hij uit. 'Ik weet zeker dat de Duitse zwijnen die er hebben gewoond het niet met respect hebben behandeld, dus ik moet het weer bewoonbaar maken. Maar ik wilde eerst naar jou toe. En ik zou het heel fijn vinden als je me in Frankrijk kwam opzoeken om te kijken of je daar gelukkig kunt worden. Op het platteland, in de Provence. Mijn familie heeft het huis driehonderd jaar geleden gebouwd. Waar woon jij eigenlijk?'

'In North Carolina, in Raleigh. Mijn vader is arts. Mijn moeder is hoofd van een school. En ik ben verpleegster.' Ze wist echt niet waar ze moest beginnen.

Hij schoot in de lach. 'Ja, dat laatste herinner ik me nog. Net als dat je heel goed bent in je vak. Wil je dat werk blijven doen? En zou je in Frankrijk willen wonen? Als mijn echtgenote dan uiteraard.' Hij kende haar nauwelijks, maar zei het zonder enige twijfel. Hij had het die nacht echt geweten. Die nacht dat ze hem er weer bovenop had geholpen en hem daarmee uit de klauwen van de Duitsers had gered. 'Ik ben gevraagd om voor de nieuwe regering te gaan werken, aan de zijde van generaal De Gaulle. Schijnbaar vinden ze wat ik de afgelopen zes jaar zoal heb gedaan nuttige werkervaring voor het ministerie van Binnenlandse Zaken. Als minister zal ik deels in Parijs moeten zijn, maar ook thuis in de Provence. Ik wil je ouders trouwens ook graag ontmoeten.'

Ze keek hem fronsend aan, zich afvragend of hij enig

idee had welke problemen hij zich op de hals haalde met een vrouw als zij. Het deed nog steeds als een droom aan. Misschien droomde Gonzague zelf ook wel. Al kende hij haar amper, hij leek volkomen zeker van wat hij voor haar voelde.

Gonzague ging inderdaad puur op zijn intuïtie af, en op de ongelooflijke aantrekkingskracht die ze op hem had. Hij had de oorlog overleefd door zijn intellect en intuïtieve vindingrijkheid, en hij zag geen enkele reden waarom hij zijn gevoel nu niet zou vertrouwen.

'Gonzague,' zei ze op zachte toon, intussen genietend van de manier waarop die naam klonk. Hier nu zo samen zitten voelde alsof ze een personage was in een verrukkelijk nostalgisch, lyrisch verhaal. Net als hij dat in zekere zin was: de prins uit het sprookje. Alleen was dit geen sprookje maar het echte leven. 'Ik ben zwart.'

Hij keek haar aan alsof hij dat nu voor het eerst zag. 'O goh, dat wist ik niet,' luidde zijn reactie. Hij bleef haar met zijn doorborende blik aankijken, waardoor ze begon te lachen. 'Misschien weet jij het niet meer, maar ik had een schotwond in mijn been. Ik ben niet blind, hoor. Ja, je bent zwart. Nou en? Moet ik nu bang zijn of zo?'

'Maar... maar hoe is dat bij jullie dan?' stamelde ze. 'Want waar ik vandaan kom, zouden wij... zou dít enorme problemen geven. Het zou zelfs onmogelijk zijn, of zo goed als. Wij, samen? Dat zou niet worden geaccepteerd. We zouden daar op allerlei bijzonder akelige manieren last mee krijgen, zowel onze kinderen als wijzelf.' Ze hoorde hoe vreselijk het klonk en het was ook walgelijk, maar waar zij vandaan kwam was dat helaas wel de realiteit.

‘Wat ontzettend fout, maar zo is het in Frankrijk dus niet. Je bent een beeldschone vrouw, maar je huidskleur interesseert me eerlijk gezegd niet. Het gaat me om je ziel, om je hart. Je hebt duidelijk een doel in het leven en bent niet bang aangelegd. Zo was je niet bang toen je me kwam helpen. Ik heb je ogen gezien, en je gezicht en je hart. Je was voor de duvel niet bang. Ben je nu wel bang?’ Hij wachtte op haar antwoord. Alles hing af van wat ze nu zei.

‘Nee, ik ben niet bang,’ zei ze met vaste stem. ‘En jij?’

‘Totaal niet. Ik ben wel bang voor andere dingen. Bijvoorbeeld voor een wereld waarin alle afgrijselijke zaken die we de afgelopen tijd hebben moeten doorstaan werden gedoogd. Een wereld waarin broers elkaar verraden en niets meer veilig is, of waar of juist. We hebben toegestaan dat dat gebeurde. We hebben ons land gewoon weggegeven. We hebben toegestaan dat het kwaad kon bestaan en zelfs kon gedijen. Frankrijk had jarenlang gif in zijn aderen. Maar iemands huidskleur?! Dat interesseert me echt niet. Wat me wel aan het hart gaat, is ervoor zorgen dat wat er de afgelopen jaren is gebeurd nooit opnieuw kan gebeuren. Dát is heel belangrijk voor me. Net als samenleven met een goede vrouw aan mijn zijde. Met een buitengewone vrouw mag ik wel zeggen. Met jou dus. Maar echt, ik kan je verzekeren dat je huidskleur daar totaal geen rol in speelt.’

Hij was nog net zo knap, spannend, mysterieus en sterk als toen ze hem had ontmoet. Ze was als een blok voor hem gevallen en had zichzelf ervan overtuigd dat hij onbereikbaar voor haar was. En dat ze hem hoe dan ook nooit meer zou zien. Maar dat had ze dus mis gehad. Hij was een man van zijn woord en hij was hier nu. Hij zat zelfs naast haar. Het was geen sprookje. Het was heel erg echt. Net als hij heel echt was en van haar hield zoals ze was.

'En heb jij familie? Ouders? Broers?' Ze wilde nu ook alles van hem weten.

'Ik had toen de oorlog uitbrak drie broers en een vader. Alle vier zaten in het verzet, alle vier zijn dood. Mijn moeder is gestorven toen ik klein was. Ik heb niemand meer. Ik heb jou, als je dat tenminste zou willen. Maar jij vliegt binnenkort eerst naar Amerika en ik moet eerst mijn huis op orde krijgen, waaronder mannen regelen om de boel op te knappen. Maar daarna kom ik graag bij jou en je ouders op bezoek in... Carolina?'

'North Carolina.'

'Ja, daar. En het zou fijn zijn als je samen met je ouders bij mij in Frankrijk op bezoek kwam. Dan kun je daarna beslissen wat je wilt. Klinkt dat als een aanvaardbare afspraak?'

'Ja, zeer.' Ze bedacht dat ze straks heel wat had uit te leggen aan haar ouders. Over hoe ze elkaar hadden ontmoet en waarom ze dacht dat een Franse graaf die ze in het verzet had ontmoet het juiste levenspad voor haar was. Want van Raleigh naar de Provence was nogal een stap.

'Gaan je ouders het vervelend vinden?'

'Ik denk eerder verbaasd zijn.'

'Ja, dat was ik ook toen ik jou ontmoette. Je bent een erg verrassende vrouw.'

Ze glimlachte. 'Volgens mij ben ik hier niet degene die verrassend uit de hoek komt, Gonzague.' Hij was geen doorsneeman. Op ontelbaar veel manieren was hij allesbehalve gewoon. Ze wist ook vrij zeker dat een deel van hem en zijn oorlogsverleden altijd verborgen zou blijven voor haar.

En misschien was dat ook maar beter, want hij had in het verzet inderdaad veel mensen moeten doden. Dat hij nog leefde, lag vooral aan de gewiekstheid waarmee hij zijn tegenstanders te slim af was geweest. Hij had ongelooflijk veel gedaan om Frankrijk te redden en had daarmee niet voor niets de bewondering van de Britten geoogst.

'Goed plan dus? Ik kom bij jullie op bezoek en daarna komen je ouders en jij naar de Provence. En dan zien we wel verder,' zei hij.

Ze keek hem dolblij aan. 'Dat lijkt me een heel goed plan.'

'Mooi zo.' Hij stond op en trok haar overeind, waarna ze samen naar het slaapgebouw liepen.

Hij was voorkomend en beleefd, en toch broeide er onderhuids iets. Ze had de indruk alsof er een ontzagwekkende onderstroom in hem kolkte. Voorspelbaar of saai zou een leven aan zijn zijde zeker niet zijn, en dat was precies het soort leven en het soort man dat ze wilde. Er viel uiteraard nog veel meer te ontdekken, maar voorlopig wisten ze allebei voldoende. Louise wist het net als hij ook zeker. Hij had precies gedaan wat hij haar had beloofd. Hij had haar gevonden en was naar haar toe gekomen. Dat was voor haar genoeg bevestiging.

'Over twee dagen is er een medailleceremonie,' zei ze. 'Zou je daarnaartoe willen komen?'

'Als je dat graag wilt.'

'Ja, dat zou ik heel fijn vinden.' Ze wilde niet dat hij

haar geheime minnaar zou zijn of de mysterieuze man in haar leven. Ze wilde wat ze voor elkaar voelden niet geheim hoeven houden en trots aan zijn zijde staan, net als hij aan de hare. Ze wilde hem ook heel graag voorstellen aan haar vriendinnen. Het afgelopen jaar was hij de man in haar dromen geweest, en nu hij uit de coulissen was opgedoken, wilde ze dat hij deel zou uitmaken van haar leven. De medailleceremonie hoorde bij de wereld van het leger die ze achter zich ging laten, maar dat was wel drieënhalf jaar haar leven geweest. Ze vond het fijn als hij de mensen ontmoette met wie ze in Down Ampney zoveel had meegemaakt.

Hij had een paar zakelijke afspraken in Londen en beloofde terug te komen voor de ceremonie. Toen hij haar daarna voor de deur van het slaapgebouw kuste, was die kus net zo zinderend als ze zich van destijds in Frankrijk herinnerde.

'Wij gaan een interessant leven tegemoet,' zei hij terwijl hij haar liefdevol aankeek.

Daar twijfelde ze geen moment aan. Ze wist zeker dat Gonzague de Lafayette haar zielsverwant was. Toen ze elkaar in die ondergrondse ruimte ontmoetten, hadden ze allebei intuïtief onmiddellijk geweten dat ze hun grote liefde hadden gevonden. En al het andere? Dat zouden ze gaandeweg samen wel ontdekken.

17

De verpleegsters van het Medical Air Evacuation Transport Squadron kwamen in gala-uniform naar de ceremonie. De commandant van de basis was aanwezig, net als vertegenwoordigers van de Amerikaanse en de Britse luchtmacht en het Flight Nurses' Corps. Ze werden een voor een naar voren geroepen en kregen tot hun verrassing hoge onderscheidingen voor hun uitzonderlijke daden van moed, beleid en trouw. Zes vrouwen werden postuum onderscheiden voor bewezen diensten en moedig optreden, onder wie luitenant Prudence Pommery en luitenant Audrey Anne Parker. Max nam de medaille namens Pru in ontvangst, Lizzie deed hetzelfde voor Audrey. Ze liep snikkend terug naar haar plaats en nam zich voor de medaille later zelf naar de begraafplaats in Annapolis te brengen.

Pru's ouders waren net als Max ook naar de ceremonie gekomen voor Emma. Ed was er uiteraard samen met Lizzie, en Dan was voor Alex gekomen, en Gonzague voor Louise. Hij keek in een keurig, donker pak trots toe terwijl ze haar medaille in ontvangst nam. Zelf werd hij binnenkort door generaal De Gaulle benoemd tot Commandeur in het Legioen van Eer.

Na alle toespraken, plus een paar foto's en vragen van een journalist van *The Times*, stonden ze met z'n allen bij elkaar met een drankje. Het was een bijzondere bijeenkomst op een heuglijke dag die ze niet snel zouden vergeten. De anderen vonden Gonzague behoorlijk intrigerend, zeker nadat Louise ze had verteld hoe het zat. Ze was de enige Amerikaanse die spoedig naar Europa zou terugkeren, om als zijn vrouw in Frankrijk te gaan wonen. Ze had besloten dat ze daar ook wilde trouwen. In North Carolina zou hun huwelijk niet eens wettelijk worden erkend. Bovendien werd ze in Frankrijk automatisch een gravin. Gonzague bleef nog een dag op de basis en vertrok daarna naar de Provence. Louise, Lizzie en Alex vlogen over vijf dagen naar Amerika terug. Het was voor iedereen een rare tijd, waarbij ze elk kostbaar moment koesterden terwijl de laatste dagen samen voorbij leken te vliegen.

De dag na de ceremonie zaten ze allemaal bij Lizzie op de kamer te kletsen toen ze het verzoek kreeg om naar beneden te komen. Ze gingen allemaal met haar mee, alsof ze aanvoelden dat er nogmaals gevaar in hun midden dreigde. Lizzie zag een luchtmachtcommandant in de huiskamer staan en barstte meteen in huilen uit. Ze wisten allemaal wat het betekende, want ze hadden het inmiddels te vaak meegemaakt. Het was niet te bevatten dat er nog een tragedie was gebeurd, maar het was helaas wel zo.

Haar broer Henry bleek de laatste grote slag, die om Okinawa, niet te hebben overleefd. Lizzie was beide broers kwijtgeraakt door de oorlog, haar ouders hun beide zoons.

Ze waren niet de enige familie die dat overkwam, maar het was niettemin onvoorstelbaar wreed. Audreys broer was een van de eerste slachtoffers geweest, en nu was Lizzies broer een van de laatsten. Haar ouders hadden nu alleen haar nog, net als Pru's ouders alleen Max nog hadden. Het was een te hoge prijs en een te groot verlies in een afschuwelijke oorlog die hen allemaal voorgoed had veranderd.

Lizzie ging terug naar haar kamer en hield de rest van de dag niet meer op met huilen. Haar vriendinnen probeerden haar zo goed mogelijk te troosten. Die avond belde ze haar ouders. Het was als een mokerslag aangekomen, vooral omdat het in Europa al vrede was. Lizzies laatste dagen in Engeland gingen in een waas voorbij. Haar vriendinnen weken niet van haar zijde en sliepen om de beurt bij haar in Audreys lege bed. Straks zou ze thuis haar ouders proberen te troosten. Ed zou haar zo snel mogelijk nareizen en troostte haar ook nu weer, net zoals hij had gedaan toen Greg was gesneuveld. Ed was haar toekomst, en zoals dat voor wel meer mensen gold, had het verlies hun relatie hechter gemaakt.

Vijf dagen na de medailleceremonie stonden Lizzie, Louise en Alex weer op de startbaan, maar nu voor hun eigen vlucht naar huis. Ze vlogen samen met tien andere collega's terug. Een grote groep collega's uit diverse landen was hen komen uitzwaaien en er werd omhelsd, gezoend, gehuild en gezegd dat het afscheid niet voorgoed was. Het vertrek viel hun zwaar; Down Ampney was als een thuis gaan voelen. Ze waren hier één grote familie geworden en keerden nu terug naar een wereld die ze niet meer kenden. Wat ze mee naar huis namen, waren de emotionele littekens van het oorlogsleed, hun liefdevolle verbintenis en talloze dierbare herinneringen. Op een plek waar veiligheid en troost ver te zoeken waren, hadden zij die elkaar kunnen bieden. Voor de allerlaatste keer waren ze allemaal bijeen, maar nu was het toch echt tijd om naar huis te gaan. Als vrouwen die voor altijd veranderd waren, sterker dan ze hier destijds waren aangekomen en eeuwig verbonden met elkaar. Ze zouden hun strijdmakkers nooit vergeten en wat ze samen hadden meegemaakt, zou altijd deel van hen uitmaken.

Alex, Lizzie en Louise stapten aan boord van het transportvliegtuig dat op het tarmac stond te wachten. Ze zwaaiden nog een laatste keer naar degenen op de grond die joelden en afscheidsgroeten riepen. De deuren werden gesloten, waarna het logge vliegtuig traag over de startbaan rolde en opsteeg. Hun vrienden op de grond bleven kijken totdat ze uit het zicht verdwenen waren. De reddende engelen keerden huiswaarts, met het verlies en alles wat ze van elkaar hadden geleerd en meegekregen voor eeuwig in hun hart gegrift.

Van Danielle Steel zijn verschenen:

Hartslag * Geen groter liefde * Door liefde gedreven * Juwelen * Palomino * Kinderzegen * Spoorloos verdwenen * Ongeluk * Het geschenk * De ring van de hartstocht * Gravin Zoya * Prijs der liefde * Kaleidoscoop * Souvenir van een liefde * Vaders en kinderen * Ster * Bliksem * Het einde van een zomer * Vijf dagen in Parijs * Vleugels * Stille eer * Boze opzet * De ranch * Verslag uit Vietnam * De volmaakte vreemdeling * De geest * De lange weg naar huis * Een zonnestraal * De kloon en ik * Liefde * Het geluk tegemoet * Spiegelbeeld * Bitterzoet * Mijn Russische oma (Oma Danina) * De bruiloft * Onweerstaanbare krachten * De reis * Hoop * De vliegenier * Sprong in het diepe * Thuiskomst * De belofte * De kus * Voor nu en altijd * De overwinning * De villa * Zonsondergang in St.Tropez * Eens in je leven * Vervulde wensen * Het grote huis * Verleiding * Veranderingen * Beschermengel * Als de cirkel rond is * Omzwervingen * Veilige haven * Losprijs * Tweede kans * Echo * (On)mogelijk * Het wonder * Vrijgezellen * Het huis * Het debuut * De kroonprinses * Zussen * Hollywood hotel * Roeping * Trouw aan jezelf * De casanova * Een goede vrouw * Een tijd van hartstocht * Een speciaal geval * Geheimen * Familiealbum * Elke dag is er een * Door dik en dun * De weg van het hart * Het warme Zuiden * Familieband * Erfenis * Hoop is een geschenk * Charles Street 44 * De verjaardag * Hotel Vendôme * Bedrog * Vrienden voor het leven * De fouten van de moeder * Tot in lengte van dagen * Op het eerste gezicht * Puur geluk * Winnaars * Het spel van de macht * Een perfect leven * Pegasus * Verloren zoon * Pluk de dag * Dubbelleven * Van onschatbare waarde * Magie * Vriendschap * Een vrouw van adel * De maîtresse * Het juiste moment * De hoogste eer * Een sprookje * Een rijk verleden * De hertogin * Een nieuw leven * De goede zaak * In het voetspoor van zijn vader * Onverwacht geluk * Kinderspel * De bruidsjurk * Stille nacht * Royal * Buren * Toevallige helden * De spionne * Beauchamp Hall * Moreel kompas * Op zoek naar Ashley * De affaire * Alles wat schittert * De butler * Onzichtbaar